Escrito por cualquiera

LAUREN KATE

Escrito por cualquiera

TITANIA

Argentina • Chile • Colombia • España
Estados Unidos • México • Perú • Uruguay

Título original: *By Any Other Name*
Editor original: G.P. Putnam's Sons, an imprint of Penguin Publishing Group,
a division of Penguin Random House LLC
Traducción: Eva Pérez Muñoz

1.ª edición Junio 2023

Copyright © 2023 *by* Lauren Kate
Published by arrangement with G.P. Putnam's Sons,
an imprint of Penguin Publishing Group,
a division of Penguin Random House LLC
All Rights Reserved
© de la traducción 2023 *by* Eva Pérez Muñoz
© 2023 *by* Urano World Spain, S.A.U.
Plaza de los Reyes Magos, 8, piso 1.º C y D – 28007 Madrid
www.titania.org
atencion@titania.org

ISBN: 978-84-19131-19-5
E-ISBN: 978-84-19699-06-0
Depósito legal: B-6.788-2023

Fotocomposición: Ediciones Urano, S.A.U.

Impreso por: Romanyà-Valls – Verdaguer, 1 – 08786 Capellades (Barcelona)

Impreso en España – *Printed in Spain*

Para Elizabeth Nusbaum Epstein, mi BD.

Aquellos a los que amas te golpean como un rayo.

—DORIANNE LAUX, *Besar a Frank...*

1

—Peony Press, soy Lane Bloom... —empiezo a decir mientras me llevo el auricular a la oreja, pero antes de que me dé tiempo a terminar, la voz al otro lado de la línea me interrumpe.

—¡Alabado sea Dios! ¡Menos mal que todavía estás en la oficina!

Es Meg, la jefa del departamento de publicidad de la editorial y mi mejor amiga en el trabajo. Está llamando desde el Hotel Shivani, donde, dentro de cuatro horas, vamos a celebrar una gran recepción con temática nupcial para presentar la nueva novela de Noa Callaway (nuestra autora más famosa y la escritora que me enseñó cosas sobre el amor que mi madre no pudo. Los libros de Noah Callaway me cambiaron la vida).

Si hay algo que nos ha enseñado la experiencia, es que todavía hay tiempo para que nuestros planes mejor trazados se vayan al garete.

—No hay rastro de los libros firmados. ¿Puedes comprobar si los han enviado a la oficina por error? —me pide Meg, hablando a toda pastilla—. Necesito tenerlos ya para que me dé tiempo a colocarlos como si fueran una tarta de bodas de cinco pisos con forma de corazón...

¿Veis lo que os acabo de decir sobre los mejores planes?

—Meg, ¿cuándo ha sido la última vez que has respirado? —le pregunto—. ¿No deberías apretar el botón?

—¿Cómo te las apañas para parecer una pervertida y a la vez hablar igual que mi madre? Vale, vale, voy a apretar el botón.

Es un truco que le enseñó su terapeuta. En la garganta de Meg hay un botón de ascensor imaginario que puede pulsar para bajar unos cuantos niveles. Me la imagino vestida con su traje negro y sus elegantes gafas gigantes, de pie, en medio del salón de baile del hotel del centro de la ciudad, con sus ayudantes yendo de un lado a otro, para transformar el moderno espacio de eventos del SoHo en un pintoresco lugar para celebrar bodas en la Costa Amalfitana. La veo cerrar los ojos y tocarse el hueco de la garganta. Suelta un suspiro.

—Creo que ha funcionado —señala.

Sonrío.

—Voy a buscar los libros. ¿Necesitas alguna otra cosa más antes de que me vaya?

—No, a menos que sepas tocar el arpa —se lamenta Meg.

—¿Qué ha pasado con la arpista?

Hemos pagado una fortuna para que la arpista principal de la Filarmónica de Nueva York toque el Canon de Pachelbel mientras los invitados llegan al evento.

—La gripe es lo que ha pasado —explica Meg—. Se ha ofrecido a enviar a una amiga que toca el oboe, pero no me parece que eso sea muy del estilo de una boda italiana... ¿o sí?

—Mejor sin oboe —respondo con el corazón acelerado.

Son meros problemas. Todo tiene solución, tal y como sucede con el primer borrador de una novela. Solo tenemos que encontrarla y hacer una revisión. Se me da bien esto. Soy editora, es mi trabajo.

—Cuando estaba editando el libro, hice una lista de reproducción —le comento a Meg—. Dusty Springfield. Etta James. Billie Eilish.

—Bendita seas. Le diré a alguien que la copie cuando llegues. Porque vas a necesitar el teléfono para tu discurso, ¿verdad?

Siento un hormigueo de nervios extendiéndose por mi pecho. Esta noche será la primera vez que subiré a un escenario y hablaré de cara al público en una presentación de Noa Callaway. Alix, mi jefa, es la que suele dar los discursos, pero ahora está de baja por maternidad, así que hoy todas las miradas se centrarán en mí.

—Lanie, tengo que dejarte —me dice Meg con un nuevo ataque de pánico en la voz—. Por lo visto, también faltan doscientos dólares de globos con pasteles. Y ahora nos dicen que, como es la maldita víspera de San Valentín, están demasiado ocupados para hacer más...

Cuelga.

En las horas previas a un gran lanzamiento de Noa Callaway, a veces nos olvidamos de que no estamos extirpando un apéndice de urgencia.

Y creo que esto se debe a que, bueno, la primera regla de la presentación de una novela de Noa Callaway es que Noa Callaway no va a estar allí.

Noa Callaway es nuestra autora estrella, con cuarenta millones de copias publicadas en todo el mundo. También es uno de esos raros fenómenos editoriales que no hace propaganda de sí misma. Jamás verás una foto de ella en Google, no puedes ponerte en contacto con ella a través de internet y nunca leerás un artículo en el *T Magazine* sobre el telescopio antiguo que tiene en su ático de la Quinta Avenida. Noa rechaza todas las invitaciones para brindar con champán cada vez que sus novelas aparecen en las listas de los más vendidos, y eso que vive a poco más de cinco kilómetros de nuestra editorial. De hecho, la única que sé que conoce en persona a Noa Callaway es mi jefa, la editora de Noa, Alix de Rue.

Sin embargo, todo el mundo sabe quién es Noa Callaway. Hasta tú. Seguro que has visto sus novelas en los escaparates de los aeropuertos. El club de tu tía está leyendo una de sus historias ahora mismo. Incluso aunque seas de los que prefiere *The Times Literary Supplement* a *The New York Times Book Review,* como mínimo habrás visto en Netflix *Cincuenta maneras de separar a papá y mamá.* (Es la tercera novela de Noa, pero la primera que se ha adaptado a la gran pantalla, famosa por *esa* escena del mando del gas de la cocina). En los últimos diez años, las emocionantes historias de amor de Noa Callaway han estado tan presentes en el panorama cultural que, si no te han hecho reír, *y* llorar *y* sentirte menos solo en un mundo cruel e indiferente, deberías comprobar si estás muerto por dentro.

Al no haber un rostro conocido detrás del nombre de Noa Callaway, los que nos dedicamos a publicar sus novelas sentimos una especial presión por superarnos. Lo que nos lleva a hacer locuras. Como gastar dos mil dólares en globos de helio rellenos de pastel de ángel.

Meg me aseguró que cuando nuestros invitados pinchen los globos al final de mi discurso de esta noche, la lluvia de tarta y confeti comestible valdrá cada centavo que hemos pagado del presupuesto editorial.

Siempre y cuando no hayan desaparecido.

—Loca Lanie. —Joe, del departamento de correspondencia de la editorial, asoma la cabeza por mi despacho y me saluda alzando un puño en el aire.

—Joe, colega —respondo de manera mecánica, como llevo haciendo todos los días desde hace siete años—, has llegado en el momento justo. ¿No habrás visto por casualidad cuatro cajas grandes con los libros firmados que llegaron desde la oficina de Noa Callaway?

Hace un gesto de negación con la cabeza.

—Lo siento. Esto es para ti.

Mientras Joe me deja una pila de correo en mi mesa, redacto un mensaje diplomático para Terry, la ayudante de toda la vida de Noa Callaway y mi némesis ocasional.

Terry tiene setenta años, pelo gris, la complexión de un tanque y siempre está dispuesta a rechazar cualquier petición que pueda interferir en el proceso creativo de Noa. Meg y yo la llamamos la Terrier porque ladra, pero rara vez muerde. Y suele mostrarse escéptica sobre si tendremos éxito en cosas tan sencillas como, por ejemplo, conseguir que Noa firme más de dos centenares de libros para un evento.

Habremos fracasado si nuestras invitadas regresan esta noche a sus casas sin un ejemplar de la nueva novela de Noa. Puedo sentir su presencia ahí fuera: doscientas sesenta y seis seguidoras acérrimas de Noa Callaway, procedentes del corredor del Noreste, desde Pawtucket, Rhode Island, hasta Wynnewood, Pensilvania. Están saliendo del trabajo dos horas antes, confirmando que las niñeras estén libres, haciendo transferencias al servicio de paseo de perros para que saquen a sus mascotas. Se están guardando en sus ordenadores la presentación del lunes y hurgando en los cajones en busca de medias que no tengan carreras mientras sus hijos pequeños se aferran a sus piernas. Estas intrépidas mujeres están haciendo todo lo posible, de varias formas distintas, para tomarse una noche libre. Para poder llegar al Hotel Shivani y ser de las primeras en tener en sus manos un ejemplar de *Doscientos sesenta y seis votos*.

En mi opinión, la mejor novela de Noa hasta la fecha.

La historia tiene lugar durante una boda que se celebra el fin de semana en el que cae el día de San Valentín. En un impulso, la novia pide a todos los invitados que se pongan de pie y renueven sus propios votos: frente a un cónyuge, a un amigo, a una mascota, al universo... con consecuencias nefastas. Es una novela conmovedora y divertida, metaliteraria y de actualidad, como todos los libros de Noa.

El hecho de que la historia termine con una escena tórrida en una playa de Positano es solo otro motivo más por el que estoy convencida de que Noa Callaway y yo tenemos una conexión psíquica. Según cuenta la historia de mi familia, a mi madre la concibieron en una playa de Positano, y aunque a la mayoría de los niños no les gustaría conocer este tipo de información, hay que tener en cuenta que mi abuela me crio en parte y ella prácticamente inventó el positivismo sexual.

Siempre he querido ir a Positano. Y la nueva novela de Noa hace que tenga la sensación de que he estado allí.

Compruebo el teléfono para ver si Terry ha comentado algo sobre los libros firmados. Nada. No puedo decepcionar a los lectores de Noa esta noche. Sobre todo, porque *Doscientos sesenta y seis votos* puede ser el último libro de Noa Callaway que lean en mucho tiempo...

Nuestra autora estrella lleva cuatro meses de retraso en la entrega de su próximo manuscrito. Algo que jamás había sucedido.

Tras una década entregando un libro cada año, parece que la prolífica Noa Callaway no está por la labor de enviarnos su próximo borrador. Mis intentos de comunicarme con Noa, sin pasar por Terry, han sido en vano. Es solo cuestión de tiempo que nuestro departamento de producción me pida que le entregue un manuscrito perfectamente editado... que no existe.

Pero dejemos ese ataque de pánico para otro día. La semana que viene, Alix se incorporará al trabajo después de su baja por maternidad y tendremos que ponernos las pilas.

Sé que tengo que irme cuanto antes al evento, pero mientras espero impaciente la respuesta de Terry, echo un vistazo al correo. Y entonces, entre la pila que me ha dejado Joe, encuentro una cajita marrón. No es mucho más grande que una baraja de cartas. En cuanto mi distraída cabeza reconoce la dirección del remitente, suelto un jadeo.

Se trata del regalo de San Valentín que pedí que me hicieran para Ryan, mi prometido. Despego el papel, abro la caja y sonrío.

El rectángulo de madera pulida es de color claro y suave, del tamaño y grosor de una tarjeta de crédito. Se despliega como un acordeón, mostrando tres paneles. Y en ellos, escrita en una caligrafía elegante, puedes encontrar la lista que hice hace tiempo, con todas las cualidades que debía tener la persona de la que me enamoraría. Es mi lista de noventa y nueve cosas, y Ryan las tiene todas.

Siempre me han dicho que la mayoría de las niñas aprenden de sus madres lo que es el amor. Pero el verano en el que cumplí diez años y mi hermano David tenía doce, a mi madre le diagnosticaron un linfoma de Hodgkin. Murió poco tiempo después. Todo el mundo dice que es una suerte, pero no es cierto. De hecho, a mi padre, que es oncólogo, casi lo mata no haber podido salvarla.

Mi madre era farmacoepidemióloga y miembro de la junta de la Academia Nacional de Medicina. Solía viajar por todo el mundo, compartiendo escenarios con Melinda Gates y Tony Fauci, dando discursos sobre enfermedades infecciosas en los centros para el control y prevención de enfermedades y la OMS. Era muy inteligente; y también amable y divertida. A veces podía ser estricta, pero sabía cómo hacer que la gente se sintiera especial, valorada.

Murió un martes. Fuera del hospital llovía a cántaros y su mano parecía más pequeña que la mía. Se la sostuve mientras me tomaba el pelo una última vez.

—No seas dermatóloga.

(Cuando vienes de una familia cuyos miembros han sido médicos durante generaciones, los chistes sobre supuestas jerarquías médicas están a la orden del día).

—He oído que ganan mucho dinero —le dije—. Y que tienen un buen horario.

—El horario es insuperable —repuso con una sonrisa. Todo el mundo decía que sus ojos eran del mismo tono azul que los míos. También teníamos el mismo pelo castaño, grueso y liso, pero en ese momento, mi madre ya no se parecía a mi madre en muchos aspectos.

—¿Lanie? —Se le había suavizado la voz, aunque también era más intensa al mismo tiempo—. Promételo —me dijo—. Prométeme que encontrarás a alguien a quien ames de verdad, con todas tus fuerzas.

A mi madre le gustaban los triunfadores. Y con esas últimas palabras, parecía que estaba pidiéndome que triunfara en el amor. Pero ¿cómo? Cuando tu madre muere y tú eres tan joven, lo peor es que sabes que todavía tienes que aprender muchas cosas, ¿y quién va a estar ahí para enseñarte?

Hasta que no estuve en la universidad no conocí a la escritora que sería mi guía en el amor: Noa Callaway.

Un día, después de clase, volví a mi dormitorio y me encontré a mi compañera Dara, junto con sus amigas, en su parte de la habitación, rodeadas de pañuelos de papel.

Dara me ofreció media barra de Toblerone y agitó un libro en mi dirección.

—¿Lo has leído ya?

Negué con la cabeza sin mirar el libro, porque Dara y yo no teníamos los mismos gustos literarios. Yo estudiaba un pregrado de Medicina, como mi hermano, y estaba obsesionada con un libro de texto de química orgánica para poder volver a Atlanta y convertirme en médico, como todos los demás miembros de mi familia. Dara estudiaba Sociología, pero sus estanterías estaban repletas de libros de bolsillo con títulos en cursiva.

—Este libro es lo único que ha logrado que Andrea se olvide de Todd —me explicó.

Miré a Andrea, la amiga de Dara, que tenía la cara enterrada en el regazo de otra chica.

—Estoy llorando porque es precioso —gimoteó Andrea.

Cuando Dara y sus amigas se marcharon en busca de unos cafés con leche, sentí que las letras doradas del título del libro me miraban fijamente desde el otro lado de la habitación. Me hice con él y lo sostuve en la mano.

Noventa y nueve cosas que me van a enamorar de ti, de Noa Callaway.

No sé por qué, pero ese título me recordó las últimas palabras de mi madre. Su súplica de que encontrara a alguien a quien realmente quisiera. ¿Me estaba enviando una especie de mensaje?

Abrí el libro y empecé a leerlo. Y sucedió algo curioso: no podía parar.

Noventa y nueve cosas cuenta la historia de Cara Kenna, una joven que está intentando superar un divorcio. Intenta suicidarse e ingresa una temporada en un psiquiátrico, pero lo cuenta con un tono tan divertido y brillante, que yo también me internaría allí para poder estar con ella.

En el hospital, Cara solo puede matar el tiempo, y lo hace leyendo las noventa y nueve novelas románticas que hay en la biblioteca del psiquiátrico. Al principio se muestra un poco cínica al respecto, pero luego, a su pesar, encuentra una frase que le gusta. La escribe. La lee en voz alta. Y enseguida adquiere el hábito de anotar su frase favorita de cada libro. El día en que le dan el alta, tiene noventa y nueve cosas que espera encontrar de una futura relación amorosa.

Me leí el libro de un tirón. La cabeza me daba vueltas. Miré los ejercicios de química que se suponía que tenía que hacer y sentí que algo había cambiado en mi interior.

Noventa y nueve cosas contenía todas las palabras que había estado buscando desde que murió mi madre. Explicaba con detalle cómo amar de verdad. Con humor, con corazón y con valentía. E hizo que quisiera encontrar ese tipo de amor.

Al final del libro, donde suele incluirse la biografía del autor, el editor había dejado tres páginas en blanco, con líneas numeradas del uno al noventa y nueve.

De acuerdo, mamá, pensé mientras me sentaba para continuar con mis ejercicios. No sabía con certeza a cuál de las amigas de Dara pertenecía el libro, pero a partir de ese momento fue inequívocamente mío.

Lo bueno de una lista tan extensa fue que me permitió pasar de lo raro a lo intrépido, de lo superficial a lo mortalmente serio. Entre «Encantado de quedarse despierto toda la noche, discutiendo sobre posibles vidas pasadas» y «Contesta al teléfono cuando llama su madre», escribí:

«No lleva zuecos, salvo que sea chef u holandés». Y al final, en el número noventa y nueve, anoté: «No se muere». Y entre todas las líneas de esa lista, sentí que mi madre estaba conmigo. Que si podía perseguir ese tipo de amor, ella estaría orgullosa de mí dondequiera que estuviera.

Creo que jamás me imaginé que llegaría a encontrar a un hombre que cumpliera todos los requisitos. Me lo tomé más bien como una forma de plasmar en el papel las maravillosas posibilidades que ofrecía el amor.

Pero entonces conocí a Ryan, y todo (sí, las noventa y nueve cosas) encajó. Es perfecto para mí. No, espera, olvídate de eso. Es perfecto, punto.

Pliego los finos paneles de madera y vuelvo a meter el regalo en la caja. Estoy deseando dárselo mañana, el día de San Valentín.

Me vibra el teléfono y la pantalla se ilumina con un aluvión de mensajes. Dos son de Ryan. Viene desde Washington. Es asesor legal del senador por Virginia Marshall Ayers, y cada dos viernes su oficina cierra antes y toma el tren de la 1:13 pm a Nueva York.

Me ha enviado dos artículos (uno con la crítica de una película que queremos ver y otro sobre una ley que ha estado redactando sobre los derechos de los votantes) que bajan a toda prisa hasta la zona inferior de la pantalla por el sinfín de mensajes que me está mandando mi equipo.

La crisis de los globos con pasteles está en pleno apogeo; tengo quince mensajes dramáticos que lo demuestran. Faltan dos docenas de globos, a seis dólares cada uno, del pedido que mi ayudante, Aude, recogió esta mañana. Ya han llamado a la panadería y han solicitado un reembolso.

Y, por fin, aparece el mensaje que estaba esperando. El de Terry.

> Estoy en pleno atasco. Tengo los libros firmados. No te pongas de los nervios.

Aunque saco el dedo corazón al mensaje condescendiente de Terry, siento cómo el alivio se apodera de todo mi cuerpo. Le mando un mensaje a Meg con la buena noticia, meto el regalo de Ryan en el bolso y busco en Google la panadería para ver si puedo pasarme por allí y resolver el problema de los globos de camino al centro de la ciudad.

Miro por la ventana. Mientras el sol se refleja en el río y empieza a nevar ligeramente, me invade una sensación de calma. Quiero a mi prometido y adoro mi trabajo. Las presentaciones de Noa Callaway son una celebración de todo ese amor. Esta noche, doscientas sesenta y seis mujeres se irán a casa felices con sus nuevos libros. Creo que mi madre estaría orgullosa de mí.

Todo va a salir bien.

2

Media hora más tarde, mientras mis pies dejan atrás la nieve y entro en la cálida panadería con aroma a mantequilla, atisbo nuestros globos al fondo. Mando un mensaje al chat del equipo:

> Estoy en Dominique Ansel ahora mismo. Ya me encargo yo de recuperar los globos que faltan.

Meg se apresura a responder en privado:

> Lanie, no tienes por qué hacerlo.

Sé que no me lo dice tanto porque se trate de una tarea que no entra dentro de mis funciones, sino por el hecho de que opina, y con razón, que no es buena idea dejar que me encargue de algo tan frágil. Me he cargado más ordenadores, *Kindles* y fotocopiadoras (sí, dos en los siete años que llevo en Peony) que todo el personal de la cuarta planta juntos. Si necesitas que alguien derrame un vaso lleno de agua en cuanto te sientas a comer con un destacado agente literario, entonces soy tu chica.

Menos mal que confío en mis habilidades como editora, porque todo el departamento de publicidad se sigue burlando de mí por el día en que intenté ayudarles a preparar una mezcla de sangría para la celebración de unos premios del gremio de libreros. Había que echar tres tazas de azúcar y yo me confundí y le eché sal. En mi defensa, he de decir que los recipientes eran iguales. Mientras la gente daba arcadas, yo empeoré las cosas añadiendo todavía más sal. Me lo están recordando constantemente.

Pero ahora estoy aquí, dispuesta a hacer lo que haga falta y con una buena sensación con respecto a lo que va a suceder hoy. Cuando Aude, mi ayudante, me envía instrucciones claras y precisas para los globos, sé que mi equipo no da más abasto. Me necesitan. Asunto zanjado.

Los globos están a tu nombre. ¡¡¡Déjalos en la envoltura de plástico hasta que llegues aquí!!! Por favor, Lanie. Te reembolsaremos cualquier sobrecoste a tu tarjeta. Pregunta por Jerome.

Jerome está detrás del mostrador, con una etiqueta con su nombre que destaca sobre la camisa blanca almidonada que lleva. Está leyendo a Proust y no parece muy entusiasmado cuando me acerco a él. Me fijo en el bote de propinas, que está casi vacío.

—Hola, soy Lanie Bloom. Estoy aquí por los globos. —Señalo el ramo flotante que hay detrás de él, al otro lado de la mampara de cristal de la cocina.

—No. —Jerome sigue leyendo—. Esos son para otra persona.

—¿Para Aude Azaiz? Es mi ayudante.

Entonces Jerome levanta la vista.

—¿La señorita Azaiz trabaja para usted? —pregunta con cierto asombro. No puedo culparlo. Con su pelo negro corto, un *piercing* plateado en la nariz con forma de calavera y su marcado acento franco-tunecino, puede que Aude sea la joven de veintitrés años más intimidante del mundo. A Meg y a mí siempre nos sorprenden sus estilismos y sus vestidos con escotes asimétricos que suben hasta cubrirle la barbilla. Envidiamos su variedad de chaquetas de cuero, con colores increíbles, como el naranja caléndula. Cuando pedimos el almuerzo en la oficina, Aude nos devuelve la comida por cualquier defecto: mayonesa cuando ha pedido alioli, un aderezo mal emulsionado, el tipo equivocado de cangrejo en un rollo de *sushi*. A Aude nadie le toma el pelo.

En cuanto he mencionado el nombre de mi ayudante, Jerome se ha ido detrás de la mampara a recoger los globos. Son preciosos, de un tono dorado lo suficientemente traslúcido como para que se vea la porción de pastel que llevan dentro. Pero antes de entregármelos, hace un gesto con la cabeza hacia mis manos extendidas.

—Un solo roce con esa cutícula podría explotar cualquiera de estos globos —me dice.

Me muerdo a toda prisa la uña del pulgar.

—Incluso pueden reventar si respiras muy cerca de ellos —me informa— y el pastelero no puede preparar más hoy. Así que... —Finge contener el aliento con un brillo sarcástico en los ojos.

Estoy a punto de preguntarle quién le hizo daño de niño, cuando me sorprende.

—La señorita Azaiz... —Veo cómo se pone un poco rojo. Su voz ya no tiene ese tono mezquino—. ¿Está... con alguien?

Le sonrío y meto un billete de diez dólares en el tarro de propinas.

—Está muy soltera.

Eso es lo que tiene el amor. Pensar en él hace que se ruborice hasta el más cascarrabias. Y aunque estoy convencida de que Aude devoraría vivo a Jerome entre bocado y bocado de cruasán, siempre me hace feliz que me demuestren que estoy equivocada en asuntos como estos.

Jerome asiente, animado.

—¿Le hago el reembolso en la misma tarjeta?

—En realidad... —Pienso en Meg, en Aude y en el resto del equipo que se ha encargado de esta presentación y en todas las horas que han dedicado para que esta noche salga todo bien—. ¿Podrías ponerme unos pasteles para llevar por ese mismo precio?

—¡Ha llegado Lanie! —grita Aude por encima del hombro cuando salgo del ascensor y entro al elegante pasillo de baldosas blancas de la duodécima planta del Hotel Shivani.

Aunque Aude dejó de fumar el año pasado, saluda a todo el mundo como si acabara de tirar un cigarrillo al suelo y apagarlo. Se acerca a mí para agarrar los globos.

—Mierda, son tan frágiles... —dice.

Ambas respiramos aliviadas cuando los globos se quedan en sus competentes y bien cuidadas manos.

—¡Lanie! —Meg viene corriendo hacia mí, subiéndose las gafas por la nariz—. No me puedo creer que los tengas.

—Disfruta del milagro. —Le paso la caja de pasteles y me sacudo con las manos, ahora libres, los copos de nieve del pelo. A Meg le va a encantar la anécdota de Jerome, pero me la voy a guardar para un momento en que no tengamos tanto lío—. Anda, tómate un pastel y date un respiro.

—Un pastel —repite Meg, metiéndose un trozo en la boca y masticando con gesto malhumorado.

—¿Qué sabemos de los libros firmados? —pregunto.

Cuando por fin la veo sonreír, sé que Terry los ha traído.

—Ven que te los enseño —dice Meg.

Nos abrimos paso entre las mesas cubiertas con manteles dorados, pasando junto a Aude, que está explicando a un grupo del departamento de publicidad cómo llenar las bolsas de arroz que forman parte del montaje y cómo no se deben colocar las velas blancas en los cestos de mimbre con botellas de Chianti que han dispuesto como centros de mesa.

—¡Mira lo astillada que está esa vela! Aparta, ya me encargo yo.

Hay un pasillo blanco para que los invitados lo recorran con sus libros y un *photocall* con un fondo giratorio con distintas imágenes de la costa de Amalfi. Han puesto cajas de *prosecco* y Campari a enfriar. Del techo cuelgan luces parpadeantes que atraen la atención hacia el altar de ranúnculos rojos situado en el centro de la sala. Detrás de él, han dispuesto varias rocas de poliestireno, haciendo que parezcan un acantilado italiano frente al mar. Al otro lado de la ventana, la nieve cae sobre el Hudson.

—Ha quedado perfecto —le digo a Meg, que está atando el último globo con pastel a la última silla—. Es como si el mismísimo Cupido estuviera lanzando sus flechas.

—Sí, hemos creado la atmósfera.

—¿Esparcimos el confeti o lo colocamos? —pregunta la ayudante de Meg.

Cuando abro la boca para responder que lo esparzan (porque, ¿cómo se coloca el confeti?), Meg dice:

—Colocarlo de forma que parezca que se ha esparcido.

Saco el teléfono para hacer una foto de la sala. No puedo captarlo todo en una sola imagen, pero encuentro un ángulo estupendo. Estoy a punto de enviárselo a mi jefa, cuando me acuerdo de que su bebé está con una infección de oído y de que Alix se ha pasado las últimas noches cuidándolo. Así que me lo pienso mejor, no vaya a ser que se haya echado una siesta. No quiero despertarla.

Meg me lleva al fondo de la sala, donde señala con grandilocuencia una pila blanca de los nuevos libros de Noa, recién salidos de la imprenta y colocados de forma que parecen una tarta de bodas.

—¡Tachan!

—¿Has hecho todo esto en treinta minutos? —Choco los cinco con Meg—. Parece que las horas que te has pasado jugando a las construcciones con el jefe han merecido la pena. —«El jefe» es como llamo a Harrison, el hijo de tres años de Meg, aunque su hija de un año, Stella, está ganando muchos puntos para recibir el título.

Meg asiente.

—He tenido un buen maestro.

Agarro con cuidado un libro de la parte superior de la pila y paso los dedos sobre las letras en relieve. He participado en todos los aspectos de *Doscientos sesenta y seis votos*, y me emociona tener un ejemplar en mis manos antes de su lanzamiento oficial al mundo. Abro la portada y veo la florida firma de Noa Callaway garabateada con pluma estilográfica. Sonrío al imaginarme a Noa firmando estos libros en su lujoso ático de la Quinta Avenida.

—Siento haberme perdido la entrega de libros —comento—. ¿Estaba la Terrier muy rabiosa?

—No, de hecho, estaba de buen humor —explica Meg—. Incluso ha preguntado si necesitábamos alguna otra cosa.

—No me lo creo.

—Le he dicho que si quería hacerle a Tommy su paja mensual.

—Pobre Terry —digo, mirando de reojo a Meg—. ¿De verdad es tan malo con Tommy?

—Ya hablaremos de esto cuando lleves casada ocho años.

—Tengo la impresión de que os hace falta una cita romántica. ¿Tenéis planeado algo interesante para San Valentín?

Meg suelta un suspiro.

—Mi madre se va a llevar a los niños a una fiesta de celebración del Año Nuevo chino.

—Pues aprovechad.

—Lo más probable es que Tommy y yo nos quedemos en casa, poniéndonos mascarillas de carbón en la cara y mirando nuestros teléfonos en distintas habitaciones. Si te digo la verdad, lo estoy deseando. De vez en cuando nos enviamos algún tuit gracioso. Y en eso consiste el romance en la casa de los Wang.

—Meg, necesitas echar un polvo. No en Twitter. Sexo real, en la misma habitación. Prométemelo.

Pone los ojos en blanco.

—¿Y tú qué? Por favor, dime que echarás uno rapidito con Ryan en el metro, así tendré algo con lo que fantasear.

Sonrío de oreja a oreja. Sé que es molesto, pero no puedo evitarlo.

—No tenemos nada pensado. Tal vez un paseo por el parque, entrar en alguna tienda de antigüedades, comer algo en algún lugar en el que todavía no hayamos estado...

Meg me interrumpe con un gesto de la mano.

—Si no es nada pornográfico, no me interesa. Ya te recordaré esto cuando estés casada e intentes fingir que el día de San Valentín no existe. Hablando de lo cual —dice, ahora más alegre, dándome un codazo—. ¿Ya habéis elegido fecha?

Sabe que no, y también sabe lo nerviosa que me pone que TODO el mundo me haga esta pregunta.

—No, pero ya he escogido tu vestido de dama de honor. El malva te va a sentar divino.

Meg parpadea asombrada. Tiene treinta y cuatro años y pasa ampliamente de las bodas.

—Menos mal que te adoro.

—Estoy de broma. Te lo has creído.

—¡Es por esta sala! El confeti con forma de corazón se está filtrando en mi cerebro. —Se frota las sienes—. Me pondré lo que quieras, cuando quieras. —Se apoya en mí, y juntas, contemplamos la estancia—. Seguro que por mil dólares más podrías reservar estas mesas para otro día y celebrar aquí tu boda. Te ahorraría un montón de problemas.

Me río, pero mi risa suena forzada. Aunque Meg no se ha dado cuenta, porque me ha pedido el teléfono y está llamando a Aude para que copie mi lista de reproducción. Cuando le entrego el móvil, se va y me deja sola en el altar.

Trato de imaginarme a Ryan esperándome bajo estos ranúnculos y las luces parpadeantes, o incluso en un lugar que de verdad esté junto al mar, como ya hemos hablado en un par de ocasiones. Pero no consigo verlo. Después de unos minutos intentándolo, se me llenan los ojos de lágrimas.

Me acerco a la ventana, donde nadie puede verme limpiármelas. Cada vez que pienso en nuestra boda, me bloqueo. Por alguna razón, la idea de casarme, de dar el siguiente gran paso en mi vida, hace que me convierta en la niña que era cuando perdí a mi madre. Cuando pienso en una boda en la que ella no va a estar, me veo incapaz de elegir una fecha, un lugar, un vestido, una tarta, incluso una primera canción para bailar con mi padre. Porque ella no va a compartir esta experiencia conmigo.

Aude se acerca a mí junto a la ventana y me tiende mi teléfono, que está vibrando.

Seguro que es Ryan. Cuando llega a Penn Station siempre me llama para preguntarme por la cena que, las noches que trabajo hasta tarde, consiste en comida italiana que pedimos en Vito's. Intento dejar de pensar en mi madre y decidir qué me va a apetecer más cuando llegue a casa, si los *ziti* al horno o la berenjena a la parmesana, pero cuando me fijo en la pantalla no veo su nombre.

Se trata de Frank, el asistente ejecutivo de Sue Reese, nuestra presidenta y editora.

¿Puedes reunirte con Sue a las 16:30?

Abro los ojos, sorprendida. Ahora mismo son las cuatro y cuarto.

Siento una opresión en el pecho. Si algo he aprendido en todos los años que llevo en Peony, es que Sue siempre organiza su agenda con semanas de antelación. Nunca improvisa.

Algo está pasando. Algo importante.

3

El asistente de Sue, Frank, es ese tipo de persona que, cuando llegas a una reunión, siempre te ofrece una taza de té caliente con una sonrisa, pero frunce el ceño en cuanto aceptas. Normalmente, hago todo lo posible por no molestarlo, pero hoy, con lo nerviosa que estoy, se me ha escapado un «sí».

Frank farfulla por lo bajo y se levanta del escritorio con la tetera en la mano.

—¿Sabes por qué quiere verme? —le pregunto, siguiéndole a la cocina.

Frank ha sido el asistente de Sue durante más de veinte años, desde que esta fundó Peony a finales de los noventa. Lo he visto recitar al teléfono miles de datos sobre Sue, como su número de pasaporte, las flores favoritas de su suegra o la fecha de su última visita al ginecólogo.

—No creo que te vaya a despedir —dice en voz alta, dándome la espalda—, aunque no sería la primera vez que me equivoco.

—Gracias.

—No le pones leche, azúcar, ni ninguna otra cosa, ¿verdad? —inquiere con una voz que me sugiere cuál tiene que ser la respuesta correcta.

Hago un gesto de negación con la cabeza.

—La gente dura lo toma de esta manera. —Me entrega la taza y luego añade con un tono más alegre—: Venga, entra. Te atenderá enseguida.

Abro la puerta del despacho de la esquina y entro con vacilación. El *spa* de Sue, como lo llamamos Meg y yo, es el único despacho de Peony que no parece el propio de una editorial de novela romántica. Todos los demás empleados tienen alguna estantería de pared a pared llenas de libros con lomos de colores vivos, pero el de Sue es completamente blanco.

No tiene ningún papel en su escritorio blanco, las sillas de cuero blanco son tan suaves como la nata y del moderno perchero blanco cuelgan tres chaquetas de punto blancas, cada una con algún adorno caro, como unas coderas de cuero rosa pálido.

Los únicos toques de color provienen de tres grandes helechos colgantes y tres fotografías enmarcadas de sus hijos, que parecen pequeños Sues, pero con aparato dental. Nunca he conocido a los hijos de Sue, pero la he visto regar sus plantas, y la sorprendente devoción que pone al hacerlo, me dice que es una buena madre.

Mientras me acostumbro a esta nube blanca que Sue tiene como despacho, practico la técnica de respiración que me enseñó Meg, tratando de mantener la calma... hasta que veo a un hombre salir de detrás del escritorio y ambos gritamos al mismo tiempo.

—Rufus, ¿qué narices...? —siseo. Es un siseo cariñoso. Con él puedo sisear porque es mi amigo—. ¿Qué estás haciendo aquí?

—Mmm... ¿Mi trabajo? —responde, girando el cuello. Siempre le está doliendo porque hace demasiado pilates. Lleva mucho tiempo enamorado de Brent, el monitor de Pilates World, aunque este no le hace mucho caso.

—Bueno, ¡pues sal de aquí! Vuelve luego. Tengo una reunión.

—A Sue se le ha roto la impresora —dice, trasteando con unos cables de una forma que me hace sospechar que no terminará pronto—. Que haya tenido que resucitar tu disco duro, ¿cuántas veces?, ¿tres?, no significa que no realice valiosas tareas informáticas para el resto de la empresa.

—En mi defensa, he de decir que...

—No serás capaz. —Sacude la cabeza con tristeza.

—¡Mercurio estaba retrógrado!

—¿De forma permanente? —Se ríe—. ¿Por qué estás siseando todo el rato?

—Siseo cuando estoy nerviosa —replico con otro siseo, mirando en dirección a la puerta abierta—. Frank ha mencionado la palabra «despido».

Rufus pone sus enormes ojos marrones en blanco, lo que me tranquiliza. Un poco, al menos. Piensa que es una tontería. Aunque tampoco sabe que Noa Callaway ha incumplido el plazo de entrega.

—¿Por qué irían a despedirte? —Rufus hace una pausa—. ¿Crees que alguien más te vio robar ese material de oficina el mes pasado?

—¡Era una caja de pañuelos! —Más siseo. Ahora ya no puedo evitarlo—. ¡Tenía bronquitis!

—Lanie. —Me saluda Sue al entrar en el despacho.

Pasa junto a mí y cuelga su rebeca blanca; una que parece un corsé por la parte de la espalda (algo que solo queda elegante si lo lleva alguien como ella).

—Solucionado. Está como nueva, Sue —anuncia Rufus, volviendo a colocar la impresora en el estante de debajo de su escritorio.

—Siempre dices las palabras que quiero oír, Rufus —señala Sue, antes de sentarse frente a mí, en su silla blanca.

—Bueno, pues me voy —dice Rufus, pronunciando las palabras que *yo* quiero oír, y deseándome buena suerte en silencio mientras cierra la puerta.

—¿Cómo estás? —pregunta Sue en cuanto nos quedamos solas.

—Bien, bien.

Con sus perlas, su vestuario atemporal y su cabello rubio platino que le llega hasta la mandíbula y que siempre lo lleva peinado como si acabara de salir de la peluquería, Sue va tan impecable que, incluso después de todos estos años, todavía me da miedo mirarla. Una vez, cuando ambas acompañamos a una escritora a una presentación en un centro comercial en las afueras de Westchester, tuvimos una hora libre antes de que comenzara el evento, y Sue me compró una espátula de lo más sofisticado. Me dijo que nunca podría volver a hacer una tortilla sin ella. Tengo la sensación de que, ahora mismo, le basta con mirarme para saber que, dos años después, solo la he usado para matar moscas.

—¿Cómo van los preparativos para la presentación?

—Genial. —Saco el teléfono para enseñarle la foto que he tomado antes para Alix. Una imagen que vale más que las mil palabras que no puedo pronunciar en este momento por lo preocupada que estoy.

—Ojalá pudiera ir —dice Sue.

—Vamos a inundar las redes sociales con la noticia. Te sentirás como si hubieras estado.

Sue sonríe de forma enigmática mientras la pantalla de mi teléfono se vuelve negra. Luego me mira fijamente y su sonrisa desaparece.

—Mira, Lanie —empieza—, lo que estoy a punto de decirte no te va a resultar fácil.

Contengo la respiración y me agarro a los reposabrazos. Sinceramente, si me despide, no sé qué voy a hacer. Ryan siempre me está hablando de todos los trabajos que se me darían de fábula, pero solo lo dice porque quiere que me mude a Washington. Yo no quiero otro trabajo. Quiero este.

Sue abre la carpeta que tiene sobre el regazo y echa un vistazo a algunas páginas. Esto es una tortura.

—Maldita sea. No está aquí. —Se levanta y va hacia la puerta con aspecto de estar un poco molesta—. ¿Frank? ¿Y el documento?

Fuera, oigo algunos movimientos y murmullos de Frank, disculpándose. Mientras Sue espera en la puerta, aparto la mirada, como si fuera un cirujano al que están a punto de amputarle un brazo. Miro los grandes ventanales y contemplo la nieve cayendo sobre el toldo de la cafetería de enfrente.

Desde luego, sería la vista perfecta si me despidieran. La de la misma cafetería donde conseguí este empleo hace siete años.

Tenía veintidós años, recién salida de la universidad y estaba llena de optimismo. La semana antes de graduarme, encontré una oferta en internet.

Asistente editorial en Peony Press.

Por aquel entonces, tenía un pregrado en Filología Inglesa, aunque mi intención era seguir estudiando Medicina. Y entonces, en un abrir y cerrar de ojos, mis planes de regresar a casa y pasarme el verano estudiando para el examen de ingreso en la Facultad de Medicina se esfumaron. Sin más, de repente. Fue como una señal. No estaba aquí para ser médico. Había venido al mundo para traer más historias como *Noventa y nueve cosas*.

Tomé un autobús hasta Nueva York, dormí en los sofás de los padres de algunos amigos en diferentes vecindarios y trabajé como camarera en un restaurante griego mientras esperaba una llamada de Peony Press.

Pero no me llamaron. Ni tampoco ninguna otra de las editoriales en las que eché currículums.

En septiembre, mis perspectivas de sofá y la paciencia de mi padre se agotaron y tomaron la forma de billete de avión de regreso a casa. El día antes de mi vuelo de vuelta a Atlanta, llegó una visita a Queens. Yo estaba en la escalera de incendios de la casa de la madre de mi amigo Ravi, mirando con los ojos entrecerrados por la brumosa luz del sol a la que resultó ser mi abuela.

Y antes de que te la imagines como una señora haciendo galletitas y sacándose pañuelos de la manga, déjame que te deje algo claro: mi *bubby*** Dora es toda una luchadora. Sobrevivió a Auschwitz y, después de que su familia emigrara a Estados Unidos, fue una de las tres mujeres que se graduaron en la Facultad de Medicina de Yale en su promoción. Cuando me dio la famosa charla sobre sexo en octavo curso, terminó convirtiéndose en un fin de semana de fiesta que culminó con ambas viendo *Las amistades peligrosas* con un bol de palomitas. Desde que tengo memoria, BD siempre ha bebido de una taza que lleva impresa la frase: LA PUTA AMA.

—¿Por dónde se va a Peony Press? —me preguntó desde debajo de la escalera de incendios.

—Eso depende. ¿Llevas alguna bomba contigo?

—Cariño, voy vestida de Chanel. No creo que eso pegue mucho. —Entonces, señaló con el pulgar a un taxi que esperaba detrás de ella—. Tengo aquí a un caballero muy apuesto aguardando a que nos subamos. Así que haz el favor de bajar. Luego nos despediremos de tu sueño, te pediré un Martini y, mañana, te llevaré a casa.

Nos sentamos durante horas en la cafetería de enfrente de las oficinas de Peony. Me contó las mismas historias de mi madre de cuando tenía veintidós años, aunque añadió algunos detalles que no sabía, como, por ejemplo, que no asistió a su graduación porque fue a ver a Prince, que en

---

* *Bubby* es una forma cariñosa de decir «abuela» en yidis, la lengua hablada por los judíos de origen alemán. (N. de la T.)

ese momento estaba en su gira de *Purple Rain*. Y en ese momento me di cuenta de que había algo que nunca le había preguntado a mi abuela.

—BD —Saqué del bolso mi desgastado ejemplar de *Noventa y nueve cosas* (desde que había llegado a Nueva York, lo llevaba conmigo como si fuera un talismán)—. ¿Te acuerdas de lo que me dijo mamá justo antes de morir?

—Podrías escribir un libro con todas las cosas de las que no me acuerdo, cariño —repuso ella. Pero lo hizo con un pequeño guiño que me confirmó que *sí* se acordaba, pero quería que se lo volviera a contar.

—Me dijo que quería que encontrara a alguien a quien amara de verdad, con todas mis fuerzas. Pero no me dijo cómo. O cuándo. Y ahora no sé si lo estoy haciendo bien. Me refiero a mi vida.

—Si pudiera resolver ese misterio por ti, lo haría —dijo, acariciándome la mejilla—, pero entonces, ¿dónde estaría la diversión?

Entendí que, por mucho que me molestara, tenía razón. BD me hizo una foto sosteniendo el libro, con la sede de Peony detrás de la ventana.

—Un día —continuó—, cuando estés en la comodidad de tu misterioso futuro, mirarás esta foto y te alegrarás de habértela hecho hoy.

Y ese fue el momento en el que Alix de Rue entró en la cafetería, en busca de un capuchino descafeinado.

La reconocí por la foto que acompañaba a la única entrevista que había encontrado en internet sobre Noa Callaway. Medía poco más de metro y medio, llevaba tacones *kitten*, melena rubia con corte *bob*, brillo de labios y una bufanda morada enorme. Le di un codazo a BD de inmediato.

—Ahí está el sueño del que me voy a despedir.

—¿La editora? —susurró BD con un jadeo—. Ve a hablar con ella.

—¡Ni de coña!

—Si no lo haces tú, lo haré yo —sentenció mi abuela. Tenía un Martini en la mano—. Aunque me llevaría un disgusto si me contrataran a mí en vez de a ti.

Terminé lo que me quedaba de mi café frío y me puse de pie.

—Tienes razón. Sería una faena.

Fui hacia la barra con el corazón latiéndome a toda velocidad.

—¿Señorita De Rue? —Le tendí la mano—. Soy Lanie Bloom. Siento molestarla, pero soy una gran admiradora de Noa Callaway.

—Yo también —dijo. Me sonrió un momento y luego volvió a prestar atención a su portátil.

Respiré hondo.

—El puesto como asistente editorial...

—Ya está cubierto.

—¡Vaya! —Aunque ya me lo imaginaba, a pesar de que nunca recibí un correo electrónico de respuesta de Recursos Humanos, el alma se me cayó a los pies.

—¿Ha hecho *esto* la persona que ha cubierto el puesto? —preguntó BD, que, de repente, estaba detrás de mí, colocando mi ejemplar de *Noventa y nueve cosas* delante de las narices de Alix de Rue, abierto por las últimas páginas, donde había escrito mi lista.

En ese momento, bien podría haberme tragado la tierra mientras miraba a la editora de Peony leer lo que había escrito sobre las cualidades de los escorpio en la cama. Cuando había hecho esa lista, me había sentido libre. En ese instante, sin embargo, pensé en mi madre y me pregunté si aquello la avergonzaría.

—Le dije a Noa que sus lectores se encargarían de rellenar la lista —dijo Alix, ahora con un tono más suave, mientras tocaba la página con sus dedos con cutículas mordidas.

—Este libro me cambió la vida —le confesé a Alix cuando me devolvió el ejemplar—. Supongo que ahora mismo no tengo mucho que ofrecer, desempleada y pidiéndole trabajo a una extraña con mi abuela borracha...

—Achispada —me corrigió BD.

—Pero algún día... —le dije a Alix, con una sonrisita, intentando parecer despreocupada.

—Mi nuevo asistente odia las novelas románticas —informó Alix—. Es el sobrino de alguien que trabaja en nuestra empresa matriz y me pidieron que lo tuviera una temporada a prueba.

—¿Ah, sí? —preguntó BD, guiñándome un ojo con picardía.

Alix me miró de arriba abajo con ojos entrecerrados, como si estuviera intentando llevarse una primera impresión completa de mi persona. Se fijó en mi bolso de lona lleno hasta los topes, mis desgastadas zapatillas blancas, los tres kilos que perdí ese verano por las preocupaciones y mi alimentación en los bufés de ensaladas durante las horas con descuento, mi flequillo ligeramente grasiento y demasiado largo, mi cazadora vaquera y mi desesperada y romántica fe de que quizá mi sueño no fuera una tontería, después de todo.

—Lo que me encanta de las historias de amor es su valentía —le dije.

—¿Qué otros autores te gustan, aparte de Noa Callaway?

—Elin Hilderbrand, André Aciman, Zadie Smith, Sophie Kinsella, Madeline Miller, Christina Lauren... —empecé a enumerar. Si Alix no me hubiera hecho un gesto con la mano para que me detuviera, habría continuado soltando nombres.

—Está bien, está bien —se rio—. Perfecto.

—Pero, sobre todo —sostuve el libro de Noa Callaway contra mi pecho—, ella. La adoro.

Alix sacó varios montones de papeles de su bolso de cuero, les echó un vistazo y luego me entregó uno de ellos, atado con una goma elástica. Encima colocó una tarjeta de visita suya.

—Léete esto esta noche y envíame mañana tu opinión por correo electrónico.

Y ahora (siete años, veintinueve mil atascos de papel en la impresora, dos apartamentos, tres ascensos, una tortuga heredada, dieciocho aventuras que van de apasionadas a absurdas, dos desastres absolutos con mechas y ocho superventas después), ¿se acabó? ¿Ya está?

Sue regresa a su silla blanca con una siniestra pila de papeles. Cruza las piernas, las estira y las vuelve a cruzar.

—Lanie —dice—, Alix no va a volver.

Mientras intento poner mi mejor cara de póquer, la consternación se apodera de mi expresión. Esto no lo había visto venir.

—Ha decidido quedarse en casa con Leo.

Sabía que a Alix le preocupaba volver a la oficina y tener que llevar a su hijo a la guardería..., pero le encanta su trabajo. Siento una enorme tristeza. Alix es mi mentora y mi amiga. La que más ha luchado por mí en Peony. Quiero hablar con ella, escuchar esta noticia de su propia boca, pero entonces me fijo en Sue, sentada frente a mí, mirándome con gesto inquisitivo. No me ha convocado solo para darme esta noticia. También tiene que ocuparse de lo que va a suceder conmigo. Los daños colaterales.

—Tenemos que hablar de Noa Callaway —comenta.

—El manuscrito. —Asiento, con un nudo en el estómago.

—¿Dónde está? —pregunta.

—Bueno... pues... no lo sé.

—Lleva cuatro meses de retraso, Lanie.

—Lo sé. —Y ahora Alix no va a volver para solucionarlo.

Sue ladea la cabeza y me mira fijamente.

—A estas alturas, deberíais ir por la tercera revisión autor-editor.

—Cierto. Pero como Alix estaba de baja y..., bueno, Noa tiene esa forma única de trabajar...

—Noa nunca ha entregado con retraso. Ni una sola vez. Sus libros son cruciales para nuestro presupuesto. *Son* nuestro presupuesto. Que Noa Callaway entregue a tiempo te permite conseguir ese manuscrito..., ¿cómo se llama?, ¿el debut de...?

—*El comienzo de algo hermoso* —digo. Mi adquisición más reciente, obtenida en una subasta que gané con mucho esfuerzo. Es una versión *queer* de *Casablanca,* la primera novela de un autor marroquí.

—Ya lo sé, Sue. Sé lo importantes que son los plazos de entrega de Noa para toda la editorial.

—Y, aun así, no has conseguido que Noa cumpla con la entrega.

—Está en ello. Esta mañana, Noa y yo nos hemos escrito unos correos...

Pero ¿de qué hemos hablado Noa y yo esta mañana? No del manuscrito, desde luego. Nuestros correos electrónicos son como una conversación entre viejas amigas que se burlan la una de la otra. Durante mucho tiempo, he ejercido de *yin*, mientras que Alix era el *yang*. Algo con lo que todo el mundo parecía estar cómodo, hasta que mi jefa se dio de baja por maternidad. Me encantan mis correos con Noa. Me hace reír y me escribe cosas que sé que sus lectores darían años de su vida por leer. Pero nadie los verá nunca. Son solo para mí.

Esta mañana, le he enviado a Noa un enlace para que viera en qué consistían los globos de helio con pastel, y ella me ha respondido con el gif de una mujer que se eleva en el horizonte de Manhattan con un enorme ramo de globos.

Dime sobre qué hora te pasarás, para que pueda saludarte desde mi ventana. Me pregunto dónde aterrizarás...

Sé que Noa vive en el 800 de la Quinta Avenida, y he de confesar que me he quedado mirando atentamente el edificio una o dos veces mientras salía a correr. Me la imagino allí, parada frente a su lujosa ventana, con unos prismáticos pegados a los ojos. Me gusta pensar que se parece a Anjelica Houston de joven.

El título provisional para el próximo libro de Noa es *Treinta y ocho obituarios* (tendremos que cambiarlo, pero parte de una idea estupenda). Trata de una joven periodista que consigue su primer empleo en el periódico de sus sueños, pero enseguida descubre que va a ser la encargada de cubrir la sección de necrológicas. Según me contó Alix, la primera tarea que recibe es escribir la necrológica de un joven escultor, un *enfant terrible*, que lleva una vida de excesos. En caso de que muera haciendo una de sus peligrosas acrobacias artísticas, ya tendrían el obituario preparado. Y ahí es cuando empieza la inesperada historia de amor.

Es una trama tan típica de Noa Callaway que parece que la novela debería escribirse sola. Entonces, ¿qué le está pasando para que no sea capaz de terminarla?

De pronto, me pregunto si Alix sabía que algo no iba bien con este libro. Debería haberlo entregado antes de que se fuera de baja por maternidad.

¿Tendrá esto algo que ver con su decisión de no volver? ¿Porque ha previsto la catástrofe de Noa Callaway?

—Lanie, cuando Alix se fue de baja, me dijo que confiaba en ti —señala Sue—. Puedo entender que, durante su ausencia, hayas estado esperando a Noa. Pero ahora...

Miro a Sue a los ojos, porque tengo la sensación de que ahora es cuando va a soltar la bomba. Pienso en mi cita favorita de Noa Callaway, de su tercera novela, *Cincuenta maneras de separar a papá y mamá:* «El mayor misterio de la vida es si moriremos con valentía».

Si mi carrera está a punto de llegar a su fin, quiero afrontarlo con coraje. Pero ahora mismo no me siento nada valerosa. Estoy aterrorizada, como si estuviera perdiendo el equilibrio al final de una pasarela.

—Necesito que tomes las riendas —indica Sue—. Que te hagas cargo.

—Que me haga cargo —digo muy despacio—. ¿De Noa Callaway?

¿No estoy despedida? Por lo visto, no.

Sue mira las fotos de sus hijos, a sus plantas, y por último a mí. Y entonces suelta un suspiro.

—Como bien sabes, Noa es... difícil.

Tengo la impresión de que está esperando que esté de acuerdo con ella. No he conocido a Noa en persona, ni siquiera he hablado con ella por teléfono, pero por las interacciones por correo que hemos tenido, creo que tiene las excentricidades propias de cualquier persona con un enorme talento creativo. Puede ser críptica, y a veces seca en sus mensajes, pero lo habitual es que nuestros correos tengan esa chispa divertida que tanto los caracteriza.

Cuando trabajamos juntas en su sexta novela, *Veintiuna partidas con un extraño,* sobre dos jugadores rivales que se odian en la vida real pero que se van enamorando poco a poco en sus sueños, Alix quiso eliminar una escena en la que los personajes jugaban una partida de ajedrez en una convención de videojuegos, alegando que no encajaba con la atmósfera tecnológica del resto de la novela.

Aprendí a jugar al ajedrez con mi abuela el verano en que murió mi madre, e intuí que la escena del ajedrez en el borrador de Noa era una metáfora más amplia de la relación romántica. La interacción entre estrategia y paciencia. En los comentarios que le envié a Alix, le expliqué con detalle cómo Noa podía mantener la metáfora con unos ligeros cambios. Fue la primera vez que Alix copió y pegó un párrafo escrito por mí en una de sus cartas editoriales. El día después de que Alix enviara la carta, recibí una invitación de Noa Callaway para jugar una partida *online* de ajedrez con ella. No hizo falta que mencionara que había notado mi influencia en esa carta. Y, desde entonces, seguimos jugando al ajedrez.

—Dadas las circunstancias —continúa Sue—, creo que lo lógico es que te ascendamos. *Provisionalmente.*

Parpadeo.

—Mañana te convertirás en la directora editorial más joven de Peony. *Provisionalmente.*

—Sue —susurro—, es un ascenso increíble. ¡Gracias!

—No me des las gracias todavía —me advierte—. Es solo una prueba. De tres meses. Si en ese plazo no consigues un manuscrito de Noa digno de convertirse en el número uno de los más vendidos del *New York Times*, entonces buscaré a otra persona que sí pueda.

—Claro que puedo —digo sin pensarlo. No tengo ni idea de cómo voy a hacerlo, pero encontraré la forma.

Si no logro que Noa entregue una novela fabulosa, no solo sufrirán nuestros ingresos anuales. Se hundirá toda mi carrera. Y la nueva versión de *Casablanca*. Y el romance paranormal de balé escrito por una adorable exbailarina de setenta años con un talento inigualable para las escenas de sexo tórridas. Y el sello #convozpropia que Aude y yo estamos deseando lanzar el año que viene.

—No te voy a decepcionar, Sue.

—Bien. —Sue me pasa una pila de papeles—. Firma aquí.

—¿Qué es esto? —pregunto, aunque enseguida me doy cuenta de lo que se trata. Es un acuerdo detallado de confidencialidad.

—Solo por precaución—dice ella.

—Ay, Dios mío —digo en cuanto me percato—. Espera, no me digas que voy a *conocer* a Noa Callaway. Noa nunca conoce a nadie en persona.

—Pues sigamos así. —Sue esboza una sonrisa rígida, y quizá demasiado amplia—. Céntrate en el libro, Lanie. Haz que Noa Callaway entregue la novela. Y abróchate el cinturón. Puede que estés a punto de toparte con algunas turbulencias.

4

A las siete en punto, cuando la hora del cóctel de la presentación está llegando a su fin, estoy esperando en la sala de espera del Hotel Shivani, todavía medio aturdida por la reunión que he tenido con Sue. Me sé el discurso que tengo que dar de memoria. Tuve que escribirlo hace un mes para que lo revisaran Alix, Terry y, por lo visto, también Noa, aunque nunca me hizo ningún comentario al respecto. Lo único que tengo que cambiar es la frase en la que digo que estoy aquí sustituyendo a la editora de Noa, por otra en la que indique que *soy* la editora de Noa. Lo que no reviste especial dificultad.

Queridas hermanas, estamos hoy aquí reunidas...

Mi discurso, a través de metáforas de boda, tiene la intención de guiar al lector por todo el trabajo que hemos hecho con el libro hasta su publicación. Desde la peculiar forma en la que Noa entrega sus manuscritos (una copia impresa en papel, en un maletín metálico, entregado por el servicio de mensajería Brinks), que en ocasiones recuerda a una cita a ciegas, hasta la fase del cortejo o proceso editorial, donde los problemas que te puedes encontrar siempre son los más divertidos. Cuando comparta con la audiencia cuál era el título favorito de Noa, *Doce solicitudes de divorcio,* haré una pausa para disfrutar de las risas. (Os lo juro, pensé que Noa no iba a ceder ni un ápice en este asunto).

Me vibra el teléfono. Es un mensaje de Ryan: ¡¡¡Pásalo bien esta noche!!!

Sé que ha programado una alarma en el teléfono para escribirme justo antes de salir a hablar, cuando esté con los nervios a flor de piel y necesite unas palabras de ánimo. Luego recibo un segundo mensaje: Estoy deseando verte. Y un tercero: No te hagas la Bill Murray.

Pongo los ojos en blanco, pero me río. Es su forma de decirme que me ciña al guion. Gracias a todos los cócteles de Washington a los que me ha llevado, Ryan se ha dado cuenta de que o soy tremendamente elocuente... o un desastre balbuceante. Dice que soy una persona de extremos, sin término medio.

Lista para la acción, le respondo. Salgo de la sala de espera, entrando en el salón de eventos iluminado por la luz de las velas.

En la estancia puede oírse el sonido de las mujeres que adoran lo mismo que yo. Esta es mi gente, mi audiencia. Subo al escenario y me sitúo debajo del altar, orgullosa de Meg, de su equipo y de la impresionante fiesta que han organizado. Orgullosa de Noa y de esta magnífica novela. Y también orgullosa de mí, claro que sí. Agarro el micrófono y lo ajusto a mi altura. Mi pecho se llena de emociones. Ojalá pudiera verme mi madre.

Miro a estas maravillosas y apasionadas mujeres, a las doscientas sesenta y seis, y me siento abrumada por mi nueva responsabilidad.

Pero luego, esa sensación se convierte en pavor. ¿Y si Noa Callaway no vuelve a escribir otro libro? Sería un completo desastre, y encima bajo mi responsabilidad. De pronto, no puedo ver. Las invitadas se convierten en una mar rojo. Oigo un zumbido en mis oídos. No recuerdo ni una palabra de mi discurso.

Estoy a punto de desmayarme... o vomitar.

Busco a tientas mi teléfono. Solo tengo que abrir el discurso y podré leerlo. Pero el reconocimiento facial no funciona y no puedo sujetar el micrófono, sostener el teléfono y el maldito globo y escribir la contraseña al mismo tiempo. Voy a tener que olvidarme del discurso.

¿Y ahora qué digo?

Abro la boca y oigo un chillido. Me fijo en Meg, que está en la primera fila, mirándome con los ojos abiertos de par en par y pronunciando en silencio de forma exagerada: «Buenas noches».

—¡Buenas noches! —digo en voz alta.

Meg se lleva una mano a la frente y me levanta el pulgar. Al menos he recuperado la voz.

—Soy Lanie Bloom, la editora de Noa.

Los susurros me desconciertan, pero entonces recuerdo que mis compañeros de la editorial todavía no saben nada de mi ascenso. Meg está estupefacta, aunque cuando volvemos a mirarnos, lo disimula con una sonrisa de oreja a oreja. A nuestras invitadas, esas palabras les han parecido de lo más normal. Sin embargo, yo las he pronunciado temblando.

Al fondo, un par de manos empiezan a aplaudir y el gesto se extiende por el resto del salón, aumentando en volumen. Aude silba. Esto me da un poco más de tiempo y me permite centrarme en las lectoras que tengo frente a mí, en lo mucho que tenemos en común. Así que decido hablar desde el corazón.

—Yo también soy fan de Noa. De hecho, sus novelas fueron la razón por la que me hice editora. Siempre he considerado un honor trabajar con ellas. Esta noche, mientras os miro, sé que estoy entre amigas. Es el efecto Noa Callaway. —Se produce otra ovación. Mis ojos siguen el sonido hasta una mujer joven que reconozco de eventos anteriores. Ha venido con todo su grupo de amigas, como siempre. Algunas de ellas llevan tatuadas citas de Noa Callaway en sus cuerpos. Lo que es una buena señal—. Demos un aplauso a las Chicas Callaway de Providence —digo, haciendo un gesto hacia ellas—, que se conocieron durante la presentación del primer libro de Noa, hace diez años, y son amigas desde entonces. ¿Sabíais que todas ellas viajan juntas a todas las presentaciones de Noa Callaway?

Recibo una nueva ronda de aplausos. Sospecho que el número de Chicas Callaway aumentará después de esta noche, otro efecto Callaway. Todo el mundo está invitado a unirse al club.

—Me gustaría dar las gracias a los clubes de lectura, a las blogueras, *bookstagrammers* y al increíble grupo de Facebook de madres e hijas que han organizado una competición esta noche para ver quién se termina primero el libro. ¡Que le den al instituto!

—¡Sí! —gritan un grupo de adolescentes.

—También quiero daros las gracias a las que habéis venido solas. Os aseguro que, os guste o no, volveréis a casa habiendo hecho nuevas amigas.

—Escudriño la estancia mientras la gente se ríe. Me fijo en la silueta de un hombre al fondo, cerca de la salida. Durante un instante, me pregunto si se trata de Ryan, que ha venido a darme una sorpresa.

Pero este hombre es más alto que Ryan. Y también más delgado, menos musculoso. Tiene el pelo oscuro más largo y ondulado. Está de pie, con los brazos cruzados. No pertenece a nuestro público objetivo. Estoy por continuar, pero no lo hago porque, justo en ese momento, da un paso adelante, entrando en el halo de luz, y le veo mejor el rostro. Me está mirando con un brillo travieso en los ojos. Parece... intrigado. ¿Por mí? ¿Por mi vacilante improvisación? ¿Se habrá dado cuenta de que estoy pendiendo de un hilo?

En lugar de simplemente reconocerlo y seguir adelante, incurro en lo que Ryan llama el «coche compartido de Lanie»: si caigo, me llevaré a alguien conmigo.

—Quiero dar las gracias también al hombre solitario del fondo, que ha venido para conseguir un ejemplar firmado para su mujer. Voy a hacer una suposición descabellada: ella trabaja de noche y al amanecer, cuando encuentre el libro firmado en su almohada, se lo agradecerá con una buena ronda de sexo. Señoras, aquí tenéis al Hombre del Año.

El público silba y suelta algunos gritos de aprobación. Miro en dirección al hombre, para ver si se está riendo, pero se ha movido del lugar y no logro encontrarlo entre la multitud. Seguro que su mujer se reiría si estuviera aquí.

—Me han dicho que no improvise en estos discursos —continúo—. Pero miradme. ¡Tiembla, Bill Murray! —Respiro hondo—. Creo que lo que estoy tratando de explicar es el alivio que produce sentirte conectada a algo, en lugar de sola. ¿No es eso lo que esperamos cuando leemos un libro? Las historias de Noa nos conectan a otros cuarenta millones de lectores de todo el mundo y, sin embargo, se sienten tan íntimas como una conversación. Cuando leo las historias de Noa, tengo la impresión de que nadie me entiende tan bien como ella. Es mi amiga. Y sé que también es la vuestra. Así que brindemos por Noa y por la increíble historia de *Doscientos sesenta y seis votos*.

Y entonces me viene a la cabeza la última línea de mi discurso. Fue una de las incorporaciones de Terry, y es perfecta para este público.

—Renovemos nuestros votos como lectoras. Por favor, ¿podríais alcanzar vuestros globos y levantar vuestros alfileres? —Hago lo propio con los míos—. Repetid conmigo: con este pastel, te tomo como mi novela.

—Con este pastel —responden todas—, ¡te tomo como mi novela!

Y luego, el salón se inunda con la percusión de doscientos sesenta y seis globos explotando y todo el mundo aplaude mientras llueve confeti comestible.

Después del discurso, las invitadas se reúnen alrededor de la maravillosa tarta de Meg para llevarse un ejemplar firmado. Hablo con algunas mujeres de White Plains y me uno a Aude detrás de la mesa para repartir más libros. Este es el momento en que la gente empieza a preocuparse por cómo volverán a sus casas y sé que tenemos que hacer que salgan de manera eficiente, para que regresen a sus vidas y responsabilidades.

Estoy repartiendo los obsequios (copas de champán grabadas y bolsas de tela con la portada del libro), cuando alzo la vista y veo al hombre al que vitoreé en mi discurso.

—Hola, Hombre del Año. —Le entrego un libro—. Gracias por seguirme el juego.

Ahora que lo tengo de cerca, me doy cuenta de que tiene unos ojos verdes hipnotizantes, que me miran como si supieran algo.

—Me alegro de haberte sido útil.

Su voz es más grave de lo que me imaginaba.

—Espero que tu esposa te lo agradezca como es debido.

Abre la boca, pero la cierra de inmediato.

—¿Novia? —sugiero.

—No. No es eso...

Al ver que no termina la frase, me siento mal porque sé que me he excedido. A las presentaciones de Noa también vienen de vez en cuando hombres homosexuales, pero tengo la sensación de que este es heterosexual. Y de pronto lo entiendo todo.

—Oh, lo siento, debes de ser periodista.

No me acordaba de que un reportero de la revista *New York* nos había confirmado su asistencia. Meg estaba encantada con la cobertura. Seguro que le he quitado las ganas de escribir sobre la presentación.

—No olvides mencionar el ridículo que acabo de hacer.

Él niega con la cabeza.

—Te pondría por las nubes.

A mi mente acude el gif que me ha mandado Noa de la mujer volando con los globos.

—Con un ramo de globos con pastel dentro.

—Hablando de lo cual, ¿ese es de alguien? No me han dado ninguno.

Meg aparece a nuestro lado, pincha el último globo y agarra el pastel con un arte inigualable. Me pregunto si se habrá dado cuenta de que el confeti parece estar cayendo a cámara lenta alrededor de mí y del hombre cuyo nombre aún desconozco.

—Esta es Meg, nuestra jefa de publicidad —le digo—. Seguro que hablaste con ella sobre el artículo.

Meg me mira, confundida, y hace un gesto de negación con la cabeza.

—La revista *New York* ha enviado a Doris. Ya se ha ido, pero ha sacado una foto tuya sobre el escenario estupenda.

—¡Vaya! —Me vuelvo hacia el hombre misterioso—. Parece que sigo confundiéndote.

Sigue mirándome como si compartiéramos un secreto; algo que me resulta un poco incómodo y fascinante a la vez. Aunque sé que estamos retrasando la fila, le tiendo la mano.

—Soy Lanie —me presento.

—Lo sé —replica, enarcando una ceja.

Me devano los sesos, preguntándome si lo conozco de antes. No. Lo recordaría. Tiene una de esas caras de las que no es fácil olvidarse.

—Antes te has presentado en el escenario —explica.

Ambos nos reímos. Yo por nerviosismo.

—Ross —dice, antes de estrecharme la mano.

—Encantada de conocerte.

—No lo tengo yo tan claro —replica. Pero su sonrisa hace que ignore el comentario. Tiene una sonrisa hermosa, con los labios ligeramente entreabiertos, mostrando una bonita dentadura.

Cuando le he tocado la mano, he sentido un leve chispazo. Trago saliva. Es evidente que este hombre me atrae.

Retiro la mano y miro hacia otro lado.

—Que disfrutes del libro —le digo.

Veo que se toma mis palabras como una señal para irse.

—Oh, seguro. —Se despide con un gesto de la mano y empieza a alejarse—. Gracias.

Y ahí es cuando me doy cuenta de que se está yendo del salón sin ningún libro.

5

Algunas personas aprovechan sus viajes en transporte público para ponerse al día con los chats grupales o escuchar pódcast sobre crímenes reales. Yo soy de las que tiene fantasías secretas en la línea M del metro. No siempre son de contenido sexual, aunque reconozco que en algunos estados podrían arrestarme por el sesenta por ciento de lo que se me pasa por la cabeza mientras hago el trayecto desde la oficina en Washington Square hasta mi apartamento.

Esta noche, la fantasía comienza con Ryan en el sofá, viendo baloncesto y echando un vistazo a la aplicación de *The Economist* mientras me espera. En el segundo acto, entro en casa, me quito la gabardina y el vestido en el pasillo (un truco que me enseñó mi amiga Lindsay en la universidad), me siento a horcajadas sobre Ryan sin decir palabra y tenemos sexo. El tercer acto empieza con una botella de *prosecco* consumida a palo seco.

Ryan y yo nos conocimos en pleno tráfico. Esto es algo que me encanta, y no solo porque me ayuda a evitar las tediosas conversaciones triviales en las reuniones (a nadie le interesa oír hablar de lo horrible que ha sido tu viaje en transporte público, pero si el tráfico es la premisa del amor, la cosa cambia); me encanta porque la forma como conocí a Ryan es muy parecida a la manera en que podrían encontrarse los protagonistas de una épica historia de amor.

Fue durante una sofocante mañana de verano en Washington D.C., hará unos tres años. Estaba en la ciudad para asistir a una conferencia. Había salido con tiempo de sobra de mi hotel en Georgetown para llegar al Centro de Convenciones Walter E. Washington, donde iba a intervenir en una mesa redonda sobre el romanticismo feminista, pero un autobús se averió en la calle M, y mi taxi estaba justo detrás.

El primer contacto que Ryan tuvo conmigo fue el torrente de palabrotas que salió por la ventanilla de mi taxi. Iba en una moto Triumph Bonneville antigua y se paró junto a mí.

—¿Tienes prisa? —preguntó.

Al recordarlo, me doy cuenta de que su voz me gustó de inmediato: firme, con un toque burlón.

—En teoría, debería estar en el centro de convenciones en cinco minutos.

—Entonces será mejor que subas.

Me reí y luego lo miré de verdad por primera vez. Siempre he sentido debilidad por los motoristas. De hecho, es uno de los puntos de mi lista de noventa y nueve cosas. No del tipo sucio y agresivo, sino en plan Steve McQueen en *La gran evasión*. Ryan encajaba perfectamente en esta categoría. Llevaba un traje bonito y unos zapatos relucientes. Tenía las uñas limpias y manos sexis. Y entonces se subió la visera del casco y vi sus ojos. En ese momento supe que estaba perdida. Esos ojos marrones me habrían sacado del taxi, aunque hubiera necesitado que me llevaran a Louisville.

Otro punto de mi lista.

—Puedes usar mi casco —dijo, como si supiera que ya me tenía en el bote.

—No suelo hacer estas cosas —le dije, al tiempo que le daba al taxista un billete de cinco dólares y abría la puerta del vehículo.

—Tal vez deberíamos convertirlo en un hábito —comentó él—. Soy Ryan.

—Yo, Lanie.

Me puse el casco mientras los coches tocaban el claxon a nuestro alrededor. Si hubiera estado con Meg o con Rufus les habríamos sacado a todos el dedo corazón, pero me quedé allí esperando pacientemente a que Ryan me abrochara el casco, sintiendo sus dedos en mi barbilla.

—Ignóralos —me susurró al oído, señalando a los conductores—. Dentro de unos segundos los verás desde el espejo retrovisor.

Cuando meto la llave en la cerradura de mi apartamento en la quinta planta de un edificio sin ascensor, son las diez y cuarto. Llevo viviendo aquí desde hace seis años, pero solo he tenido la vivienda para mí durante los últimos tres, después de que mi compañera de piso se mudara a Boston y por fin pudiera (a duras penas) pagar el alquiler yo sola. Contraté a una empresa para derribar la pared provisional del salón que lo había dividido para crear una habitación para mi compañera y devolví al apartamento su antiguo esplendor de un solo dormitorio.

Esta noche, cuando abro la puerta, me golpea una ráfaga de aire caliente. Levanto las manos para protegerme de las llamas. Olfateo en busca de humo, pero solo percibo el aroma del pan de ajo de Vito's.

Entro y en la cocina me encuentro a Ryan, sin camiseta y medio sumergido en una montaña de tubos de desagüe y piezas de metal de lo que, hasta esta mañana, era mi lavaplatos. Al oír mis pasos, alza la cabeza y me dedica una sonrisa de oreja a oreja que hace que la señora de la tintorería se abanique con su talonario de cupones.

Ryan jugó al tenis en Princeton, así que, si alguna vez has visto a Nadal cambiarse de camiseta después de un partido, la comparación no te parecerá exagerada. Tiene unos músculos tan definidos que podrían servir de ejemplo para dar una clase de anatomía.

Nunca me he sentido atraída por los músculos, pero con Ryan forman parte del paquete. Es sólido por dentro y por fuera. Es el asesor legal más joven del Capitolio, líder del programa de voluntariado local Big Brothers, capitán de un equipo de fútbol y feliz canguro de sus sobrinos. Nunca, ni una sola vez en tres años, ha dejado de llamarme cuando me lo ha prometido, ni me ha dado motivos para dudar de sus intenciones. Cuando quiere algo, lo consigue. En eso nos parecemos.

Ryan tiene aspiraciones presidenciales. Aspiraciones legítimas. Cuando me habló de eso en nuestra quinta cita, explicándome qué plan tenía para los siguientes veinte años de su vida profesional mientras estábamos sentados en un bar de West Fourth, me asusté, pero luego pensé que Michelle tampoco debió de comerse mucho la cabeza sobre cómo se desenvolvería como primera dama en su quinta cita con

Barack y decidí disfrutar de mis vieiras y dejar que la vida siguiera su curso.

—Hola, cariño —me saluda.

—No muevas ni un músculo. —Saco el teléfono—. ¿Por qué nunca hemos hecho una tarjeta de Navidad-Janucá mostrando tus abdominales con la frase de «Dame un pectoral bajo el muérdago» escrita en cursiva? Aunque también serviría «Feliz Navidad y próspera tableta nueva».

—Qué horror. —Ryan se ríe, arrugando las comisuras de sus ojos marrones. Sus tríceps de estatua griega se contraen mientras gira mi llave inglesa barata. Se levanta, se acerca a mí y me levanta como hace un marido recién casado con su mujer para atravesar el umbral. Luego nos besamos—. Además, si es una tarjeta navideña, deberíamos salir juntos.

—Pero entonces tapería tus abdominales.

—La gente sabría que siguen ahí. —Me vuelve a besar.

Le toco el pecho.

—Aparte de tu cuerpo, ¿hay alguna razón más para que haga tanto calor aquí?

Ryan me deja en el suelo, se apoya en la cocina y se mete los pulgares en la pretina de los vaqueros.

—¿Qué quieres primero, las buenas o las malas noticias?

—Primero siempre las malas —digo, dejando en el suelo todas las bolsas de tela que traigo. No sé cómo lo hago, pero salgo de casa con una y cada día vuelvo con cuatro—. ¿Quién puede asimilar las buenas noticias sabiendo que las malas acechan a la vuelta de la esquina?

—Muy bien. La mala es que te he roto el radiador mientras arreglaba el lavavajillas. La buena, que te he arreglado el lavavajillas. —Me tira de la manga—. Quítate el abrigo y siéntate un rato.

Me encantaría quitarme la gabardina, pero estoy completamente desnuda debajo de ella y este sofoco no es el preludio que tenía en mente para nuestro apasionado encuentro de esta noche. Me inclino para contemplar el desastre en el que se ha convertido mi cocina. Adiós a mi fantasía de tres actos.

—Sí, el lavavajillas tiene pinta de estar muy arreglado —bromeo—. Como veo que tienes algunos proyectos de renovación en mente, ¿podrías encargarte mañana de mi cabecero? Esperaba que, después de esta noche, lo estropeáramos un poco.

—A lo que me refiero —dice, señalando los tubos—, es que he arreglado lo del traqueteo. En teoría, no debería sonar cuando vuelva a montarlo. Pero esa es la parte fácil.

—Claro. Mi lavavajillas hace mucho ruido durante el ciclo de aclarado desde antes de mudarme aquí, aunque nunca me ha molestado. Lo veo como una de esas peculiaridades de vivir en un apartamento de Nueva York a la que tienes que acostumbrarte. Si comienza a sonar cuando estoy dando una cena con invitados, lo soluciono dándole un par de golpes, pero casi siempre lo pongo en marcha cuando me acuesto y me quedo dormida con su sinfonía.

Ryan, sin embargo, tiene el sueño ligero y no le gusta el traqueteo. No le gustan la mayoría de las peculiaridades de mi apartamento y hace todo lo posible por ponerles solución.

—¿Dónde está Alice? —Miro por encima del hombro de Ryan, hacia la pequeña cama para perros donde suele quedarse mi tortuga. Alice tiene ochenta y seis años y es muy obstinada, sobre todo en lo que respecta a la temperatura de la casa. La heredé de mi vecina de enfrente, la señora Park, cuando se mudó a Florida. Alice y Ryan no se llevan bien.

Ryan se encoge de hombros.

—Creo que se fue en esa dirección hace una hora. —Hace un gesto hacia el baño.

Encuentro a Alice debajo del lavabo, donde hay una tubería que gotea.

—Menos mal que todavía no ha arreglado la fuga —susurro para mí misma.

—A las tortugas les gusta el calor —comenta Ryan mientras llevo a Alice de vuelta a la cocina—. Son animales de sangre fría.

—A Alice, no. —Añado hielo a su agua y saco unos cubitos de zumo de naranja congelado del frigorífico—. Es muy sensible. Cree que es un perro.

—Quizá nuestra próxima mascota debería ser un perro de verdad, ¿no crees? A mi hermano le acaban de dar un *goldendoodle* y...

—No hables de Alice como si ya no estuviera. ¡Puede que viva más que tú!

Se ríe.

—¿Cómo ha ido el baile de San Valentín? —Ryan siempre se confunde un poco sobre lo que pasa en mi trabajo. Pero esta noche decido no corregirlo. Si empiezo a decirle que la temática de la presentación eran los votos matrimoniales y no San Valentín, abrirá la veda de las conversaciones de bodas.

De la nuestra, para ser más exactos. Ryan no entiende por qué, cada vez que discutimos sobre posibles ubicaciones, comienzo a sudar. Según él, somos dos personas a las que se nos da de lujo tomar decisiones, y con la ayuda de un organizador de bodas, podríamos gestionar el evento sin ningún problema. En realidad, lo que quiere (como cualquier persona normal) es que fijemos una fecha.

Saco la botella de *prosecco* del bolso. Ryan se fija en la elegante etiqueta y enarca una ceja, intrigado.

—¿Qué quieres primero, las malas noticias o las buenas? —pregunto.

Está junto a mi carrito de bebidas, donde tengo las copas de champán altas.

—¿Qué clase de lunático quiere las malas noticias primero cuando el *prosecco* se está calentando?

—Tienes razón, descorcha la botella, pero tengo que ir en orden. Seré breve. —Me agacho cuando el corcho sale disparado por mi pequeña cocina. Ryan vierte a toda prisa un poco de espuma en mi copa.

—La mala noticia es que Alix no se va a reincorporar al trabajo después de su baja por maternidad.

—¿La han despedido? —Ryan niega con la cabeza—. Puede demandarlos por discriminación...

—No, no es eso —le interrumpo—. Ha sido decisión suya. Quiere quedarse con el bebé.

—Tiene sentido —comenta Ryan—. Es lo que hizo mi cuñada después de tener a los mellizos. Hay muchas mujeres que...

—Ryan —vuelvo a cortarle, dejando la copa y colocando ambas manos en sus hombros—, ¿qué dirías si te contara que estás ante la flamante directora editorial de Peony Press?

Ryan parpadea sorprendido. Tarda un momento en darse cuenta de que estoy esperando una respuesta.

—Diría que... mmm.... ¡Vaya! Es algo inesperado... y estupendo. Sí, estupendo. ¿Es en serio?

—No, te estoy tomando el pelo —replico con voz inexpresiva—. ¡Pues claro que es en serio! —Lo abrazo, entusiasmada—. Cuando me dijeron que Sue quería verme, pensé que me iban a despedir.

Ryan se ríe.

—Pero si te estás dejando la piel en esa editorial. Estaba claro que tenían que ascenderte. —Se aparta de mí, brinda conmigo y bebe un trago de su copa.

Yo, sin embargo, no bebo. Y antes de darme cuenta, estoy negando con la cabeza. No me gusta su razonamiento.

Es cierto que trabajo duro. Y esa es la parte que Ryan ve: los fines de semana por la tarde, cuando estoy sumergida en la edición de un manuscrito y es imposible que él pueda sacarme de mi mundo literario. Pero no quiero que se me reconozca por mi productividad. No dedico tantas horas a mi trabajo para editar manuscritos más rápido que mis compañeros. Los manuscritos no son bombones en una cinta transportadora como en ese episodio de *Te quiero, Lucy*.

La edición requiere intuición, alquimia. Cuando me sumerjo en el primer borrador de una autora, busco la historia que creo que ella quiso contar, en el futuro libro que las lectoras estarán deseando abrir y en el que encontrarán algo mágico.

—¿Y has aceptado? —pregunta—. ¿El ascenso?

—¿Cómo no iba a aceptarlo? —digo—. Es el trabajo de mis sueños, y ha llegado años antes de lo que me podía imaginar. ¡Me voy a encargar de Noa Callaway!

—Ah, la diva —comenta, girando su musculosa espalda, para seguir con el montaje de mi lavavajillas.

Me aclaro la garganta.

—Sí, la diva increíblemente brillante y la razón por la que trabajo en una editorial y por la que he tenido que firmar un acuerdo de confidencialidad, que lleva cuatro meses de retraso en la entrega de su libro.

—Estás obsesionada con ella —dice Ryan. No sé si lo dice como un insulto. Él idolatra abiertamente al senador para el que trabaja, así que quizá solo esté afirmando un hecho.

Cuando Ryan conoce a alguien a quien admira en el distrito de Capitol Hill, compra su biografía y se hace seguidor de su historia y sus costumbres. Yo nunca he sentido la necesidad de saber quién está detrás del telón. Me basta con vivir en el mismo planeta que las fantásticas heroínas de Noa Callaway.

En la editorial circulan diversas teorías sobre la verdadera identidad de Noa Callaway. La mayoría cree que es una mujer cincuentona con hijas adolescentes, es decir, una mezcla de lo mundano con un toque juvenil. Aude dice que otra asistente le contó que es el seudónimo con el que escriben dos hermanas gemelas que viven en las dos costas del país y que se intercambian capítulos por correo electrónico. He almorzado con agentes que, mientras comían un *gravlax* de salmón, me han asegurado que, según una fuente fiable, Noa es un hombre gay de cuarenta y seis años que escribe desde un yate frente a Fire Island, y luego me han mirado con un brillo suplicante en los ojos para que se lo confirmara.

Pienso en la advertencia que me ha hecho Sue de que es mejor que mantenga mi relación laboral con Noa como hasta ahora, por correo electrónico. Pero hay algo en mi interior que se resiste a eso. Mi trabajo consiste en conseguir que Noa entregue el manuscrito. Si tiene alguna dificultad que se lo impide y lo único que puedo hacer es enviarle un mensaje, ¿no estoy condenada al fracaso?

—Además —le comento a Ryan—, el ascenso es provisional.

Me mira.

—¿A qué te refieres?

—Sue me ha dicho que si en tres meses no consigo que Noa me entregue un manuscrito que se convierta en el número uno en ventas...

Lo miro, esperando a que termine mi frase, infundiéndome ánimos con un «pues claro que lo vas a conseguir». Pero no dice nada, simplemente vuelve a prestar atención al lavaplatos. Y entonces, me doy cuenta de que ni siquiera me ha felicitado por el ascenso.

—Oye —me acerco a él, le quito con cuidado la llave inglesa de la mano y le doy un suave golpe en la cabeza—, ¿qué está pasando ahí dentro?

Ryan se limpia las manos en los vaqueros.

—Estoy orgulloso de ti, Lanie.

Mira mi mano izquierda, al dedo desnudo en el que me colocará el anillo a final de mes, cuando terminen de ajustarle el tamaño.

—¿Pero? —digo. Aunque creo que lo sé, necesito oírlo de sus labios.

—Quedamos en que empezaríamos a planificar la boda después de las vacaciones. Pero entonces estabas muy ocupada con los preparativos de la presentación de hoy. Y ahora que se ha terminado, me cuentas esto.

Suelto un suspiro. Aunque creo que estamos yendo a un ritmo razonable (al fin y al cabo, solo estamos comprometidos desde octubre), a menudo tengo la sensación de que a Ryan le gustaría que ya estuviéramos casados y esperando nuestro primer hijo. Hemos tenido algunas discusiones (no grandes peleas), pero sí las suficientes como para dejarme agotada solo de pensar en ello.

—Ryan —murmuro.

—Me preocupa que este ascenso nos coloque al final de tu lista de prioridades —comenta—. Nuestra boda. Y todo lo demás.

Todo lo demás. Pronuncia estas palabras deprisa, en voz baja, apenas perceptible. Ryan y yo acordamos que, después de la boda me iría a vivir con él a Washington. Pero la logística de ese traslado, y lo que significará para mí y para mi carrera aún no se ha concretado. Me doy cuenta de que Ryan piensa que mi ascenso no ayudará en nada a nuestros planes de convivencia.

Y luego está el asunto de la religión: si me convertiré al cristianismo. Para Ryan es importante que los posibles hijos que tengamos compartan la misma religión que ambos progenitores. Yo no soy particularmente religiosa, pero tampoco me hace mucha gracia lo de convertirme. No me parece bien dejar de ser yo misma para que, en una futura campaña electoral, podamos presentarnos como miembros de ese grupo de protestantes blancos anglosajones que forman la élite del país, o WASP, como los llaman por aquí. Ya no estamos en 1956, ¿verdad? Es más, tampoco me imagino diciéndole a BD que ya no soy judía y que sus bisnietos tampoco lo serán.

Son cuestiones importantes que ambos hemos sabido barrer y esconder debajo de la alfombra desde que nos comprometimos. Parece que nunca es buen momento para abordarlas. Y esta noche estoy demasiado cansada (y demasiado eufórica) para plantearme posibles soluciones. Así que le digo a Ryan aquello que siempre hace que me sienta mejor cuando me preocupo por cómo serán las cosas en nuestro futuro.

—Eres mi noventa y nueve cosas. —Y le agarro las manos. El hecho de que no haya ninguna duda de que Ryan es perfecto para mí es algo que me importa mucho. Pero ahora no sonríe como suele hacerlo.

Voy hacia el *prosecco* en busca de ayuda. Vuelvo a poner las copas en nuestras manos y me pongo al mismo nivel que Ryan; un nivel práctico, de planificación.

—¿Qué te parece si la próxima vez que estemos en Washington vamos a ver esos lugares para bodas que tu madre quería enseñarnos?

—¿En serio? —pregunta.

Asiento con la cabeza.

—Y mientras tanto, esta noche, ¿podemos brindar por mis buenas noticias? Esta es mi forma de rogarte que bebas este *prosecco* excelente.

Ryan esboza su preciosa sonrisa de político; esa que dice: «Estoy de tu parte». Luego alza la copa y dice:

—Enhorabuena, cariño. Cuéntame todo lo que te ha dicho Sue.

Y eso es lo que hago. Me dejo caer en el sofá con el *prosecco* y le hablo de la reunión que he tenido mientras él acaba de montar el lavavajillas. Cuando termino de contarle la conversación con Sue, paso a explicarle cómo ha ido la presentación. No puedo evitar pensar en el apretón de manos que me he dado al final con Ross, en la intensidad de su mirada y la emoción que me recorrió.

Una copa de *prosecco* después, Ryan no solo ha terminado con el lavaplatos, sino que casi me ha arreglado la válvula del radiador. Los dos estamos en ropa interior y ya no pienso en la mano de Ross. Los gruñidos y maldiciones de Ryan se han reducido a uno cada tres minutos, y siento que ya hay lugar para la conversación.

—¿Hablamos de lo que vamos a hacer mañana? —pregunto.

Ryan no levanta la vista de su trabajo.

—El plan número uno es disfrutar de que nuestra calidad de vida ha mejorado bastante ahora que tienes un lavavajillas que funciona. Y un radiador actualizado.

—Ese traqueteo era mi canción de cuna. Espero por tu bien poder dormir con el nuevo silencio.

—Estoy pensando en ti, en mí, en ese sofá, en pedir una pizza, *con* jalapeños porque te quiero, y la nueva de Scorsese. No me digas que no es un plan perfecto para el sábado.

—¡Es San Valentín! —exclamo, con más vehemencia de la que pretendía. Nunca me ha importado mucho el día de los enamorados, pero puede que en esta ocasión esté un poco emocionada porque es el primer año que cae en fin de semana. Lo que significa que es el primero que pasamos juntos.

—Era broma. —Ryan sonríe—. Deberías haberte visto la cara cuando he mencionado a Scorsese.

Le tiro un cojín.

—Odio a Scorsese. No se va a morir porque alguna mujer aparezca en una de sus películas antes de la segunda mitad...

—Lanie —me interrumpe, intuyendo que voy a soltarle una diatriba—, tengo planeado todo el día, y terminará con una cena exclusiva en tu restaurante favorito, Peter Luger. Hice la reserva hace meses. —Me mira, y sé que no he reaccionado con el entusiasmo suficiente—. ¿Lanie?

Hemos celebrado nuestras últimas cuatro ocasiones especiales en Peter Luger, pero si se lo digo, me saldrá con eso de que «¡Es una institución!» o «¡Creía que te encantaban sus espinacas a la crema!». Y es cierto. Son mis verduras favoritas del mundo, pero esta noche no me apetece defender las espinacas a la crema. Hemos caído en unas rutinas que, a veces, me inquietan y me producen claustrofobia, como si fuera un juguete de cuerda atrapado en un rincón.

—¿Nunca te preocupa que nos comportemos como unos viejos casados, sin ser viejos ni estar casados? —pregunto.

Creo que va a decir: «No, porque no hay nadie más con quien quiera envejecer y casarme, por eso te he propuesto matrimonio».

Pero Ryan me sorprende, como hace a veces. Me alza en brazos, me carga sobre su hombro y se dirige hacia el dormitorio, haciéndome chillar de placer.

—¿Alguna vez has visto a un viejo casado hacer esto? —Me tira sobre el edredón y no veo la hora de ponerle las manos encima.

Al caer la tarde del día de San Valentín, hemos comido en nuestro sitio favorito, Parker & Quinn, que me encanta porque tiene una barra con cócteles de mimosa personalizados (¡con cuatro tipos de zumos!) y a Ryan porque puede ver a los Wizards vencer a los Bulls. Luego me ha llevado a una tienda de artículos de tenis en el centro para comprar una raqueta y así poder cumplir su objetivo: que juguemos unos dobles en Washington. Yo, por mi parte, lo he arrastrado al Guggenheim porque nunca me canso de contemplar *Canal* de Helen Frankenthaler.

Cuando salimos del museo, todavía nos queda una hora para cenar, así que le sugiero dar un paseo por el parque.

En la calle Sesenta y Dos, nos acercamos al puente Gapstow, que ha sido mi punto de referencia a la hora de correr, incluso antes de que entrara a trabajar en Peony, cuando me sentía perdida, estaba sin blanca y sola, suplicando al universo que me mostrara mi destino. El puente de piedra que atraviesa el lado norte del lago de Central Park, parece salido de una novela de fantasía, hecho de pizarra gris y cubierto de musgo. Al otro lado, se encuentra una de las vistas más impresionantes del horizonte de Manhattan. Es un lugar en el que nunca tuve la sensación de que estuviera pidiendo demasiado, siempre y cuando estuviera dispuesta a hacer lo que fuera necesario para conseguirlo.

Me paro en el centro del puente y agarro a Ryan de la mano para asegurarme de que él también se detiene.

—Puede que este sea mi lugar favorito de todo Nueva York.

—Es precioso —dice. Tira un poco de mi mano mientras mira al cielo—. ¿Seguimos? Parece que va a llover de nuevo.

—Espera. Iba a dártelo más tarde, pero creo que ahora es el momento adecuado. —Abro el bolso y saco mi pequeño regalo envuelto en papel de seda.

Mientras Ryan lo desenvuelve, siento una creciente expectación. Cuando separa los paneles de madera, casi estoy saltando por la emoción.

—Tu lista —dice—. La del libro.

—Sí. La del libro.

—No lleva zuecos. Marcado. Eres consciente de que no soy como una lista de la compra, ¿verdad? Que soy alguien de carne y hueso.

—¿No te parece increíble que tuviera ese plan romántico tan absurdamente largo y meticuloso, y haya encontrado al hombre que cumple todos y cada uno de mis requisitos?

—Eh, eh, que fui yo el que te encontró a ti —dice, antes de besarme.

Le enseño cómo meter su regalo en la cartera y me gusta cómo queda.

—Ahora sabrás por qué te quiero, incluso cuando no estemos juntos.

—Cuando estamos a punto de salir del puente, vuelvo a detenerme—. Espera, es sábado.

—Sí, lleva todo el día siéndolo.

—Deberían estar aquí.

—¿Quiénes?

—Edward y Elizabeth. —Escudriño el césped debajo del puente, como he hecho tantas veces cuando he salido a correr los sábados por la tarde. Pero no veo por ninguna parte a la pareja que estoy buscando.

En realidad, no se llaman Edward y Elizabeth. O quizá sí. Nunca he hablado con ellos. Pero solía verlos por aquí todas las semanas, hasta el punto de que terminaron importándome.

—Los que venían de pícnic —le digo a Ryan, esperando que se acuerde. Cuando empezamos a salir, le hablé de la pareja que, todos los sábados por la tarde, venía al mismo lugar de Central Park y luego disfrutaba de un elegante pícnic junto a la orilla norte del lago.

—¿Son ellos? —Ryan señala a una pareja de ancianos que se acerca por el camino.

Me pongo de puntillas y sigo su mirada, esperanzada.

—No. —Niego con la cabeza—. No se parecen en nada.

Hacía años que no venía a Central Park un sábado al atardecer. Puede que desde que empecé a salir con Ryan. Una fría sensación de futilidad se apodera de mí ante la idea de que uno o los dos miembros de mi pareja favorita ya no estén en este mundo.

Ryan me abraza. Creo que se ha dado cuenta de lo decepcionada que estoy. Cuando estamos a punto de besarnos, suena un trueno y empieza a llover a cántaros. Quiero quedarme un rato más, olvidarme de la tormenta y de nuestros planes para cenar, y seguir besándonos hasta que Edward y Elizabeth aparezcan. El mal tiempo nunca ha sido un obstáculo para ellos. Los he visto hacer un pícnic en medio de una ventisca de nieve con una lámpara calefactora a pilas.

Pero Ryan se quita el abrigo, me lo pone por encima de la cabeza, me agarra la mano y tira de mí.

—O salimos corriendo o nunca conseguiremos un taxi —grita por encima del aguacero.

Tiene razón, lo sé, pero irme así, sin ver a Edward y a Elizabeth, hace que me sienta fatal.

6

El día que empecé a trabajar en Peony Press, entré en el despacho de Alix y me la encontré sentada detrás de su escritorio, fumando hierba.

—¡Oh, lo siento muchísimo! —grité. Retrocedí de inmediato, prometiéndome solemnemente que llamaría con más energía la próxima vez, y sin saber si debía dejar el material que llevaba para las portadas o abortar la misión por completo.

—Pasa, pasa —me dijo mi jefa, tosiendo mientras rociaba un ambientador con olor a higo—. No suelo hacer esto, pero esta mañana tengo una llamada importante con Callaway.

Noa acababa de entregar el primer borrador de su tercera novela: *Cincuenta maneras de separar a papá y mamá*. Me había leído de una sentada el manuscrito y estudiado al detalle la carta editorial de Alix, de dieciocho páginas, con interlineado sencillo, como si fuera una arqueóloga examinando los Manuscritos del Mar Muerto.

El libro se centra en una pareja de veinteañeros que planea una escapada romántica a Nueva York... que la madre de él y el padre de ella amenazan con arruinar. Las cosas empeoran cuando la joven pareja descubre no solo que sus padres salieron en el pasado, sino que vuelven a estar solteros. Y para desesperación de sus hijos, las llamas de la pasión no se han extinguido, así que trazan un plan para que sus progenitores pierdan interés el uno en el otro, y organizan una serie de artimañas que enmascaran en diversas salidas y eventos: un concurso de cocina, entradas para Broadway, un viaje en *kayak* por el Hudson, etc. Sin embargo, hagan lo que hagan los hijos durante el viaje, solo consiguen acercar más a sus padres.

En la segunda mitad de la novela, hay una escena con un ala delta, en la que aparece una frase que se me quedó grabada. Justo cuando están a punto de saltar por el acantilado, la madre del protagonista dice: «El mayor misterio de la vida es si moriremos con valentía».

La primera vez que la leí, lloré. De todos los aforismos de Noa que me han conmovido a lo largo de los años, ese fue el que más me hubiera gustado compartir con mi madre.

Me habría encantado saber si se sintió valiente cuando llegó el final.

En su carta editorial, Alix emprendía una dura campaña contra la segunda parte de la novela. Yo estaba de acuerdo con sus sugerencias, pero si hubiera tenido que pedirle a una autora de éxito que eliminara todas esas cosas, también habría optado por colocarme con hierba en mi despacho.

—Va a ser un gran libro —le dije a Alix.

—Más vale que lo sea, porque nos ha costado un riñón —repuso, apretando el porro entre los dedos—. Este borrador tiene veinte mil palabras más de las necesarias, pero conociendo a Noa, va a actuar como si estuviera subastando las joyas de la corona cada vez que le sugiera que eliminemos una palabra.

Aquella mañana, no pude escuchar bien las amenazas y acusaciones que se gritaron al otro lado de la pared, pero después de horas al teléfono con Noa, Alix se fue a comer algo (un almuerzo que duró una eternidad). Pero antes, me pidió que enviara un correo electrónico a la asistente de Noa para coordinar el envío del manuscrito editado en papel. Escribí a Terry y me presenté. Tal y como me pidieron, envié el correo con copia a Alix y a Noa, aunque mi jefa me avisó de que Noa jamás participaba en los asuntos de logística. No pude evitar ponerme un poco en modo fan y mencionar que el apellido de uno de los protagonistas, Drenthe, era mi segundo nombre. Y que mientras leía el manuscrito, por primera vez el nombre no me había parecido un castigo. Lo que menos me esperaba es que, dos minutos después, recibiría un correo de la propia Noa:

Querida Drenthe:

Bienvenida al infierno de trabajar con servidora.

Debería ser capaz de levantarme del suelo el tiempo
suficiente para recoger tu paquete sobre la 1:00 de esta tarde.

Nunca en mi vida he reflexionado tanto sobre nada como lo hice con
esas cinco líneas que le respondí a Noa Callaway.

Noa:

La escena de la pelea en el bote de remos es una de mis
favoritas. No solo de este borrador, de todos los libros que me
he leído. Pero estoy de acuerdo con Alix en que no aporta nada
a la historia. ¿Quién sabe? Quizá sea la escena con la que
empieces el siguiente libro que escribas.

Si alguna vez necesitas a alguien que se aflija por todas las
perlas que haya que eliminar o acortar de tus novelas,
escríbeme. Guardaré un minuto de silencio por ellas.

Para mi infinito asombro, durante la semana siguiente recibí un correo electrónico de Noa todos los días, con los siguientes asuntos: *Perla
eliminada nº 1, 2, 3...* Cada una contenía una línea, un párrafo o una trama
que había que sacrificar.

Llamé a BD y le leí algunas de ellas. Luego le conté a Noa todas las partes en las que mi abuela se había reído. Me subí a la escalera de incendios y
grabé un audio en el que gritaba las frases de un monólogo interior al tráfico de la Segunda Avenida. Escribí con rotulador en la suela de mis Converse
una descripción preciosa del pelo de una mujer y luego me pasé el fin de
semana caminando con ellas por todo Brooklyn y le mandé una foto a Noa
para que supiera que esa frase había tenido su momento de gloria.

Estás haciendo esto mucho más divertido de lo que debería ser, me
respondió por correo electrónico a medianoche.

Después de que la novela se enviara a la imprenta (incluso varios años y libros después), a veces recibo un correo electrónico de Noa sobre algo que detesta eliminar o cortar: las diminutas flores rosas de su planta de albahaca, medio centímetro de pelo, un hombre haciendo cola para un taxi, la cena de su madre después de que se cayera y se rompiera el brazo.

El día en que se publicó *Cincuenta maneras de separar a papá y mamá*, llegó a mi despacho una docena de tulipanes blancos en un jarrón de cristal tipo tarro, con una nota que decía: *Estos también hay que cortarlos*.

Desde entonces, hemos trabajado juntas en siete libros, y siempre lo hemos hecho de la misma forma: Alix recibe las quejas y la resistencia, y yo me encargo de hacer que a Noa le resulte menos doloroso el proceso de revisión. Es como si Alix fuera la madre soltera y yo la tía guay.

Pero ahora, Alix se ha ido. ¿Cómo influirá eso en mi relación con Noa?

Ayer, Terry me llamó para que me reuniera con Noa en persona. Me quedé tan estupefacta, que acepté de inmediato la hora que me propuso, sin tener en cuenta mi propia agenda. Lo que ocasionó que tuviera que cancelar en el último minuto mi presencia en el cumpleaños del senador para el que trabaja Ryan y que se celebraba en Washington. A mi novio no le ha hecho mucha gracia, pero ya encontraré la manera de compensárselo la semana que viene.

Sé que esta reunión va en contra de los deseos de Sue, pero ¿cómo voy a negarme a conocer a Noa Callaway en persona? Supongo que, en este caso, a Sue se le puede aplicar el dicho de «Ojos que no ven, corazón que no siente». Además, lo de la reunión no ha sido idea mía. Yo solo soy la que más entusiasmada está ante la perspectiva.

Leo en mi teléfono el correo electrónico de Terry por enésima vez. He quedado con Noa a las cuatro delante de la Casa del Ajedrez de Central Park. Ella me estará esperando allí.

Esto me deja un poco confundida porque, aunque se puede encontrar mi rostro en Google con un solo clic, no me imagino a Noa Callaway buscándome por internet en plan acosadora. Aun así, tampoco iba a preguntarle a Terry como me va a reconocer Noa. Me he puesto un traje *vintage* de falda de mi abuela de la marca Fendi, con unas Converse, medias y una bufanda que me regaló Aude por mi cumpleaños. Para estar segura de que me localiza, he traído un ejemplar de *Doscientos sesenta y seis votos*, que llevo de forma que se vea bien la portada.

Siempre he querido jugar en la Casa del Ajedrez, con su parterre y los bancos y mesas de piedra con tableros frente al edificio de ladrillo rojo. Se lo he propuesto a Ryan algunas tardes soleadas de domingo, pero no tiene la paciencia que requiere este juego. Cuando giro hacia el oeste por la calle Sesenta y Cinco, oigo a los jugadores de ajedrez antes de verlos. Se trata de un grupo compuesto en su mayoría por mujeres jubiladas, que maldicen como marineros y golpean sus cronómetros como si fueran bongos. BD encajaría aquí a la perfección.

—¿Vas a comerte mi alfil antes de que nos muramos, Marjorie? —pregunta una jugadora en una mesa.

—Olvídalo, Betty, no voy a caer en tu trampa —replica su contrincante.

Debe de haber una docena de jugadores, con edades comprendidas entre los sesenta y los ochenta años, rotando en torno a cuatro tableros. Miro el grupo y descarto por intuición a la mitad de ellos. *Conozco* a Noa Callaway, y no es la diminuta señora rusa con los dientes pintados de carmín. Intento establecer contacto visual con una mujer mayor, rubia platino, con unas gafas bifocales con adornos de diamantes que lleva sobre la punta de una nariz romana, pero está muy concentrada en hacer avanzar a su reina y no levanta la vista. Un gesto muy propio de Noa Callaway, la verdad.

Me acerco. Si consigo captar su mirada, lo sabré. Tardaré unos cinco segundos en acostumbrarme a su apariencia física, y después, todo irá bien. Pero antes de que se percate de que me estoy aproximando a ella, me encuentro con la mirada de su oponente, que tiene la vista clavada en mí.

Me quedo paralizada en cuanto me doy cuenta de que lo conozco. Es Ross, el Hombre del Año de la presentación. El que recibió la lluvia de confeti conmigo. El que envió un rayo a través de mi cuerpo.

No te distraigas. Estás aquí por otra cosa.

Me sonríe con expresión traviesa. Veo que están terminando la partida y que la mayoría de los peones de Ross han caído.

—Hola —me saluda.

—Hola. —El rubor sube por mis mejillas. Hoy no voy vestida para recibir ninguna descarga de rayos.

—¡Jaque mate, bastardo! —espeta la mujer de pronto. Si no es Noa Callaway, me rindo. Pero cuando me mira, me sorprende su impasibilidad.

Levanto el libro y pronuncio su nombre, pero no me oye. Está llamando a las otras mujeres del grupo.

—¡Por fin he ganado a Ross! —Alza los puños en señal de victoria. Las otras mujeres se ponen de pie y se arremolinan en torno a la mesa. Necesitan pruebas. Cuando las consiguen, las gafas bifocales desaparecen en un mar de abrazos.

—¿Te apetece echar una partida? —pregunta Ross, haciéndome un gesto para que me siente.

—Lo siento. He quedado con alguien.

Su sonrisa me atrae, y luego desaparece tan rápido que me aleja. Aparto la mirada y vuelvo a centrarme en Noa Callaway.

—Lanie —dice Ross.

—Lo siento —repito, mientras retrocedo—. Ha sido un placer volver a verte.

—Lanie —insiste él, exigiendo mi atención.

Y entonces... se me cae el alma a los pies. Porque de repente lo entiendo. Es como si la fuerza de la gravedad hubiera multiplicado por dos su intensidad. Así de pesada me siento cuando Ross y yo nos sostenemos la mirada en silencio durante un buen rato.

—¿Tú? —Me tiemblan las piernas. Me dejo caer en el banco.

—Sí.

—¡Ay, Dios mío!

Noa Callaway tiene nuez de Adán. Noa Callaway tiene pelo en el pecho. Noa Callaway tiene una voz profunda y un firme apretón de manos. Y seguro que Noa Callaway también tiene otras cosas firmes.

Todos los correos que nos hemos enviado, todas las partidas de ajedrez *online*, todo este tiempo... ¿ha sido *él*?

Pienso en cómo leí a escondidas *Noventa y nueve cosas* en mi habitación de la universidad. La manera en la que esa historia le dio un rumbo completamente distinto a mi vida, guiándome hacia esta versión de mí misma, aquí y ahora. Pienso en mi lista de noventa y nueve cosas, guardada en la cartera de Ryan, en el hombre al que me llevó dicha lista.

—Lo siento —digo—, pero me está costando un poco respirar. —La bufanda me aprieta demasiado el cuello. Tomo un trago de agua de la botella que llevo en el bolso. Luego cierro los ojos e intento hablar—. ¿Cómo... cómo no me he dado cuenta hasta ahora?

—Habría jurado que lo sabías —señala él.

—¿Por qué ibas a pensar eso? —Escucho la ira crecer en mi voz.

Separa ligeramente los labios y abre los ojos. Me mira como si fuera un empleado de un zoológico que se acaba de percatar de que el oso pardo está a punto de atacarle.

—Por la otra noche, en la presentación. Me preocupó que te quedaras tan descolocada en el escenario porque me viste.

—¿Descolocada? —¿De verdad es tan insensible?—. Estaba pensando en las lectoras, en el deber que tengo de entregarles la próxima novela de Noa Callaway. Me sentí sinceramente abrumada por el cariño que le tengo a esas mujeres. Aunque no creo que tú entiendas lo que significa la sinceridad. —Me tapo la boca con una mano y dejo que caiga poco a poco hasta mi corazón—. Tus seguidoras se van a cabrear si descubren quién eres en realidad.

Lo veo mirar a su alrededor antes de clavar los ojos en los míos.

—¿Por qué iban a descubrirlo? A todos nos interesa que esto quede entre nosotros, ¿no?

—Porque *confiaron* en ti.

Es menos vergonzoso que decir que *yo* confié en él.

Silencio. La idea de estar traicionando a millones de lectores, y que ahora yo sea cómplice de esa farsa, no parece afectarle en absoluto. ¿Cómo es posible que el libro que cambió mi vida, que me convenció de que Ryan era el indicado, lo escribiera un imbécil?

—Siempre me he preguntado dónde aprendiste a jugar al ajedrez —dice, señalando el tablero que hay entre nosotros.

—Me enseñó mi abuela —respondo, distraída.

—¿Y tu abuela también te enseñó a vestirte? —pregunta, mirando mi traje Fendi.

Me pongo de pie, con el corazón latiendo con fuerza. Apenas puedo contener mi ira. Menos mal que el tablero de ajedrez está incrustado en la mesa; de lo contrario, lo usaría para golpearlo en la cabeza con tanta fuerza que le sacaría sus tres próximas novelas.

Me enderezo la chaqueta.

—Sí. De hecho, este traje es de ella. Y es fabuloso. La Noa Callaway que me han hecho creer que existía habría apreciado la elegancia atemporal que desprende.

Él también se levanta, así que me muevo con más premura y me meto en el bolso el libro, la botella y la bufanda.

—Esto no va bien —dice él.

¿Cómo se atreve? Siento que me han profanado a mi ídolo. Que me han arrebatado de cuajo el motivo por el que entré a trabajar en el mundo editorial. Que han hecho que me cuestione todo lo que me gustaba del amor. ¿Y *él* cree que esto no va bien? Giro sobre mis talones y me alejo a toda prisa.

—Lanie. —Me llama, siguiéndome.

No sé adónde ir. Me gustaría salir corriendo de aquí, comprar seis tarrinas grandes de helado y esconderme debajo el edredón el resto de mi vida. Ojalá pudiera meterme en un agujero espaciotemporal donde mi heroína desde hace tanto tiempo es la mujer inspiradora que siempre he imaginado y no este tipo.

Recuerdo la predicción de Sue sobre las turbulencias. Aunque esto es más parecido a un fallo de los dos motores.

—¡Me necesitas! —exclama Ross cuando pasamos delante de The Dairy, el edificio de Central Park que albergaba la antigua lechería. Los niños corren a nuestro alrededor, con los *souvenirs* que han comprado dentro. Me detengo en seco.

—¿Qué? —Me oigo a mí misma. Tengo un tono demoníaco. Y me siento aún más oscura por dentro.

—Me necesitas, por la novela —dice.

Tiene razón. Si no quiero que me despidan, lo necesito, y necesito persuadirlo para que me entregue su próximo libro. Pero no solo yo. Peony lo necesita. Y también todos los demás seres humanos decentes con los que trabajo. Lo que implica que no puedo tirar la toalla.

Mira por encima de mi cabeza mientras suelta la siguiente perla:

—No debes confundir el arte con el artista. Si te preocupan mis lectores, céntrate en mis libros, no en mí. Yo no soy la fuente de la interpretación de mis libros. La sociedad es el único autor.

—Venga ya. —Empiezo a caminar de nuevo, gritándole por encima del hombro—. A la gente también le gusta la ropa barata, pero, oye, ¿a quién le importan los talleres clandestinos, verdad?

—¡A eso me refiero! —insiste—. El nacimiento del lector es posible a costa de la muerte del autor.

Cierro los puños con rabia. El ensayo que Ross está citando me encantó desde que lo leí en Introducción a la Crítica Literaria en la universidad. Pero en este momento, con lo enfadada que estoy, veo *La muerte del autor* desde una perspectiva más tentadora y literal.

—Roland Barthes no trabajó duro y permaneció prácticamente en las sombras para dar a un millonario mimado el derecho a ser imbécil —espeto.

Se ríe, echando la cabeza hacia atrás mientras salimos del parque y esperamos a que se ponga en verde el semáforo de la Quinta Avenida.

—¿Lo ves? Ahora nos lo estamos pasando bien.

Me pregunto si es un sociópata. ¿Se lo estaría pasando tan bien si toda su carrera estuviera pendiendo de un hilo como lo está la mía ahora? ¿Por qué *no* se siente así también? El semáforo se pone en verde.

—Tengo que irme. —Cruzo la calle casi corriendo. Ojalá pudiera retroceder en el tiempo y no leer nunca un libro de Noa Callaway. Pero entonces, ¿quién sería yo ahora mismo?

El muy desgraciado viene corriendo detrás de mí.

—¡Tal vez deberías preguntarte por qué mi género te preocupa tanto! —grita—. ¿No te parece tremendamente heteronormativo asumir que tengo que ser mujer?

—¡Adiós, Ross! —le respondo, también gritando.

—Lanie, por favor. —Eso me ha sorprendido.

Me detengo y me doy la vuelta. Su tono y su expresión son más serios que hace un momento. Lo que me resulta todavía más insoportable que cuando se estaba comportando como un imbécil pseudointelectual. ¿Por qué está siendo todo esto tan desagradable? Cuando entre nosotros había dos ordenadores y el laberinto de internet de por medio, Noa Callaway y yo teníamos una química increíble.

—¿Quieres subir? —me pregunta. Estamos bajo el dosel de un edificio y señala la puerta—. Vivo aquí.

—Ya lo sé. Te he estado enviando paquetes aquí durante siete años. —Miro el edificio con el que he fantaseado tantas veces, imaginándome a una Noa Callaway muy diferente en su ático.

No voy a subir. Ya me he llevado suficientes desilusiones esta tarde. Necesito alejarme de este hombre para averiguar qué narices voy a hacer con él.

—No, gracias —digo.

—¿No crees que deberíamos hablar de la novela?

Esas palabras hacen que me dé cuenta de lo lejos que estamos de cualquier conducta que pueda considerarse mínimamente profesional. Se suponía que todo esto iba a ser muy diferente. Y no todo es culpa suya. Tal vez solo el noventa y cinco por ciento. Respiro hondo y exhalo. Pienso en todas las personas que cuentan conmigo para entregar la nueva novela de Noa Callaway.

—Te escucho. No hace falta que suba a tu ático para hablar de nada.

—Vale —dice.

—Bueno, ¿vas a hablar o qué?

—¡Vaya! Eres completamente distinta en persona.

—No me puedo creer que acabes de decir eso. —Sacudo la cabeza—. ¿Has terminado el borrador o no?

Como tarda en responder, decido romper el silencio.

—Vamos a necesitar un título mejor que *Treinta y ocho obituarios*.

—Ah, eso. —Se rasca la barbilla—. Sí, descarté esa idea. ¿No te lo dije?

No, no me lo ha mencionado en ninguno de los correos que hemos intercambiado. Al igual que algunos otros detalles cruciales. Y así, de repente, mi ascenso pasa de ser provisional a fantasmal.

—¿Qué tiene de malo la idea de los obituarios? —pregunto. A nuestro equipo de ventas le encantó. A Sue también.

Se encoge de hombros.

—Demasiado centrado en Nueva York. Quiero hacer algo nuevo.

—¡Todas tus novelas están centradas en Nueva York! —Me habría gustado decirle eso a gritos, pero he conseguido mantener la voz en un susurro airado. Al fin y al cabo, estamos en medio de la calle, en pleno Manhattan, y su identidad sigue siendo un secreto para todos menos para esta pobre desgraciada—. Es lo que te caracteriza. Lo que a tus lectores más les gusta de ti. Por eso *Vogue* te llamó «la reina del romance de la Gran Manzana», ¿recuerdas?

Durante años, me ha encantado que las novelas de Noah no solo sean historias de amor entre una pareja, sino también cartas de amor a la ciudad que adoro. Incluso *Votos*, con sus escenas de bodas italianas, empieza con una maravillosa propuesta de matrimonio en el ferry de Staten Island.

—He agotado la ciudad —explica—. Me he quedado sin puntos de referencia donde puedan besarse los personajes.

Pongo los ojos en blanco porque, como era de esperar, ha reducido a un cliché el amor conmovedor que subyace en tantas novelas de Noa Callaway.

—Y, en su lugar, estás planeando escribir... ¿qué?

—Tengo empezadas algunas cosas.

—Ay, Dios.

Está mintiendo. Su expresión me dice que no ha escrito ni una sola palabra.

—Pareces preocupada —dice—. Pero todo va a ir bien.

—Para ti.

—Para nosotros. Ahora somos un equipo, Lanie.

Tengo que salir de aquí antes de que me arresten por una agresión. Pero no puedo dejar que sea consciente de lo mucho que me ha molestado todo esto.

—Mira... —Quiero decir «Ross», pero ya no le queda bien—. ¿Cómo debería llamarte ahora que te he...? —No termino la frase. No es correcto usar el verbo «conocer» para referirme a alguien a quien creía conocer. En todos los correos que le he enviado a Noa Callaway, me he mostrado tal y como soy. Quería que esta mujer... este hombre iluminara mi camino.

—Mi verdadero nombre es Noah Ross —confiesa—. Casi todo el mundo me llama Ross, pero nadie sabe lo que escribo. ¿Por qué no lo dejamos en Noah?

—De acuerdo, Noah. —Me cruzo de brazos y lo miro fijamente—. Tienes dos horas.

—¿Dos horas para qué? —Se ríe con vacilación.

—Para enviarme lo que lleves escrito. Las... cosas que has empezado.

Noah me mira como si acabara de sugerirle que nos hiciéramos el mismo tatuaje en el cuello.

—Sabes que no trabajo así.

—Ahora sí. —Espero que no se dé cuenta de cómo me están temblando las rodillas—. Tu manuscrito lleva cuatro meses de retraso. No voy a permitir que me despidan porque estás harto del éxito. Así que organiza tus ideas y envíamelas. Has dicho que somos un equipo, ¿no? Bueno, pues mi equipo siempre gana.

7

Tengo tal bajón que ni siquiera Taylor Swift puede animarme.

Me quito los auriculares, pauso la lista de reproducción, y respiro aire helado mientras corro a lo largo del río.

Después del desastroso encuentro con Noah Ross, me he dado cuenta de que tenía que seguir adelante. Pienso con más claridad cuando no estoy quieta, y de ninguna manera iba a quedarme de brazos cruzados, sin hacer nada el resto de la tarde, revisando el correo electrónico y esperando a ver qué me enviaba.

Así que he ido a mi casa el tiempo suficiente para quitarme el traje Fendi de BD, dar de comer a Alice y ponerme las zapatillas de correr.

Ahora, estoy convocando al pavimento de Manhattan, al cielo azul con sus nubes altas con forma de plumas, a las luces que se encienden al otro lado del río y al vapor que sale de las rejillas del metro, al aroma a pepinillos que despide la tienda de comestibles, al ruido, a la actividad frenética y al enjambre de ocho millones de sueños: por favor, ayudadme a solucionar esto.

La pregunta que ha estado rondando por mi cabeza los primeros y fríos kilómetros ha sido: «¿Cómo?». ¿Cómo es posible que un tipo como Noah Ross escriba tan bien sobre las mujeres y el amor?

En la presentación, me dijo que no estaba casado, ni tenía novia, así que no puedo atribuirle el mérito a ninguna mujer. Aunque, ¿quién sabe?, quizá también me mintió en eso.

No es que me importe. Lo que pasa es que estoy muy confundida. ¿Cómo consiguió convencerme a mí, que sin duda soy una de sus lectoras más atentas, de que detrás de sus historias había una intuición profunda, sincera y femenina? ¿Cómo es posible que *su* visión del amor fuera la que formó la mía?

Me estremezco por dentro al pensar en mi lista. En esas noventa y nueve cosas que escribí con tanto cariño hace una década, en la cama de mi dormitorio.

Cuando imagino al cínico Noah Ross dando forma a la idea de *Noventa y nueve cosas que me van a enamorar de ti*, tengo que dejar de correr un momento porque creo que voy a vomitar. Me inclino sobre la barandilla de East River Esplanade y las gaviotas salen volando en todas las direcciones. Respiro hondo para recuperar el aliento. El viento me azota la cara mientras el río continúa fluyendo debajo de mí, imperturbable.

Y entonces, me pregunto...

Si no me hubiera tomado esa novela tan en serio, si no hubiera escrito mi propia lista y la hubiera llevado conmigo todos estos años... ¿me habría enamorado tan rápido y con tanta intensidad de Ryan cuando nos conocimos? ¿Estaría tan segura de que él es el elegido?

Basta, me digo, y continúo corriendo hacia el oeste, lejos del río. Que Noa Callaway sea una invención no significa que mi relación lo sea. No significa que el amor verdadero no exista.

Esto no va sobre Ryan. Va sobre mi carrera.

Y sobre el hombre que podría arruinarla.

Siempre que se lo permita, claro está. Algo que no voy a hacer.

En circunstancias normales, a estas alturas ya habría acudido a mis seres queridos. A Ryan, en primer lugar. Y medio segundo después, a BD. Luego a Rufus y a Meg. Pero por mucho que me duelan los dedos por enviarles unos cuantos mensajes, pidiéndoles ayuda, tengo muy presente el acuerdo de confidencialidad.

Fui una imbécil al firmarlo en la oficina de Sue. No puedo contar a nadie la verdad sobre Noa Callaway.

De pronto, siento que todo mi dolor se concentra en una sola persona: Sue. La presidenta y editora de Peony se sentó allí, mientras firmaba el acuerdo de confidencialidad, y me dijo que me abrochara el cinturón. Me siento traicionada por ella, por su compostura, su calma y sus rebecas de punto. Si os soy sincera, no creo que haya conocido a Noah en persona, por lo que es posible que no sea consciente de su particular toque de narcisismo. Pero seguro que sabe que es un hombre. ¿Cómo es que esto no le remuerde la conciencia?

Pero qué tonta e ingenua que eres, Lanie.

Por dinero.

Por eso.

Pero ¿y Alix? Si soy una buena jefa y mentora para Aude es porque Alix me enseñó cómo hacerlo. ¿Por qué la verdadera identidad de Noah nunca pareció importarle? He intentado comunicarme con ella, pero tiene la bandeja de entrada llena y no ha respondido a ninguno de mis correos electrónicos. Lo que me deja la siguiente duda:

¿Y si todo es así porque Alix lo descubrió al firmar su primera novela con Peony? ¿Y si fue a ella a quien se le ocurrió el seudónimo? ¿Y si esta es la verdadera razón por la que ha renunciado, porque no quiere continuar con esta gran farsa?

Necesito hablar con Sue. Tiene que haber otra forma más honrada de publicar estos libros. Algo entre revelar lo imbécil que es Noah y perpetuar una mentira frente a millones de personas en todo el mundo.

Pero la idea de entrar en el despacho de Sue y hacerle una petición como esa, sin presentarle ningún manuscrito que demuestre que soy digna de mi recién y provisional ascenso, sería como pedirle que me despidiera directamente.

Necesito argumentos. Una idea cerrada de Noah y una fecha de entrega con la que pueda mantenerlo pegado a su silla hasta que la cumpla. Después, ya pensaré en los siguientes pasos.

Empiezo a correr a toda velocidad, moviendo las piernas y los brazos con un repentino optimismo. Cuando entro en Central Park, me arden los músculos.

No he sabido hacia dónde me dirigía hasta que me detengo para recuperar el aliento y me encuentro en medio del puente Gapstow. Apoyo las manos en la baranda de piedra y dejo que me invada la paz. Contemplo la gran y magnífica ciudad al atardecer.

Las nubes rosas se extienden por el cielo como el algodón de azúcar. Todavía hay nieve en el lado norte del estanque. A lo lejos, las ventanas brillan doradas a medida que se va poniendo el sol, formando una barrera resplandeciente alrededor del parque.

He agotado la ciudad. Al recordar las palabras de Noah, pongo los ojos en blanco. Eso no es posible. No le creo. Tiene que estar pasándole algo más, algo que no consigo ver. Pero sea lo que sea, no dejaré que me arruine la vida. Voy a conseguir que me entregue otra novela. Y luego ya decidiré lo que vamos a hacer con su seudónimo.

Miro a lo lejos con el ceño fruncido, pensando en cómo voy a lidiar con todo esto. Pero entonces, dos figuras aparecen en mi campo de visión. Aunque está oscureciendo puedo verlas. Y hay algo en ellas que me resulta familiar.

Pues claro. Es sábado por la noche, el momento del pícnic de Edward y Elizabeth. De modo que aquí siguen; no se han muerto, como me temía. Mi corazón da un salto de alegría.

Ella es menuda, con el pelo corto de color plateado y va vestida con una elegante gabardina. Él es un poquito más alto que ella, lleva gafas de intelectual y zapatos ortopédicos de suela gruesa. Cuando sonríe, es un hombre mayor muy apuesto.

Han envejecido. Pero son ellos.

Elizabeth lleva la misma canasta de pícnic enganchada al brazo, pero ahora porta un bastón que no tenía la última vez que la vi. Edward, como de costumbre, lleva una mesa pequeña plegable y dos sillas. Observo cómo la ayuda a andar entre el césped, que está mojado por la lluvia de esta mañana, pero han venido preparados, como siempre. Después de que Edward abra la silla y las mesas, Elizabeth extiende un mantel blanco y lo alisa con cuidado. Él enciende las velas. Ella saca una caja de pollo frito, un tarro de pepinillos y una botella de vino. Toda la escena es absolutamente encantadora, pero la mejor parte llega cuando se sientan y se toman las manos a través de la mesa. Durante un rato, se limitan a hablar y, aunque llevo mucho tiempo queriendo escuchar a escondidas lo que dicen, nunca me he acercado lo suficiente a ellos.

Qué alegría me ha dado volver a verlos. Es como si el universo me acabara de mandar una señal, diciéndome que no todo se ha ido al garete.

Saco el móvil y hago una foto rápida de la pareja de perfil, en pleno pícnic a la luz de las velas, y estoy a punto de enviársela a Ryan, porque así seremos nosotros algún día.

Pero luego me lo imagino en la cena de cumpleaños de su senador en Washington; una cena en la que yo debería haber estado y creo que no le va a gustar recibir esta foto.

Así que guardo el teléfono, lanzo un beso a Edward y a Elizabeth y vuelvo a casa corriendo, a través de la oscuridad de la noche neoyorquina.

—Tengo algo que contarte —le digo a BD a la mañana siguiente, mientras comemos en un restaurante etíope en Hell's Kitchen—. Pero primero me tienes que jurar que vas a guardar el secreto.

BD deja la carta del menú y sonríe.

—Por *esto* tengo que venir a Nueva York con más frecuencia. ¿Sabes cuándo fue la última vez que tu padre o tu hermano empezaron una conversación la mitad de prometedora que esta? Creo que el marido de Hillary todavía era presidente.

BD solo va a estar en la ciudad unas horas. Está de paso, viajando por carretera con un grupo de amigas al que llama la «Liga de las Viudas». Esta tarde van de camino a las cataratas del Niágara.

Me he pasado toda la noche sin pegar ojo, pensando si debería decírselo o no. Pero si no hubiera cancelado mi fin de semana en Washington con Ryan para reunirme con Noa Callaway, no habría podido ver a BD. Así que, en cierto modo, tengo la sensación de que el destino quería que mi abuela estuviera aquí cuando más la necesito.

—Estás de broma, pero... —empiezo.

—Sí, estoy de broma, pero hablo en serio. Tanto como puede hacerlo una octogenaria. Tu secreto está a salvo conmigo, Elaine.

—Gracias. —Se me llenan los ojos de lágrimas.

BD arrastra su silla al instante alrededor de la mesa para poder estar más cerca de mí. Después, toma mis manos entre las suyas. Siempre las tiene frías y suaves con dieciocho mil anillos preciosos.

—¿Se trata de Ryan, cariño?

—¿Qué? No. Todo va bien con Ryan. Es... Noa Callaway. He conocido a Noa Callaway. —Trago saliva y miro a mi abuela con los ojos abiertos como platos. BD es fan de Nora desde hace casi tanto tiempo como yo, desde que le compré *Noventa y nueve cosas* en letra grande hace una década—. Resulta que ella es *él* —confieso, bajando la cabeza—. Un hombre. Y no de los buenos.

—Esto sí que es un bombazo. —BD arroja su servilleta sobre la mesa, como si acabara de perder el apetito.

Yo, sin embargo, he empezado a comer debido al estrés. Agarro un trozo enorme de pan de *injera* y recojo con él un buen trozo de estofado *doro wat* especiado.

—Está bien —continúa—. ¿Por dónde empezamos?

—Podríamos empezar por el hecho de que Noa Callaway es la razón por la que me metí a trabajar en el mundo editorial y resulta que es un fraude —digo con la boca llena—. Y ahora, yo también soy cómplice. Peony se está aprovechando de la idea errónea de que nuestra autora estrella es una mujer.

—Atrás, atrás. —BD agita la mano—. Antes de hablar de la depravación moral, vayamos en orden...

—¡Pero es que moralmente estoy traicionando a millones de lectores! ¿Cómo puedo siquiera llamarme «feminista»?

Mi abuela me da una palmadita en el brazo.

—No creo que Gloria Steinem vaya a venir a quitarte el carné —responde, antes de pararse a pensar—. También puedes verlo de otra forma, es decir, como el típico caso en el que alguien conoce a su héroe, Lanie. ¿Por qué no me cuentas con calma lo que pasó?

Pongo cara de asco mientras recuerdo lo sucedido.

—Su verdadero nombre es Noah Ross. Es un narcisista de unos treinta y tantos años, con una sonrisa engreída y una absoluta e imprudente indiferencia al hecho de que lleva cuatro meses de retraso con su próximo manuscrito. No parece darse cuenta de que, aunque le dé igual escribir otra novela, hay un montón de gente a la que sí le importa. Incluida yo.

—¿Por qué estás tan segura de que *no* está trabajando en su siguiente novela?

—Porque ayer le pedí que me enviara lo que llevaba escrito hasta ahora. —Empujo la silla hacia atrás—. Y lo único que he recibido ha sido un silencio sepulcral.

—Entonces —BD tamborilea sobre la mesa con sus largas uñas—, Noa Callaway es un imbécil que tiene un bloqueo del escritor justo en el mismo momento en que te ofrecen un ascenso provisional. Esto no pinta bien.

—No puedo dejar de recordar el momento en que por fin entendí quién era. Estábamos en la Casa del Ajedrez, en Central Park. Y pasó algo entre nosotros. Fue como si ambos supiéramos que todo estaba a punto de cambiar, y no para mejor.

—¿Así que no fuiste la única que estaba nerviosa por la revelación?

—No estaba nerviosa —digo—. Él estuvo muy frío. Me llevó a un lugar que significaba mucho para los dos. Ya sabes lo de nuestras partidas de ajedrez *online*, ¿verdad?

—Son legendarias —admite.

—Y luego me manipuló como si fuera una marioneta.

—Yo creo que la metáfora adecuada aquí es «como un peón», señorita editora.

—¡Da igual! ¡Y se burló de mi traje!

BD alza ambas cejas.

—¿Del Fendi?

Asiento con la cabeza, retándola a que lo defienda ahora.

—Lo usé un poco como caracterización, ¿qué te parece? —Suelto un suspiro—. Creo que me lo puse porque esperaba que se pareciera más a... ti. Y menos a... él mismo. Sinceramente, ahora no puedo recordar a quién o qué esperaba. Oh, BD, podías haber sido tú.

—Bueno, me siento halagada, pero no puedo decir que me haya sorprendido.

—¿En serio? —pregunto, asombrada—. Te has leído todos los libros de Noa. ¿Me estás diciendo en serio que sospechabas que Noa Callaway tenía un..., bueno, ya sabes.

—No pasa nada porque digas la palabra «pene» delante de tu abuela, Lanie.

—Oh, Jesús. Vale. *Pene.*

—*Enhiesta virilidad* —dice BD.

—*Verga.* —Apoyo la cabeza en la mesa. Me pasa las uñas por el hombro como hacía cuando era pequeña. Un gesto que funciona.

—Lo único que digo es que tiene que haber una razón por la que se esconda detrás de un seudónimo.

—Ojalá supiera cuál es esa razón —comento, levantando la cabeza de la mesa—. Así podría parecer más humano, y menos la Gran Mancha Roja de Júpiter instalándose de forma permanente en mi vida. Aunque, dada la suerte que tengo, lo más seguro es que se tratara de algo que haría que lo odiara aún más. ¿Te puedes creer que me preguntó por qué me molestaba que fuera un hombre?

—¿Y pudiste darle una respuesta?

Vuelvo a suspirar.

—Hizo que me acordara de algo que Ryan dijo en una ocasión, en una fiesta de trabajo a la que lo llevé, sobre que la característica principal de la ficción es la mentira. —Hago una mueca cuando pienso en aquello—. A Sue no le hizo mucha gracia. Pero ya sabes, las estanterías de Ryan están llenas de biografías sobre hombres extraordinarios. Él y sus amigos siempre citan los mismos libros. Los leen como si fueran manuales técnicos, guías para convertirse en un gran hombre. Creo que tienen la ilusión de que, algún día, la historia de sus vidas será tan interesante como para que otros hombres quieran leerlas.

BD se ríe, asintiendo.

—¿Pero no tambalearía su sentido del yo si *Perfiles de coraje* resultara ser falso?

—¿Se lo dijiste? —pregunta BD.

—A ver, todo apunta a que ese libro de JFK lo escribió un negro, pero...

—Me refiero a lo de Noa Callaway —dice BD—. ¿Has hablado con Ryan sobre esto?

—BD —balbuceo, sintiendo que estoy exagerando mi gesto de sorpresa—. ¡El acuerdo de confidencialidad! No puedo decírselo a nadie...

Mi abuela me mira con cara de «Voy a esperar hasta que lo entiendas tú solita».

—Te lo he contado a *ti* porque necesito consejo y porque confío en ti —replico. Sigue mirándome del mismo modo—. Y porque... —hago una pausa— porque ya sé lo que me diría Ryan.

Ladea la cabeza y da un pequeño sorbo a su café.

—¿Qué diría Ryan?

—En primer lugar, llamaría imbécil a Noah. Luego, aprovecharía la oportunidad para decir que puede que este ya no sea el trabajo de mis sueños. Y antes de que me diera cuenta, estaríamos hablando de lo poco probable que es que pueda trabajar desde casa en Washington. De hipotéticos niños y sus hipotéticas fiestas de Halloween, que yo me perdería por culpa de mis hipotéticos desplazamientos. Y terminaría soltándome: «Quizá lo que necesitas es empezar de cero en Washington».

Estoy convencida de que he hecho una buena imitación de Ryan, pero mi abuela no se ríe, sino que me está mirando, preocupada.

Me encojo de hombros.

—Por eso pensé que era mejor empezar contigo.

BD y Ryan solo se han visto en una ocasión, en una gran reunión familiar en la que todos mis parientes de Atlanta se disputaron la atención de Ryan, asegurándose así que ninguno recibiera la suficiente. Tengo toda la intención de que mi abuela y mi prometido se lleven bien antes de la boda, pero es algo que todavía no he conseguido. BD sabe quién es, pero no lo conoce. Así que será mejor que le aclare algunos detalles de nuestra dinámica para que no se haga una idea equivocada de él.

—BD, lo que quiero decir es...

—¿Sabes? Tu abuelo escribía poemas horrorosos —me interrumpe ella—. Una vez escribió una serie de *haikus* titulada *Preliminares*.

Miro a mi alrededor.

—He debido de perderme algo porque no veo qué tiene que ver esto con lo que estamos hablando.

—Créeme, era muy bueno en muchas cosas. Podía interpretar una radiografía con los ojos cerrados —dice—. Hacía los *pierogi* más ligeros que hayas comido jamás. Y en cuanto a los masajes sexuales, tu abuelo tenía manos de...

—¡Vale, BD! —digo riéndome—. Lo entiendo, pero ¿qué intentas decirme con esto?

—Que nadie puede satisfacer todas y cada una de las necesidades de otro. Por eso existen los clubes de lectura y las abuelas. Estoy segura de que a Irwin le habría gustado tener un público más entusiasta para sus poemas. Mientras que yo habría preferido la lírica de sus dedos a la lírica de su poesía. Me habría gustado verlo leer alguna novela de vez en cuando. Había un club de lectura maravilloso para parejas en el centro comunitario judío al que nunca pudimos unirnos. —Me agarra la mano—. Ojalá lo hubieras conocido.

—Sí, me habría gustado mucho conocerlo —digo antes de darle un apretón en la mano. Irwin murió antes de que yo naciera.

—Lo que te quiero decir con todo esto es que ningún matrimonio es perfecto, cariño, pero espero que hayas encontrado en Ryan a alguien a quien puedas acudir cuando tengas un problema, cuando realmente necesites a una persona en la que confiar.

—Por supuesto —digo, quizá demasiado deprisa—. Y también se lo voy a contar a Ryan. En algún momento. Cuando tenga un poco más claro lo que voy a hacer.

—¿Y eso cuándo será? —inquiere ella—. La espera no hará que te resulte más fácil contárselo a Ryan, sobre todo si sigues tratando con Noah.

—De acuerdo, estoy jodida. —Me rindo con un gesto dramático—. ¿Te he contado ya que Noah me ha dicho que ha *agotado* toda la ciudad de Nueva York? ¿Que aquí no le queda nada sobre lo que escribir? ¿Por qué ha tenido que elegir este momento para sufrir un bloqueo del escritor?

—Qué egoísta por su parte. —BD hace un gesto de asentimiento mientras el camarero nos retira los platos—. Se suponía que este era tu momento para lucirte.

—No sé qué hacer. —Alcanzo la cuenta que hay en medio de la mesa, porque es una forma de recuperar el control y porque, si me despiden, no voy a poder invitar a mi abuela a comer durante mucho tiempo—. ¿Cómo habría afrontado esto mamá?

—Tu madre creía que un clavo saca a otro clavo. Ella habría buscado una solución adecuada según la naturaleza del problema—. BD extrae del bolso su espejo compacto dorado con forma de cabeza de serpiente y se retoca los labios con un carmín magenta brillante. Luego se mira por última vez en el espejo y parece satisfecha—. ¿Qué tal *Cincuenta maneras de separar a papá y mamá*? —pregunta al cabo de un rato.

—¿Qué pasa con eso?

Pienso en mi escena favorita, en la que los personajes vuelan en ala delta. En el momento justo antes de saltar por el acantilado.

«El mayor misterio de la vida es si moriremos con valentía».

En una ocasión, le leí esa escena a Ryan en voz alta. Cuando estaba a punto de confesarle cómo hacía que pensara en mi madre, él se burló de mí y me dijo: «¿Así que ahora el suicidio está bien?».

Pero ese no era para nada el mensaje que *Cincuenta maneras* quiere transmitir y todos los personajes de la novela logran saltar el acantilado y terminar de una sola pieza. El mensaje, tal y como yo lo veo, es que algunas personas pueden asomarse al abismo sin perderse de vista a sí mismas o a lo que aman. Sin tener demasiado miedo a lo que hay al otro lado.

Puede que las últimas palabras que me dirigió mi madre fueran un acto de valentía. No le preocupaba que yo fuera demasiado joven para asimilarlas. Confió lo suficiente en mí como para dar el salto.

¿Confiaría también en que, cuando llegara el momento de dar mi propio salto, sería capaz de sentirla conmigo? ¿Será ahora ese momento?

—¿Me estás diciendo que Noah Ross es mi abismo? —le pregunto a mi abuela.

—Tal vez —responde—. También estoy diciendo que ese hombre necesita probar su propia medicina. Nadie «agota» esta ciudad, y si cree que es el único héroe que lo ha conseguido, se le ocurrirá otra cosa. Quizá tengas que ser su guía turística en esta aventura. Puede que necesites *Cincuenta maneras de hacerlo*.

—¿Qué quieres decir? ¿Vamos a tener que volar en ala delta sobre el Hudson? No, gracias.

—Me refiero a llevarle a los sitios a los que me llevas a mí —explica—. Por ejemplo, este encantador cuchitril.

—Pero si aquí hacen la mejor comida etíope de la ciudad.

—Una comida que puede que Noa Callaway no haya probado nunca ni haya pensado en escribir sobre ella. Él suele recurrir a las principales atracciones turísticas. Muéstrale *tu* Nueva York.

—No sé.

—¿Recuerdas cuando me llevaste al consulado lituano para Užgavénés hace un par de años? ¡Fue divertido!

—Recuerdo que volviste a casa con el teléfono del cónsul.

—Exacto. Incluso diría que fue una experiencia inspiradora.

—Te llevé allí porque te quiero. Porque no tenía miedo de que te burlaras de mí o pensaras que era un lugar aburrido. No voy a mostrarle a ese hombre *mi* Nueva York.

—Pero tienes que reconocer que es una buena idea —dice BD, dando el último sorbo a su café.

—Seguro que necesita salir más y no estar todo el día pegado a su escritorio. En el parque, tenía el aspecto de alguien a quien no le ha dado el sol en un mes.

—¿Lo ves?

—Podría pedirle a Terry que le lleve a sitios nuevos. Ojalá pudiera conseguir que le concedieran a Aude unas cuantas horas extra para que lo acompañara. Lo pondría firme en una semana...

—Lanie, eres la editora de Noa Callaway. —BD se cuelga su bolso Birkin al hombro y se levanta de la mesa—. Si Noa no escribe este libro, Terry y Aude seguirán conservando su empleo, ¿verdad?

Mientras reflexiono, me preocupa hacer un agujero en el mantel de papel, porque no me gustan los derroteros que está tomando esta conversación, pero soy incapaz de detenerla.

—Bien —digo, poniéndome también de pie—. Intentaré sugerirle a Noah Ross que visite algún lugar de Nueva York en el que quizá no haya estado.

BD se engancha a mi brazo mientras salimos del restaurante.

—Seguro que va a ser todo un éxito.

Volvemos adentrarnos en la ciudad para dar un agradable paseo hasta el Lincoln Center, donde se reunirá con su Liga de las Viudas.

—Me alegro de que tengas tanta confianza en el plan —le comento mientras esperamos a que pase un autobús urbano—. ¿Tengo que recordarte que en *Cincuenta maneras* el plan fue un fracaso absoluto? Se suponía que iban a separar a sus padres y terminaron rompiendo ellos... en la boda de sus padres.

—Sí, pero eso fue un final de una novela de ficción. —BD me guiña el ojo—. Y tú eres mi nieta real, de carne y hueso, de la que estoy cien por cien orgullosa y en quien confío plenamente. Vas a estar a la altura de las circunstancias como una cita de Tinder con el bolsillo lleno de Viagra.

—¡BD! —refunfuño—. Voy a tener que esforzarme mucho para quitarme esa imagen de la cabeza.

—Lo siento, cariño, no he podido resistirme.

8

El martes estoy trabajando desde casa, editando, en teoría, el tercer borrador del romance paranormal de balé. En realidad, estoy matándome a limpiar todo mi apartamento, desde la tarima de madera desgastada del suelo hasta el techo con molduras *art déco*. Puede que yo sea un desastre, pero mi casa no tiene por qué reflejarlo.

He fregado y limpiado el polvo, usado un cepillo de dientes en las esquinas. He ahuecado todas las almohadas y he gastado dos botellas de limpiacristales. El inodoro está reluciente y he limpiado los restos del experimento con rúcula mustia del interior del frigorífico. Incluso he comprado un robot aspirador que ahora mismo está persiguiendo a la pobre Alice por el salón y que seguro que le provocará alguna que otra pesadilla.

Y todo porque se me ocurrió la fantástica idea de invitar a Noah Ross aquí para mantener una reunión editorial con él.

Podríamos decir que la culpa la tiene Terry, ya que rechazó cinco de las excelentes sugerencias que le hice en cafés, bares y salones de té de la ciudad donde podríamos habernos reunido de forma discreta. Pero para ella, o estaban demasiado llenos, o eran demasiado ruidosos, o estaban muy cerca de los lugares en donde suelen comer algunos editores (¡pero si el sitio que le propuse estaba en la Undécima Avenida, por el amor de Dios!). Dijo que no a un local porque solo servían leche desnatada.

Terry ha estado intentando por todos los medios que nos reuniéramos en el ático de la Quinta Avenida de Noa; lo que dijo exactamente fue que a él le suponía «muchas menos molestias», pero después del fin de semana pasado en la Casa del Ajedrez, aprendí la lección y no voy a encontrarme con Noah en su territorio.

Por eso sugerí la opción de mi pequeño apartamento, porque supuse que Terry no pondría ninguna objeción sin parecer extremadamente grosera. Y aceptó. Cuando colgué el teléfono, tuve la sensación de haber sabido defender mi postura.

Diez segundos después me puse a limpiar como una loca.

Mi meta es hacer de mi apartamento un lugar completamente neutral, donde no puedan distraernos las humedades del alféizar de la ventana, ni la pantalla inclinada de la lámpara en el pasillo, para así poder centrarnos en la próxima novela de Noa Callaway.

El problema es que me he dado cuenta de todo lo que mi apartamento dice sobre mí. Detalles de los que no quiero que Noah Ross se percate. Como, por ejemplo, mi carrito de bebidas *vintage*, con su coctelera de vidrio soplado de BD, el juego de Martini y la colección de vermús artesanales que sobraron de la fiesta de Nochevieja cuando Rufus y yo nos emocionamos demasiado con los Negronis. Llevo mirándolo durante diez minutos y cavilando si el lugar prominente que ocupa en mi salón dice: «Tu editora sabe cómo pasárselo bien» o «Tu editora sabe cómo emborracharse un lunes por la noche». Lo conduzco hasta el dormitorio, acompañándome del sonido de su traqueteo, pero luego pienso que, si por casualidad, Noah Ross abre la puerta de la habitación porque piensa que es el baño, se llevaría una impresión peor si lo ve situado junto a mi cama.

Luego está mi librería. Mi orgullo y mi alegría, pero con un espacio tan limitado que siento que refleja mi verdadero yo, porque solo puedo colocar en ella las novelas que de verdad me han marcado. Pero mi elección, ¿será lo suficientemente seria? ¿Lo suficientemente ligera? ¿Lo suficientemente variada? ¿Lo suficientemente clásica? ¿Están los libros de Noa Callaway lo suficientemente destacados? ¿O saltan demasiado a la vista?

Noah mirará estos estantes y se formará una opinión sobre ellos, sobre mí. Somos personas de libros. Es a lo que nos dedicamos. ¿Debería buscar un hueco para incorporar el ejemplar de *Guerra y paz* que uso como cuña en la puerta del armario?

—Sé que debo de parecer una tarada —le confieso a Alice, que está a salvo, en su cama para perros, mirando el robot aspirador—. Pero, a veces, esto es lo que consigues siendo jefa.

Se supone que Noah llegará a las tres, cuando por las ventanas que están orientadas al sur de mi salón entra la luz más cálida. A las dos y cincuenta, me quito el chándal y me pongo una blusa suelta blanca con mangas abullonadas y lo que Meg llama mis «vaqueros de adulta» porque hay que plancharlos. Aunque he tenido la tentación de volver a ponerme el traje Fendi, solo para tocarle las narices.

He llenado la cafetera francesa con café expreso recién molido, he metido en la nevera un cartón de leche entera, otro de leche de almendras y, qué demonios, otro de una cosa que se llama leche de avena (¿vale, Terry?). Tengo Pellegrino y una caja de pasteles de la única panadería del centro que Aude cree que merece la pena. Y el estómago hecho un manojo de nervios.

No sé si mi plan de las *Cincuenta maneras* va a funcionar, pero ahora mismo es lo que menos me preocupa. Hoy mi objetivo es que acepte llevarlo a cabo.

A las dos y cincuenta y ocho me acerco a la ventana del dormitorio que da a la entrada del edificio. Cuando un coche negro reduce la velocidad y se detiene en la calle, puede que me esconda detrás de mi ficus.

—Típico —mascullo, pensando en lo *molesto* que ha debido de resultarle a Noah que lo traiga un chófer hasta aquí en los asientos climatizados de su coche.

Pero entonces el conductor rodea el vehículo y abre la puerta trasera, por donde sale una mujer rubia con un abrigo de piel de conejo que le llega hasta el suelo. Lleva cuatro *shih tzus* con jerséis y sostiene un palo para selfis extralargo en la mano. Espero que Noah salga detrás de ella, que ella sea su tipo. En cambio, el conductor cierra la puerta, saluda a la mujer y lo siguiente que veo es una conmoción en la esquina de la calle.

Se trata de Noah Ross, que ha debido de llegar andando desde una dirección desconocida y, como va mirando el teléfono, no se ha dado cuenta y se ha enredado con las cuatro correas de los *shih tzus*. Cuando salta para librarse de una, se queda atrapado en otras dos. La mujer se está cabreando de lo lindo. Los perros no paran de ladrar y ella blande su palo de selfi hacia Noah y tira de las correas con tanta fuerza que casi lo lanza al suelo.

Y yo que estaba tan nerviosa por recibir a un hombre al que ahora mismo están acosando cuatro bolas de pelo vestidas con jerséis de rombos. Sonrío para mis adentros y disfruto del espectáculo.

Hasta que oigo sonar el telefonillo.

Voy corriendo hacia el receptor en el pasillo, lo levanto y presiono con fuerza el dedo sobre el botón para abrir el portal. Ahora viene la parte más difícil: esperar a que suba los cinco tramos de escaleras.

Aprovecho este tiempo para echar un último vistazo al apartamento. En el último instante, poso la mirada en la foto enmarcada en la que salimos Ryan y yo en el partido de los Nationals, la noche en que nos comprometimos. Estamos sonriendo, mejilla con mejilla, con él levantándome la mano para mostrar el anillo; un anillo demasiado pequeño que solo me entraba hasta el nudillo. Detesto cómo salgo en esa foto, se me ve paralizada por la sorpresa, con chorretones de rímel hasta la barbilla de tanto llorar. Pero Ryan hizo que la ampliaran, para colgarla en la pared al lado de la ventana. La expresión que tengo es tan íntima que, de pronto, no puedo soportar que Noah Ross la vea. Así que la quito de la pared justo cuando suena el timbre.

—¡Ya voy! —grito, buscando frenéticamente un lugar donde esconder la foto. El estante inferior de la mesa baja es un discreto mausoleo de revistas antiguas. Meto el marco entre algunos números viejos de *Cosmos* y *New Yorker* y me preparo para dejar entrar a Noah.

Puedes hacerlo. BD cree en ti.

—¡Hola! —digo, forzando en la voz un entusiasmo que no siento mientras abro la puerta.

Y aquí está. Viene con el pelo húmedo por haberse duchado y lleva una camisa de lino, unos pantalones azul oscuro y unos elegantes zapatos marrones de cuero con cordones. Trae el chaquetón en el brazo; nadie puede subir cinco tramos de escaleras tan abrigado.

Lo acabo de ver en la calle, desde la ventana, pero tenerlo cara a cara me sorprende. Todavía me cuesta creer que él sea Noa Callaway. Si soy sincera, todavía me molesta un poco. Tiene la cara roja y se le ve un tanto saturado, pero recuerdo que acaba de subir setenta y ocho escalones y que ha sido atacado por unos *shih tzus*, así que le doy un momento para que recupere el aliento.

—¿Te apetece beber algo?

Cruza el umbral de mi puerta como si estuviera entrando en un volcán activo.

—¿Este es... tu apartamento?

—Hogar, dulce hogar.

Ambos contemplamos mi apartamento de un solo dormitorio, construido antes de la guerra y sin ascensor, que está amueblado con mucho cariño con artículos comprados de segunda mano o que pertenecían a BD y en el que, la que suscribe, lleva viviendo seis años.

—No sabía que la dirección que Terry me ha dado era la de tu casa —dice él, decidido a insistir en el asunto.

—¿Dónde suponías que te había invitado?

—*Yo* no hago suposiciones —señala.

—Oh, qué benevolente. —Dejo que se cueza a fuego lento lo que sea que está tratando de insinuar sobre mi apartamento. Me niego a disculparme por el estado de mi vivienda, aunque ahora lamento no haber dejado un hueco para *Guerra y paz* en la librería.

Detecto que Noah está muy incómodo. Se ha quedado parado en la puerta y no parece saber qué hacer.

—Detrás de ti hay un perchero —continúo. Luego nos peleamos por ver quién cuelga el chaquetón—. ¿Quieres un expreso? —Estoy deseando salir del pasillo y llegar a la cocina; es un poco más espaciosa—. Me he quedado sin leche desnatada, pero tengo leche entera, de almendras y... de avena, creo. —Lo miro—. ¿Era una broma? Terry dijo algo sobre la leche desnatada y... Oh, da igual.

Me mira sin comprender.

—También puedo hacerte el expreso solo...

—No, gracias. —Noah pasa por delante de la cocina hacia el salón. Una vez allí, se desploma en el sofá y, durante un instante, parece casi normal, pero lo arruina enseguida con un insolente—: Esto no va a llevarnos mucho tiempo, ¿verdad?

—¡Eres tan encantador...! —le grito desde la cocina. Me preparo un puto expreso, porque he pagado once dólares por una conocida marca. Entonces me doy cuenta de lo que le acabo de decir y hago una mueca—: Lo que quería decir era que no, no te voy a hacer perder mucho tiempo.

Con el café en la mano, me reúno con él en el salón. Mientras tomo mis notas, oigo un crujido debajo de la mesa de centro. Noah se sobresalta en el sofá.

—¿Qué ha sido eso?

—Tengo una tortuga. Alice. Seguramente que ha sido ella —le explico—. ¿Te molestan las mascotas?

—No, no tengo ningún problema con ellas. Lo que sucede es que acabo de encontrarme con unos perros agresivos en la calle, antes de entrar en tu portal y me han puesto nervioso.

Contengo la risa.

—Menudo susto.

Noah está mirando debajo de la mesa de café cuando Alice asoma la cabeza. Ella lo evalúa detenidamente, parpadeando despacio, como suele hacer.

Noah esboza una auténtica sonrisa que le ilumina el rostro.

—Hola, Alice. —Su voz emana una simpatía que debe de estar reservada solo para los reptiles.

—Puede tardar un par de décadas en acostumbrarse a los extraños. —Pero entonces, Alice me sorprende y da un paso hacia Noah, y luego otro.

Por desgracia, su avance altera el equilibrio de la basura que he metido debajo de la mesa y la foto enmarcada de Ryan y yo recién comprometidos cae al suelo de madera.

Noah recoge el marco y yo sufro una muerte lenta mientras observo cómo la estudia a conciencia. Me mira y luego vuelve a fijarse en la foto. Por fin, al cabo de un rato, inclina la cabeza para mirar debajo de la mesa.

—¿Es aquí donde guardas a todos tus exnovios?

—No es mi exnovio...

—Ah, sí. —Señala mi mano en la foto—. ¿Exprometido?

—¡Da igual lo que sea! —Le quito la foto.

—Lo siento —dice Noah—. Deformación profesional.

Me cabrea que haya visto cómo me pongo cuando lloro, y me siento mal por haber escondido a Ryan debajo de la mesa de café por culpa de este imbécil. Dejo la foto en el lugar que le corresponde en la pared.

Noah observa todo con gran interés, con las cejas enarcadas. Cuando regreso a la silla frente al sofá, tiene a Alice en su regazo.

—Nos hemos hecho amigos —anuncia, dándole una palmadita en la cabeza; el único lugar donde mi tortura acepta muestras de afecto.

Me froto las sienes, tratando de concentrarme.

—¿Sabes por qué te he pedido que vinieras aquí hoy?

—¿Por qué no entregué los deberes el sábado? —dice.

Lo miro con los ojos entrecerrados.

—Porque sé que no tienes ninguna novela.

—Te dije que...

—Sí, sí —agito la mano—. Tienes empezadas algunas cosas. Mira, lo que necesito es que tengas una idea concreta que pueda venderle a Sue.

Abre la boca para discutir, pero no se lo permito.

—Por eso —continúo— he estado pensando en lo que dijiste el otro día. ¿Lo de que te has quedado sin ningún lugar emblemático de Nueva York en el que puedan besarse tus personajes? Y he hecho una lista de todos los sitios de interés sobre los que nunca has escrito y que quizá ni siquiera has considerado. —Saco mi libreta—. Vas a echar un vistazo a mi lista. Vas a tachar los lugares en los que ya has estado y luego, visitaremos los restantes uno por uno, hasta que encuentres alguno sobre el que merezca la pena escribir.

—Lanie...

—Habla con la lista. —La coloco frente a él.

Cincuenta lugares emblemáticos de Nueva York. Los he enumerado teniendo en cuenta mis preferencias personales, pero todos son una auténtica joya. En la parte superior, en un esfuerzo por darle un toque jocoso, he escrito el título de: *Cincuenta maneras de poner fin al bloqueo del escritor de Noah.*

—¿Tienes un bolígrafo? —pregunta impasible, sin apreciar mi sentido del humor.

Le entrego mi bolígrafo. Me inclino hacia delante y veo cómo cambia el título por el de *Cincuenta maneras de acabar con la ansiedad de Lanie.*

—Solo voy a hacer algunos ligeros retoques —señala.

Me gustaría señalar que mi ansiedad y su bloqueo del escritor no se excluyen mutuamente y que, en realidad, están entrelazados en todos los sentidos. Pero me contengo, porque ahora está leyendo la lista.

Después del almuerzo con BD, me pasé casi todo el domingo redactándola. Busqué por internet. Hojeé cuatro diarios antiguos. Incluso envié mensajes de texto a mis amigos para que me ayudaran a refrescar la memoria sobre las pequeñas maravillas de la ciudad que hemos ido descubriendo a lo largo de los años.

A Rufus: Recuérdame cómo trepamos por la parte de atrás del cartel de Pepsi-Cola en Gantry Plaza después de la barbacoa en Astoria.

Él me respondió: Lo único que recuerdo es una escalera de incendios robada y un montón de ginebra Tanqueray.

A Meg: ¿Sigue viviendo esa madre del colegio amiga tuya en ese pequeño enclave romántico en el Upper West Side? ¿Sabes si le darían a una pobre chica acceso al jardín durante una hora?

Ella me respondió: ¿Te refieres a Pomander Walk? Esa madre y yo tuvimos una pelea por las alergias al gluten, pero la muy capulla necesita mi ayuda con la recaudación de fondos de primavera de la escuela, así que voy a ver qué puedo hacer.

A estas alturas, mis amigos están acostumbrados a este tipo de peticiones. Han dejado de hacer preguntas y simplemente confían en que algún día verán los resultados en las páginas de un libro.

En este caso, espero de corazón que suceda.

—Bueno, ¿qué te parece? —pregunto a Noah cuando ya no puedo aguantar más.

—Creo que te causé una buena impresión el sábado —responde—. ¿De verdad quieres salir conmigo? ¿Cincuenta veces?

—Lo que quiero es conservar mi trabajo. Durante los próximos cincuenta años.

—Lo dices en serio. —Me mira a los ojos y luego sacude la cabeza con incredulidad—. Entonces, será mejor que se me ocurra algo, o tendremos un futuro lleno de sufrimiento.

Lo miro iracunda.

—¿Qué tiene de malo la lista?

—¿El Foro Cultural de Austria? ¿Quieres pasar un sábado conmigo en el Foro Cultural de Austria?

—¡Es una maravilla arquitectónica! ¡Tiene veinticuatro plantas y menos de ocho metros de ancho!

—Bueno, pues bravo por el arquitecto —dice—. Pero el mero hecho de que nos paremos los dos frente a esa maravilla no significa que me vaya a venir a la cabeza la idea para una novela como por arte de magia.

—¿Por qué intentas aparentar que la inspiración te es un concepto completamente ajeno? —indico—. Has escrito diez novelas. Seguro que ya sabes que los escritores salen al mundo, miran a su alrededor y se les ocurren ideas.

—No de esta forma —replica—. Puedo ahorrarnos muchos dolores de cabeza si lo digo ahora mismo: no va a funcionar.

—¿Sabes lo que tampoco está funcionando? —digo—. Lo que sea que hayas estado haciendo. Llevas cuatro meses de retraso y no tienes nada que enseñarme. —Suelto un suspiro—. Por favor, no dejes a Peony colgada de este modo. La gente cuenta contigo. Puede que a ti no te importe, pero a mí sí...

No termino la frase porque no tiene sentido desperdiciar más palabras. ¿Por qué debería importarle lo que me importa a mí? No me debe nada, a pesar de que se ha pasado los últimos siete años fingiendo ser mi amiga por correo electrónico. Ha sido solo eso, una farsa.

Se queda en silencio un momento, leyendo la lista. Alice apoya la barbilla en su antebrazo, su gesto más tierno. Veo que Noah la mira y casi esboza una sonrisa. Entonces, agarra el bolígrafo. Contengo la respiración mientras tacha algunos elementos de la lista. Luego otros tantos más.

La rejilla del metro de Marilyn Monroe, fuera. Puedo vivir con ello. Aunque habría sido divertido escribir una escena como la de la falda de *La tentación vive arriba,* pero con el sexo opuesto.

El Liberty Pole cerca del Ayuntamiento, también fuera. Me pareció adecuado, quizá para una historia entre dos miembros de un jurado, pero da igual.

Sin embargo, cuando tacha Pomander Walk, no puedo seguir con la boca cerrada. Meg ha hecho las paces con la madre sin gluten para conseguirme esas llaves.

—Pomander Walk es un lugar mágico —comento—. Es un callejón peatonal oculto y muy romántico en el Upper West Side. Es como estar en una novela de Dickens...

—Lo sé —dice bruscamente—. Ya he estado allí. No voy a escribir *Grandes esperanzas.*

—Ni tampoco estás generando ninguna —murmuro.

—¿Podrías no estar tan encima de mí mientras hago esto?

Me levanto y voy hacia la ventana para darle un poco de espacio. No estaba encima de él, solo estaba intentando ayudar.

De hecho, estoy más a gusto en la ventana, lejos de la fuerza gravitatoria de la negatividad de Noah. Contemplo la soleada tarde y observo uno de los autobuses turísticos rojos que recorre mi manzana. Esta línea de autobuses pasa al lado de mi apartamento una media de cinco veces al día. Y siempre suena la misma perorata grabada en el altavoz. Como cualquiera que viva en la calle Cuarenta y Nueve este, me la sé de memoria. Podría recitarla mientras duermo.

—Katharine Hepburn vivió durante más de sesenta años en este edificio de piedra rojiza en Turtle Bay —repito al mismo tiempo que la voz grabada.

—¿Acabas de recitar la grabación del autobús? —Noah se ríe desde el sofá.

—No —respondo—. Bueno, sí. No me he dado cuenta de que lo estaba diciendo en voz alta. Cuando llevas viviendo siete años en el mismo lugar, te mimetizas más o menos con su banda sonora. —Lo miro, preguntándome si tiene alguna idea de lo que estoy hablando. Seguro que su ático treinta y cuatro plantas por encima de Central Park es tan silencioso como una tumba.

—Imita al autobús de la línea M50 —dice.

Sin pensármelo dos veces, emito un sonido aceptable de frenos oxidados, mecanismos hidráulicos que rechinan y el zumbido de la rampa para sillas de ruedas al bajar. Entonces me doy cuenta de que Noah Ross me está mirando y cierro la boca, avergonzada.

Está claro que también lo he avergonzado a él, porque ni siquiera reconoce mi intento de imitar un autobús. Solo me mira y luego cambia de tema:

—¿Así que Katharine Hepburn vivió aquí?

—Al otro lado de la calle, por eso vivir en esa zona cuesta diez mil dólares más al mes. En una ocasión, fui a ver su casa, cuando estaba en venta. Un amigo me metió en la jornada de puertas abiertas. Era muy bonita. Podrías imaginártela allí, tomando tostadas y té y echándole la bronca a Spencer Tracy.

—¿Te gusta Katharine Hepburn? —pregunta.

—Es Katharine Hepburn. No hay nada más que decir.

—¿Cuál es tu película favorita de ella?

—*La costilla de Adán* —respondo, esperando que no se le escape la batalla de sexos que se refleja en la película—. *La fiera de mi niña* también está genial. ¿Y la tuya?

Me mira de forma extraña, negándose a participar en la conversación.

—Espera. —Me da un brinco el corazón—. ¿Se te ha ocurrido alguna idea para una novela?

Pone los ojos en blanco y niega con la cabeza.

—No, Lanie, no has resuelto todo solo por recitar la grabación de un autobús turístico.

—Lo dices como si fuera algo malo...

—Puede que esto te sorprenda —dice—, pero me gustaría escribir otra novela. Estoy aquí, ¿verdad? Incluso estoy considerando esta absurda propuesta tuya. —Me mira agitando la lista.

—Ah. ¿Lo estás considerando? Pensaba que solo estabas tachándolo todo.

—He reducido a cinco... las experiencias que estoy dispuesto a tener contigo.

—¿Cinco de cincuenta? Mis plantas de interior tienen más posibilidades de sobrevivir, y mira que tienen una existencia deprimente.

—Cinco lugares han pasado el corte —continúa Noah—, siempre que aceptes mis condiciones.

Frunzo el ceño.

—¿Condiciones?

—¿Por qué no te sientas y te las explico?

—Gracias por la invitación. —Me siento en el sillón reclinable de *tweed* rosa. Qué hombre más molesto. —Dispara.

—Estoy de acuerdo con lo siguiente —comienza Noah, mirando la lista—. Los jardines medievales de Los Claustros, Minetta Brook en el West Village, los siete mil robles en Chelsea, Breezy Point en Queens y la casa de Edgar Allan Poe en el Bronx.

Ha hecho una selección excelente. Doy mi aprobación con un leve asentimiento.

—¿Y las condiciones?

—Nos turnaremos. Visitaremos un lugar de tu lista y luego uno que yo elija.

No, no, no. Mi lista es el resultado de una cuidadosa selección. Es premeditada. Productiva. Estoy segura de que, si acepto esta condición, Noah Ross se burlará de todo este proyecto y terminaré perdiendo el tiempo en algún restaurante pequeño y deprimente de las afueras de la ciudad.

—Te prometo que me lo voy a tomar en serio —añade.

Trago saliva. Tampoco es que tenga otra opción.

—Entonces estoy de acuerdo.

—Bien. La condición número dos es que no vamos a volver a encontrarnos aquí.

Miro a mi alrededor.

—¿Por «aquí» te refieres a mi apartamento? ¿Tienes algún problema con mi casa?

—Me distrae. ¿No podemos quedar a partir de ahora directamente en el sitio?

—Vale —digo—. ¿Algo más, majestad?

—Una cosa más... En cuanto estemos de acuerdo con una idea, si es que alguna vez podemos ponernos de acuerdo, me dejarás escribir en paz. Nada de estar en plan niñera, ni *Cincuenta maneras de hacer que Noah escriba el capítulo dos* o algo parecido.

Pienso en mi ascenso de prueba, en todo lo que tiene que salir bien para que se convierta en permanente. En lo difícil que me va a resultar confiar en este hombre para hacer que las cosas funcionen. A una parte de mí le encantaría no interactuar con él en mucho tiempo. A la otra, le da miedo que no lo logre.

Respiro hondo y lo miro.

—Nos pondremos de acuerdo en una idea, porque no nos queda otra. Y cuando lo hagamos, si me aseguras que tendré un borrador en mi mesa para el quince de mayo, no me oirás decir ni pío.

—¿Y un chirrido? ¿Como el de los frenos del autobús de la línea M50? —bromea. Es la broma más seca del mundo, mucho más que la laca que se usaba en los cardados de los ochenta.

Esbozo una sonrisa tirante.

—Será como si nunca nos hubiéramos conocido.

Noah me tiende la mano.

—Entonces creo que tenemos un trato.

9

El siguiente sábado por la noche, Ryan y yo conseguimos dos taburetes en el bar Grand Army en Boerum Hill, justo después de un concierto de Jenny Lewis con entradas agotadas. Brindamos con dos copas de champán rosado mientras el camarero pone una docena de ostras crudas sobre la mesa. La barra circular es acogedora y está iluminada con velas, las ostras están saladas y heladas. El restaurante está lleno; algo que me parece romántico. No hay nada que me haga sentir más parte de mi ciudad que sentarme en un bar repleto de gente interesante, manteniendo una animada conversación.

Para Ryan, en cambio, abarrotado equivale a «moderno», es decir, sobrevalorado y caro. Si entra en un lugar y hay un mural pintado sobre ladrillo visto en el que invitan a los clientes a compartir su visita en Instragram, etiquetándolos, suele salir de allí. Pero se crio en el barco de su padre en la Costa Este, de ahí su debilidad por las ostras frescas.

Las come con tabasco y un chorrito de limón. Yo prefiero acompañarlas con una vinagreta de chalotas y rábano picante. En circunstancias normales, me bastaría una noche como esta para ser feliz, pero desde que he conocido a Noa Callaway estoy hecha un lío y no creo que esta sensación vaya a terminar pronto.

Sé que le dije a BD que se lo iba a contar a Ryan, pero lo cierto es que, aunque no estuviera obligada por ese acuerdo de confidencialidad, me costaría bastante hablar con mi prometido de la identidad de Noa Callaway, del hecho de que sea un hombre. Además, Ryan no entendería por qué el género de Noah es una traición a nuestras lectoras, y seguro que usaba este dato a su favor para tratar de demostrar que este no es el trabajo de mis sueños y que mudarme a Washington sería lo más adecuado. Por no hablar de que quizá su radar de celos podría dispararse en cuanto le contara los planes de *Cincuenta lugares.*

Lo que, por supuesto, sería absurdo. Noah y yo apenas nos soportamos en persona.

Otra cosa que me está preocupando es el comentario que hizo mi abuela en nuestro almuerzo sobre que ningún matrimonio es perfecto, pero que es importante encontrar a alguien a quien podamos acudir cuando lo necesitemos. Sé que me lo dijo con delicadeza, con cariño, pero no me gusta que piense que podría haber algo mal en mi relación.

¿Acaso era más fácil en su época? Desde luego que no. Es más, al pensar en eso, estoy subestimando a BD. Estuvo casada con mi abuelo durante cincuenta años. Y, al igual que ha hecho toda su vida, luchó con uñas y dientes por ese matrimonio. Ryan y yo seríamos muy afortunados si consiguiéramos tener un matrimonio tan largo y duradero como el de ellos.

—¿Seguro que estás bien? —pregunta, preparándose una ostra Kumamoto—. Te has pasado todo el fin de semana actuando de una forma un poco rara.

—Solo estoy estresada.

Y te estoy mintiendo. Eso también. Lo que no dice mucho de mí.

—¿Otra vez el trabajo? —Ryan suelta un suspiro y deja la ostra que estaba a punto de comerse—. Mira, Lanie, lo he estado pensando y no creo que esto sea bueno para ti.

Me atraganto con el champán y toso.

—¿Qué quieres decir? ¿Qué no es bueno para mí?

—Este trabajo. Siempre estás liada con algo. Hace una semana, estabas tan agobiada porque ibas a conocer a esa diva que cancelaste tu viaje a Washington. Luego, en cuanto la conociste, todo ese estrés se transformó en pánico por una fecha límite arbitraria.

—Este plazo es cualquier cosa menos arbitrario. Es importante para la cuenta de resultados de Peony. Es importante para las lectoras de Noa. Es importante para mí...

—Está bien, está bien —dice—. Lo he pillado.

Me estoy poniendo nerviosa y tengo la sensación de que Ryan no me está prestando atención. Está tan concentrado en esas ostras que parece que está intentando producir una perla. ¿De verdad quiere que *fracase* con Noa Callaway? ¿Que me despidan?

—No conozco a nadie que tenga un trabajo exigente y que no esté estresado. A ti también te pasa con el tuyo.

—No es lo mismo. —Se lleva la ostra a los labios.

—¿Cómo que no es lo mismo? —pregunto, levantando la voz. La pareja que está al lado de nosotros nos mira.

—Lanie —dice Ryan con su tono más calmado. Suele funcionar, pero hoy no.

—Por favor, ilumíname.

Ryan suelta un suspiro.

—Porque ambos conocemos la trayectoria de mi carrera. Es diferente a la tuya. Cuando nos casemos, te mudarás a Washington. —Me mira desconcertado, como diciéndome: «¿Cuál es el problema?»—. A veces me pregunto si eres consciente de la realidad de esa mudanza. ¿Cuándo le vas a decir a Sue que te vas a ir a vivir a otra ciudad?

Sabe que estoy postergando esa conversación. Sue es una editora estupenda, pero no se entromete en la vida privada de sus empleados. Sabe que estoy comprometida, aunque dudo que esté al tanto de que Ryan vive en Washington. Y después de lo de mi ascenso provisional, no me apetece mucho decírselo.

—En el mejor de los casos —continúa Ryan—, estarás viajando a mitad de semana. ¿Qué vas a hacer? ¿Dormir en el sofá de Meg? ¿Qué sucederá cuando tengamos hijos? Siempre te estás quejado de este trabajo. ¿Es este el ejemplo que quieres dar a nuestra familia...?

—¡No me estoy quejando siempre!

—Puede que no te des cuenta, pero lo haces —dice—. Quizá haya dejado de ser el trabajo de tus sueños. En Washington podrías...

—No lo digas...

—Comenzar de nuevo...

—Como me vuelvas a mencionar ese empleo en la Biblioteca del Congreso, me voy. —Me estremezco al imaginar archivadores impecables, estanterías ordenadas y cajones organizados a la perfección.

—¡Una vez me dijiste que te gustaría aprender a leer Braille! —señala él—. Y Deborah Ayers tiene muchos contactos. Si hubieras venido a la fiesta el fin de semana pasado, la habrías conocido. Solo le comenté que pronto te mudarás a Washington y me dijo que estaría encantada de hablar contigo sobre tus intereses.

Antes de que pueda emitir un gemido de frustración, Ryan pone sus manos en las mías. Son cálidas y familiares. Se las aprieto y quiero acurrucarme contra él. Pero algo me frena. Tengo la sensación de que, si dejo que me abrace, podría dejar de ser yo misma. Sin remisión. Nunca me había sentido así, y es algo que me asusta.

—¿Sabes lo que creo que necesitas? —pregunta.

—¿Qué?

—Uno de esos masajes de primera categoría en pareja. Voy a hacer una reserva. Para el próximo viernes por la noche, cuando vayas a Washington. Nos dejará fuera de combate y, el sábado por la mañana, nos despertaremos llenos de energía para el concurso de chili del club de campo de mis padres.

Ryan solía bromear conmigo sobre los numerosos actos sociales a los que acudían sus padres, pero durante este último año, algo cambió. En lugar de reírnos por la afición que en el club tienen a la taxidermia, me regaló el mismo suéter que llevaban puesto las novias de sus dos amigos en el último evento en el que estuvimos.

—No soy muy amante de los masajes —le digo.

—No conozco a nadie al que no le guste que le den un masaje. A mí nunca me has dicho «no» cuando me he ofrecido a hacerte uno. —Mueve los dedos para animar el ambiente.

—No es lo mismo. —Le lanzo una mirada elocuente—. Suelo marearme. Y siempre tengo la impresión de que el masajista se da cuenta de que no soy lo suficientemente zen.

—Este es el mejor salón de masajes del distrito de Washington. A todo el mundo le encanta. A ti también, ya lo verás. —Pasa los dedos por mi pelo. Lo tengo enredado porque después del concierto hemos venido andando y hacía viento.

—Sí, vale —digo.

—No pareces muy convencida.

—Es solo un... masaje. No un hechizo que resolverá todos nuestros problemas.

—¿*Nuestros* problemas? —Me mira preocupado—. Pensaba que estabas tratando de resolver *tu* problema de estrés.

—Ryan —digo, volviéndome hacia él.

—Sí, he notado que has estado distante toda la semana. Supongo que debería haberte dicho algo antes —dice, hablando a toda prisa—. Pero he estado hasta arriba de trabajo. Tal vez algo distraído. Son cosas que pasan. Solo necesitamos reconectar. —Le hace un gesto al camarero para pedir otra ronda.

Siempre nos ha resultado fácil comunicarnos. Ahora, sin embargo, tengo la sensación de que nos hemos distanciado mucho, incluso el par de días a la semana en los que estamos juntos.

Sé que está intentando ayudar, y que no puede hacerlo si no conoce los pormenores de mi problema. Seguro que nos vendría bien hacer algo romántico para volver a conectar. De ese modo podría hablarle con honestidad sobre lo de Noah.

Me giro hacia él y nuestras rodillas se tocan debajo de la barra. Apoyo la frente contra la suya y me doy cuenta de que para la mesa que hay detrás de nosotros, con mujeres de treinta y tantos años, debemos de parecer una pareja de lo más romántico, sin complicaciones. Suelo notar mucho este tipo de cosas cuando estoy con Ryan, seguramente porque hay mujeres observándolo todo el rato.

—Tengo una idea —le susurro—. ¿Qué tal si hacemos ese recorrido en moto por los Apalaches que siempre hemos querido llevar a cabo?

Es un viaje que no hace falta organizar con antelación, no necesitamos billetes de avión ni reservas de hoteles imposibles de conseguir. Podríamos irnos en cuanto Noah tenga una idea y se retire a su guarida de escritor. Un largo fin de semana primaveral en moto con Ryan, parando en algún hostal por el camino, sería la solución perfecta para distraerme y dejar de preguntarme por el número de palabras que lleva escritas Noah.

—También podríamos alquilar una caravana —sugiere Ryan—. Dormir bajo las estrellas. Así practicaríamos para nuestras futuras vacaciones familiares.

—Lo de la moto estaría genial —insisto—. Es tan nuestro...

Me mira con los ojos ligeramente entornados.

—¿Qué quieres decir con eso de que «es tan nuestro»?

—¿No fue así como nos conocimos? ¿En tu moto? Y el verano pasado, los fines de semana que estuvimos juntos en Washington, ¿no estuvimos dando paseos con ella? —Me entran unas ganas enormes de darle un coscorrón en el cráneo para ver si hay alguien dentro.

—Solo porque nos conocimos en una moto y porque el verano pasado nos montamos a menudo en ella no significa que estemos obligados a viajar de ese modo el resto de nuestras vidas. Lo sabes, ¿no?

—No he dicho que estemos obligados a...

—¿Y el equipaje? ¿Y si llueve? ¿Y si me apetece tomar unas copas de vino en la cena? Sinceramente, Lanie, me parece más una molestia que algo que merezca la pena.

—Podemos llevar mochilas en lugar de maletas y un par de impermeables de esos que se pliegan a tamaño bolsillo —digo, disipando sus reservas una por una—. Y si en algún momento te apetece beber, puedo conducir yo. —Froto la nariz contra su cuello—. ¿Crees que eres lo suficientemente hombre como para soportarlo?

—¿Desde cuándo conduces motos? —pregunta—. Cuando te mudaste a Nueva York tenías el carné de conducir caducado.

—Puedo aprender —le digo—, y sacarme el carné a tiempo para el viaje. Así no tendrás que conducir tú todo el tiempo. Puedes enseñarme...

—En realidad —dice, antes de aclararse la garganta—, no creo que eso vaya a ser posible.

—¿Por qué no?

Se produce un largo silencio, en el que el ruido de fondo del restaurante me parece el clamor de un anfiteatro romano.

—Iba a contártelo —dice al cabo de un rato. Me pone la mano en el muslo de una manera que me pone nerviosa—. He vendido la moto, Lanie.

—¿Que has hecho qué? —jadeo—. Pero si adorabas esa moto... *Yo* adoraba esa moto. *Ambos* la adorábamos. ¿Por qué narices la has vendido?

—Cariño —dice mientras me frota la pierna—, un amigo de un amigo me ofreció el doble de lo que valía. Pensé en ti y en cómo, cuando te vengas a vivir conmigo, vamos a necesitar ese espacio en el garaje para un segundo coche. Tal vez un Volvo. Además, en cuanto tengamos hijos, nuestras prioridades serán otras. Antes de que nos demos cuenta, me estaré presentando a las elecciones y una moto solo sería un estorbo. No quiero ser «ese motero» en las campañas de desprestigio de los oponentes.

¿Campañas de desprestigio? ¿Prioridades? Agarro la copa y me bebo el champán.

—Esa moto fue el principio de nuestra historia.

—Para ti todo tiene una historia.

¿Y qué hay de la sensación de libertad que teníamos cada vez que subíamos juntos a esa moto? ¿Del viento en la piel? ¿De tener un asiento en primera fila donde pudiéramos disfrutar de las vistas, de los olores de la ciudad y de los cambios que se producen en las estaciones? ¿Y esas primeras semanas maravillosas de primavera, cuando florecen los cerezos?

¿Y lo mucho que esa moto cabreaba a su madre?

Ay, Dios mío.

Me cruzo de brazos.

—¿Ha sido tu madre la que te ha obligado a venderla?

—No empieces de nuevo con mi madre —se queja Ryan.

—Es que me he quedado anonadada. Ojalá lo hubieras hablado conmigo antes de venderla.

—Mira —dice, ahora con más ternura—, si es tan importante para ti que hagamos un viaje en moto antes de casarnos, alquilaremos una y haremos ese viaje a los Apalaches.

Ha usado su tono de «Me rindo», izando la bandera blanca. Y ahora es cuando se supone que debería reírme y responderle con un «gracias, cariño» para que podamos cambiar a una conversación más agradable. Podríamos hablar sobre el viaje, hacer planes para que se haga realidad: la ruta que queremos seguir, los sitios donde pararemos... En definitiva, fingir que Ryan no acaba de decir algunas cosas realmente alarmantes sobre las expectativas que tiene de nuestra vida juntos.

Nos hemos convertido en unos expertos en cambiar de tema, en aligerar el ambiente. En pretender que no existen ciertas realidades que se ciernen sobre nuestro futuro próximo.

Pero esta noche, no voy a hacer lo que siempre hacemos. No me inclino para que me dé un beso, ni me encojo de hombros. Lo miro a los ojos y le digo:

—Estoy cansada de esta idea de que, cuando nos casemos, todo tiene que cambiar, de que nosotros tenemos que cambiar. Se trata de una boda, no de un apocalipsis. ¿No sería lo lógico celebrar lo que ya tenemos?

—De acuerdo... ¿Cuánto has bebido? —pregunta, golpeándome el hombro con el suyo. Sé que lo dice en broma, pero me parece demasiado condescendiente.

Me levanto del taburete de la barra y agarro el bolso.

—Necesito un poco de aire fresco.

Ryan mira a su alrededor; siempre está pendiente de las apariencias, incluso sin conocer a nadie que esté en este restaurante o que viva por la zona. Como si todo el mundo ya estuviera decidiendo si votarlo o no. Una locura.

—Claro —dice cuando se da cuenta de que estoy hablando en serio. Arroja una tarjeta de crédito sobre la barra y hace un gesto al camarero—. Vamos juntos a tomar un poco el aire.

Salgo antes de que el camarero pase la tarjeta. Tengo ganas de llamar a un taxi e irme a casa. Lo que me detiene es un pensamiento que me asusta.

Sé que, si me voy sola ahora y Ryan se reúne conmigo luego en casa, puede que ya me haya dado tiempo a calmarme un poco. Y quizá hagamos las paces sin la pelea que de verdad necesitamos tener.

Llevamos demasiado tiempo postergándola.

Así que espero en la acera y me pongo a pensar en por qué lo quiero. Las razones son muchas: noventa y nueve. Pero desde que he descubierto la verdad sobre Noa Callaway, una voz en mi cabeza no ha dejado de preguntarme si son las razones indicadas. Pienso en la vida que cada uno de nosotros quiere, tan diferente a la del otro.

Antes de que descubra cómo conciliar todo esto, sale Ryan. Está tan guapo como siempre, con esa cazadora azul marino y los vaqueros. Le brillan los ojos, como si me estuviera diciendo: «Ya no estás enfadada conmigo, ¿verdad».

—¿Mejor? —Abre los brazos hacia mí.

Me acerco a él y siento cómo me rodea con sus brazos, reconfortándome. Nos quedamos callados un buen rato. Cuando me aparto de él y lo miro, se me llenan los ojos de lágrimas.

—¿Por qué me quieres, Ryan?

Baja los brazos y se frota la cara.

—Lanie, ¿qué estás haciendo?

—Estoy siendo honesta. Es una pregunta sincera.

Niega con la cabeza y se vuelve para mirar la calle, el tráfico, los taxis que paran y de los que salen jóvenes despreocupados que charlan alegremente en busca de la diversión propia de un sábado por la noche.

—No entiendo qué nos ha pasado —dice Ryan sin mirarme—. Éramos tan felices... La noche en que nos comprometimos estaba extasiado. Cuando te besé y salimos en la pantalla gigante, con mi anillo en tu dedo, me sentí tan orgulloso de que todo el mundo viera que éramos la pareja perfecta. Pero ahora, hasta para elegir algo tan simple como la fecha de nuestra boda, actúas como si te estuvieran obligando a punta de pistola.

—No creo que quiera ser una pareja perfecta —confieso.

Se ríe como si acabara de soltar una locura.

—¿Qué?

Le tomo de las manos.

—Solo quiero ser yo. Y que tú seas tú. Con todas nuestras excentricidades. Quiero que nos escribamos poemas, aunque sean malos.

—No te estoy siguiendo...

Cierro los ojos.

—No fui feliz la noche en la que nos comprometimos.

—¿Cómo? —Este es uno de esos momentos en los que las cosas se tuercen sin remedio. El tono de Ryan atrae las miradas de la gente que pasa a nuestro lado.

—He sido muy feliz en nuestra relación. He sido muy feliz casi siempre. Pero la noche en que me propusiste matrimonio, no.

Me mira con los ojos entrecerrados.

—¡Pero si lloraste! ¡Y colgaste esa foto en la pared!

—No lloré de alegría.

Ryan se queda pensativo un instante.

—Vale, sí, recuerdo que empezaste a ponerte paranoica con tu madre...

—Sí, en parte fue por eso.

—¿Y el resto?

—Soy seguidora de los Dodgers.

—¿Perdona?

—Que soy hincha de los Dodgers. Ya lo sabes.

—Sé que tienes una camiseta vieja de los Dodgers. Sé que te encanta Vin Scully. Pero ¿qué se suponía que debía hacer? ¿Subirte a un avión, llevarte a un partido de los Dodgers y pedirte que te casaras conmigo allí? ¡No tiene sentido ser hincha de un equipo de una ciudad en la que nunca has vivido! ¡Ni siquiera te gusta Los Ángeles!

—Soy hincha de los Dodgers por Sandy Koufax. Ya te lo dije. Mi madre tenía cuatro años cuando se perdió uno de los juegos de la Serie Mundial porque era Yom Kippur. BD te contó que cruzaron todo el país en tren, con mi abuelo, para ver a Koufax lanzar su juego sin *hit* contra los Yankees. Es un héroe para mi familia, como lo es para la mayoría de las familias judías estadounidenses. Este es el tipo de cosas que se supone que debes recordar sobre la persona con la que te quieres casar. Pero ni siquiera se trata de eso.

—¿Entonces de qué se trata? —quiere saber Ryan.

—El hecho de que sea hincha de los Dodgers no tiene nada que ver con nuestra relación. Pero los Washington Nationals todavía tienen *menos* que ver con nuestra relación. Es tu equipo y me parece genial. Me lo pasé muy bien contigo en el partido. Sin embargo, ni ellos, ni ese estadio tienen un significado especial para nosotros. Si me hubieras propuesto matrimonio en la tienda de comestibles donde solemos comprar café habría tenido más sentido. No me hizo feliz, Ryan. Me sorprendió cuando me lo propusiste. O, mejor dicho, cuando la *pantalla gigante* me lo propuso. Ni siquiera pronunciaste las palabras. —Suelto un suspiro—. Podrían haber ido dirigidas a cualquier persona del público.

—Tú no eres cualquier persona —dice con la voz entrecortada—. Eres Elaine Bloom y te quiero. Solo a ti.

—Sé que me quieres. Y yo a ti. Pero no creo que quiera el futuro que tendremos juntos. Quieres que sea todo lo que buscas en una esposa. Pero no me voy a convertir en una hincha de los Nationals solo porque llevara puesta tu gorra esa noche. Tampoco seré una WASP, aunque me convierta al protestantismo. No dejaré de ser editora, aunque cambie de trabajo. No quiero tener cinco hijos solo porque tú sí quieres. Y odio la idea de organizar la boda sin mi madre, pero no porque necesite que ella elija mi vestido, o que me vea con él puesto ese día. La odio porque sé que, si sigo adelante, podría malinterpretar las últimas palabras que me dijo.

—¿Si sigues adelante? —Ryan se lleva las manos a la cabeza y empieza a caminar de un lado a otro—. Ay, Dios mío. Me estás dejando.

—Sí —digo con suavidad. Aunque no lo he sabido hasta ahora—. Sí —repito.

Cierro los ojos. Esto duele. No quiero dejar a Ryan. De verdad que no. Pero tengo que hacerlo. Y tengo que hacerlo ahora, aunque el resto de mi mundo ya se haya puesto patas arriba. Porque a pesar de que Ryan sigue teniendo las noventa y nueve cosas que pensé que quería, resulta que no es suficiente.

Y aunque él nunca reconocería en voz alta que tiene su propia lista, tampoco soy la mujer con la que quiere pasar su vida. Y, lo más importante, no quiero convertirme en esa mujer.

—Te mereces... —empiezo.

—No me digas lo que me merezco —espeta—. Sé lo que me merezco. Y también sé que te vas a arrepentir de esto. Porque no vas a encontrar a nadie que te cuide como yo, ni que te dé la vida que yo te habría dado. Pero, para cuando te des cuenta, será demasiado tarde.

—Ya me he dado cuenta, Ryan. Ya es demasiado tarde.

Me mira como si no me conociera. Así es como se siente dejar a la persona a la que creías que amarías el resto de tu vida.

—Bueno —dice—. Supongo que aquí es donde nos decimos adiós.

Se da la vuelta y empieza a caminar por la acera. El vapor que se eleva desde una rejilla del metro lo oculta aún más.

Lo he hecho. No me puedo creer que esto haya pasado. Que Ryan se esté alejando de mí tan rápido. Me he pasado gran parte de mi vida queriendo ser una heroína de Noa Callaway, enamorarme de un héroe de Noa Callaway. Creía que lo había encontrado en Ryan. Y ahora, de lo único que estoy segura es de que me he equivocado.

Pienso en el anillo de compromiso, que por fin lo han adaptado al tamaño adecuado y está listo para que lo recoja de la joyería. ¿Qué hago ahora con él?

—¡Espera! —le grito, corriendo tras él—. ¿Qué hago con...?

Hace un gesto con la mano para que no lo siga y continúa alejándose.

—¡Seguro que encuentras una solución tú sola! —grita por encima del hombro—. O no. Ya no es mi problema. —Se vuelve y me lanza una mirada demoledora—. Eso es lo bueno de romper. Un problema menos.

10

El anillo de diamante yace en su pequeña caja abierta, en medio de la mesa, como si fuera un objeto radiactivo.

Anoche, cuando quedó claro que mi ruptura con Ryan no era una alucinación inducida por las ostras, envié un mensaje a Meg y a Rufus:

En Maison Pickle a las 11. Aperitivo de crisis.

Es una expresión que se remonta a los días en que Meg y yo éramos asistentes. Básicamente significa que habrá cócteles, quejas y, en este caso, llanto. Quienquiera que pida un aperitivo de crisis no necesita dar ninguna explicación por adelantado, pero ahora que Meg es madre y todos tenemos más responsabilidades que hace siete años, solo lo invocamos en casos extremos.

Los estoy esperando en una mesa al aire libre en Maison Pickle, en el Upper West Side, bajo una lámpara térmica, y con una caja de pañuelos en mi regazo. Hace un calor inusual para esta época del año, el cielo es azul y está salpicado de nubes esponjosas, pero yo lo veo todo gris.

Tengo la sensación de que, si hubiera prestado un poco de atención, habría visto venir esto a la legua. Este es el aspecto más vergonzoso de todo esto. Que una parte esencial de mí sabía desde hace mucho que algo no iba bien con Ryan, y me he pasado demasiado tiempo tratando de silenciar a esa parte.

Me da miedo tener que decir la palabra «ruptura» en voz alta a Meg y a Rufus, porque en ese momento esta pesadilla será real. Cuando los veo venir del metro de la calle Ochenta y Seis, ese miedo se convierte en una pesada losa en mi pecho.

Al final resulta que no hace falta que diga nada. En cuanto mis amigos ven mi cara hinchada, mi pelo sucio y que el anillo de compromiso, ahora a medida, no está en mi dedo, se dan cuenta al instante.

—¡Joooder, Lanie! —exclama Rufus, dándome un beso en la cabeza mientras se deja caer en la silla que hay junto a la mía.

—Necesitamos una botella de *prosecco* —pide Meg a la camarera más cercana—. Y tres chupitos de tequila.

—Jesús, mamá —le dice Rufus—. ¿Vamos a ir a la discoteca después? Porque entonces tengo que cambiarme.

—Se llama Kate Moss —explica Meg—. Primero te tomas el chupito y después un sorbo de burbujas, y ayuda, ¿vale?

—Nunca le llevaría la contraria a Kate Moss —señala un complaciente Rufus. Se quita las gafas de sol y las coloca sobre la mesa, junto a sus llaves, el teléfono, la crema solar y el protector labial de treinta dólares. La Navidad pasada, Meg y yo le compramos un bolso en un intento por limitar la cantidad de productos con los que siempre llena las mesas de los restaurantes, pero es un hombre de costumbres arraigadas.

—Y bueno, ¿qué ha pasado? —Meg silencia el teléfono. Solo hace esto cuando la conversación es muy importante. Siento una oleada de amor y agradecimiento hacia ella.

—Anoche salimos por ahí —empiezo. Se me hace un nudo en el estómago al recordarlo—. Nos lo estábamos pasando bien, como siempre, pero entonces... no sé... de pronto quedó claro que cada vez que hablamos de casarnos parecía como si la palabra tuviera dos significados diferentes. Uno para Ryan y otro para mí. Y cuando insistí un poco en el asunto, todo se vino abajo. —Saco un pañuelo de la caja y me sueno la nariz.

Meg frunce el ceño, estira la mano sobre la mesa y me estrecha la mía.

—En primer lugar, las bodas son lo peor. Planear una basta para poner de los nervios a la pareja más feliz. Tommy y yo estuvimos a punto de no pasar por el altar después de una pelea sobre los caminos de mesa.

—¿Qué diablos son los caminos de mesa? —pregunta Rufus.

—Mejor no preguntes —replica Meg—. Todavía estoy cabreada por elegir el marrón. El caso es que las bodas son difíciles.

—Supongo —digo—, pero la distancia entre nosotros no se debía tanto a la boda, sino al matrimonio. No queríamos la misma vida. Y fue algo que ignoramos durante mucho tiempo. Demasiado tiempo. Una estupidez, porque... porque...

—¿Porque Ryan tenía tus noventa y nueve cosas? —sugiere Meg.

Dejo caer la cabeza sobre la mesa. Mis amigos llevan años burlándose de mí por esa lista, pero de una forma cariñosa, sin juzgarme por ello. Si Meg y Rufus tuvieran la más ligera sospecha de la farsa que es Noa Callaway, sentirían lástima por mí.

—Soy una imbécil —gimo.

—Lanie —dice Rufus—, mucha gente aguanta relaciones peores por motivos bastante más patéticos.

—Cierto —señala Meg—. ¿Te acuerdas de Mary, mi antepenúltima asistente, y lo muchísimo que tardaba en comer?

—Siempre llegaba muy sudada por las tardes —apunta Rufus.

—Bueno, me enteré de que era porque su novio se negaba a sacar a pasear al perro, así que tenía que ir corriendo a su casa en Tribeca. Todos los días. ¡*Y él trabajaba desde casa!* Pero ella no quería dejarlo porque su apartamento era de renta antigua.

—Mi prima —dice Rufus, inclinándose hacia delante y hablando en voz baja, como hace siempre que se refiere a su familia, aunque todos viven en la Costa Oeste— está saliendo con un chico que quiere que lo llame *Terminator* durante el sexo. ¡Y ella sigue con él porque la ha incluido en su suscripción del gimnasio!

—Bueno, eso tiene su punto —dice Meg, como si estuviera tratando de imaginárselo.

—Tienes un problema —señala Rufus.

—Que tiene un nombre —contrataca Meg, cerrando los ojos—. Sequía.

—Meg, tú y Tommy podéis tener relaciones sexuales —le digo—. Aunque estéis casados.

Meg suelta un gruñido y se echa hacia atrás.

—El sexo conyugal requiere tanta imaginación que se vuelve agotador.

—¿Del tipo de empezar a hacerlo en lugares creativos? —pregunto—. ¿Como escaleras de incendio y sitios similares?

—No, como imaginarse que Tommy es el exprometido de mi amiga y me llame *Terminator*.

Aunque no quiero, no puedo evitar reírme. Meg y Tommy se alegran al oírme.

—Lo que queremos decirte —continúa Rufus— es que tú y Ryan sois dos personas atractivas, de éxito y decentes. Y muy follables. Es lógico que intentaras hacer que funcionara.

Paso el dedo por el anillo que hay en la caja encima de la mesa. Cuando el joyero me ha llamado esta mañana para que fuera a recogerlo, he soltado tal risa de loca que seguro que lo he asustado. Antes de venir aquí, me he pasado por la tienda con una sensación de «ahora o nunca». El hombre me ha pedido que me probara el anillo antes de irme, pero sabía que, si lo hacía, terminaría llorando. Y no quería ponerme a llorar, al menos no hasta que estuviera andando de forma segura y anónima por Central Park.

Estoy convencida de que el anillo me queda perfecto. Es precioso y trágico a la vez. Y soy incapaz de sacarlo de la caja.

—Habríamos sido muy infelices —les digo a Meg y a Rufus. Decirlo en voz alta ayuda.

—Bueno, la felicidad está sobrevalorada —afirma Meg—. Los primeros años después de tener un hijo, tienes la sensación de ver al hombre al que te querías follar cambiar a cámara lenta y transformarse en una especie de Frankenstein, con una mezcla de todos los rasgos que detestas...

—Meg —la advierte Rufus, mirándola con elocuencia—, hemos venido aquí para dar esperanzas a Lanie, ¿recuerdas? Para hacerle ver que hay algo mejor esperándola ahí fuera.

—Yo solo estoy cumpliendo con mi deber —dice Meg—. Por si vuelven juntos...

—No vamos a volver.

—¿Estás segura? —inquiere Rufus.

—¿Muy segura? —insiste Meg.

—Sí. —Los miro a ambos—. ¿Por qué?

Rufus silba por lo bajo y le hace ojitos a Meg.

—Bueno, entonces ya podemos pasar a la parte sincera del aperitivo.

—¿Y qué narices habéis estado haciendo hasta ahora? —declaro.

Justo en este momento llega la camarera, con el *prosecco* en una cubitera con hielo y una bandeja con chupitos. Es una mujer vivaz con una coleta, y antes de que deje todas las bebidas, nos hemos tomado el tequila de un trago. Me dan algunas arcadas, pero estoy deseando beberme otro.

—Oh, Dios mío. ¿Quién se acaba de comprometer? —pregunta la camarera, con una sonrisa deslumbrante como el sol. Nos mira a los tres, intentando entender la situación—. Es un anillo maravilloso. ¡Quiero uno así algún día!

—Quédatelo —gruño.

Ella se sobresalta y mira a Rufus mientras juguetea con el papel de aluminio del *prosecco*.

—¿Se encuentra bien?

—Será mejor que te vayas —susurra Rufus, quitando a la camarera la botella de las manos.

—Espera, antes de irte —la llama Meg, haciéndole un gesto para que se detenga— tráenos una buena ración con todos los encurtidos que tengas, otra de huevos rellenos, otra de pollo frito con tostadas francesas y un *French dip* sándwich especial.

—¿Te has vuelto a quedar embarazada? —pregunta Rufus, observando con atención a Meg.

—Rufus, acabo de pedir suficiente alcohol para marinarnos a los tres. Pero este solía ser el aperitivo que me tomaba cuando estaba embarazada y sí, es perfecto, muchas gracias.

En cuanto la camarera se marcha miro a mis amigos.

—Vamos, soltad por esa boca. Y no me refiero a los encurtidos. ¿Os caía mal Ryan? ¿Y no me habéis dicho nada durante todo este tiempo?

—No, no. Nos gustaba —responde Rufus con cautela—. Era un novio estupendo. Un tipo cañón. Meg y yo pensábamos que era todo un placer para la vista; sobre todo ese fin de semana que pasamos en la costa de Jersey.

—¿Te acuerdas de su bañador rojo? —Meg silba por lo bajo. Ya está ruborizada por el tequila.

—Pero —continúa Rufus— nos alegra que no te vayas a casar con él.

—¿Es solo cosa mía o siempre estaba buscando cualquier motivo para que dejaras tu trabajo? —inquiere Meg.

Asiento y suelto un suspiro.

—Empezó a hablar de eso en nuestra segunda cita.

—Por no hablar del asunto religioso —dice Rufus, aflojando la anilla alrededor del corcho del *prosecco*—. ¿De verdad nos habrías privado de tus legendarias fiestas del Séder de Pésaj?

—Pero si solo te gusta esa fiesta para burlarte de mi pescado *gelfite*.

—Eso no es pescado. No lo es, punto. Además, también está el hecho de que Ryan me ha estado llamando Randall cada vez que me veía —se queja Rufus—. Durante tres años.

—¡Imposible! —jadeo—. Qué poco presidencial por su parte.

—Cierto, no le voy a votar nunca —concluye Rufus antes de descorchar la botella—. ¡Brindemos!

—Está bien, pero ¿por qué vamos a brindar exactamente? —pregunto mientras me llena la copa.

—Porque no te vas a mudar a Washington —responde Rufus.

—¡Y porque nunca serás la primera dama! —añade Meg.

—Sí, brindo por eso. —Alzo la copa—. Sin ánimo de ofender, Michelle.

—Sin ánimo de ofender, Michelle —repiten ellos y beben.

Nos bebemos nuestros Kate Moss y vemos cómo la ciudad cobra vida a nuestro alrededor: el vendedor de perritos calientes instalándose en la esquina de la calle, el desfile de transeúntes del Upper West Side, los mensajeros en bicicleta golpeando las ventanas de los conductores de Uber distraídos. Nos quedamos un rato en silencio. Me gusta, es agradable. Me siento apoyada por mis amigos.

Entonces el sol asoma desde detrás de una nube y hace brillar el diamante de un quilate y medio.

—¿Qué voy a hacer con este anillo? —Tengo ganas de llorar de nuevo.

—¿Ryan quiere que se lo devuelvas? —pregunta Rufus.

—No sé, no me ha devuelto las llamadas, ni contesta mis mensajes.

—Ryan es la clase de hombre que no te pedirá que se lo devuelvas. Lo verá como un gesto magnánimo. Es muy cutre para un político pedir que le devuelvan un anillo.

Hago un gesto de asentimiento.

—Tienes razón. Lo verían como una torpeza.

—¿Por qué no lo empeñas? —sugiere Rufus—. En un sitio con clase, por supuesto. Tengo un contacto.

—Cómo no —dice Meg.

Niego con la cabeza.

—No me parece bien. Pero tampoco que se pudra en casa, dentro de mi joyero.

—Oh, sí. Detesto que se pudra el platino —ironiza Meg.

—Ya sabes a lo que me refiero. Es como si ese anillo fuera el deslumbrante emblema de tres años de autoengaño y mi vergonzosa incapacidad para trazar el mejor rumbo para mi vida.

Rufus se ríe.

—Tienes una verborrea tremenda cuando estás achispada. —Vuelve a llenarme la copa—. Rápido, ¿palabra de cuatro sílabas para «cachondo»?

Nos quedamos callados un instante, pensando.

—Me has dejado perpleja.

—Bebe más —me insta Rufus.

—Lanie —dice Meg—, estás trazando un buen rumbo para tu vida. Mírate. Tienes un trabajo genial, eres la editora de una de las escritoras más famosas del mundo.

—Que, además, también es tu ídolo literario —agrega Rufus.

Asiento con la cabeza y esbozo mi sonrisa falsa más alegre.

—Nos tienes a nosotros, dos de los mejores amigos de todo Nueva York —prosigue Meg— y tienes esa cosita llamada «resiliencia». No te rías, Rufus. Lo digo en serio. La he visto en ti desde que llegaste a Peony, a la tierna edad de veintidós años. Eso significa que no te vas a sentir así durante mucho tiempo, que te recuperarás y serás más fuerte que nunca.

Significa que, al final, obtendrás lo que quieres. Te miro y sé que es algo que ya sabes. Dime que lo sabes.

Me encojo de hombros.

—Supongo que sí. Tal vez.

—Un día no muy lejano, este anillo será solo un anillo, una joya que pertenecerá a otra época de tu vida. Nada más y nada menos.

Me cuesta imaginar que pueda llegar un momento en el que, cuando mire este anillo, no quiera hibernar de inmediato en una cueva de arrepentimientos, pero podría convertirlo en un objetivo.

Cuando se acercan dos camareros para colocar nuestro generoso tentempié, cierro la caja con el anillo dentro y la meto en mi bolso, para hacer espacio en la mesa a cosas mejores, como sabrosas rebanadas tostadas con pollo frito por encima.

—¿Se lo has contado ya a BD? —pregunta Rufus, lanzándose a por un sándwich.

Rufus y BD suelen hablar por Google Chat; empezaron a seguirse hace años, gracias a su obsesión compartida por los eventos de Apple. No logro entender cómo pueden pasarse discutiendo horas y horas sobre si merece la pena pagar el incremento de precio de la nueva generación de iPhones.

—Todavía no. Primero quiero aclararme un poco.

—A mi *nainai** siempre le encantaba que rompiera con alguien —dice Meg, con un pepinillo en una mano y el *prosecco* en la otra. Está en su salsa—. Lo llamaba «separar el grano de la paja».

—Vale, tu *nainai* debe de ser aterradora, pero BD no le va a decir eso a Lanie. —Rufus me mira—. Aunque seguro que quiere que vuelvas a la carga cuanto antes.

Ahogo la idea de salir con alguien bebiendo más *prosecco*.

—Lo veo difícil. Ahora que mi lista de noventa y nueve me ha fallado, no sé por dónde empezar con otra persona.

Meg suelta un resoplido y Rufus se tapa la boca con la mano.

—¿Qué? ¿De qué te ríes? —pregunto.

---

* «Abuela paterna» en chino. (N. de la T).

—Se llama «química» —explica Rufus—. Solo es cuestión de ponerse. Al fin y al cabo, no es tan difícil.

—Lo dice el que lleva esperando, ¿cuántos años?, a que Brent de Pilates World rompa con su pareja —pregunto.

—¡Porque tenemos química! —sentencia Rufus.

Meg pone su mano sobre la mía.

—Mira, Lanie, soy tan ambiciosa como cualquiera de los que estamos en esta mesa, pero creo que lo importante aquí es dejar de ser ambiciosa en el amor. Simplemente llega, y cuando eso suceda, lo sabrás.

—¿Te pasó eso mismo con Tommy? —pregunto—. ¿Simplemente lo *supiste?*

—¡Claro! ¡Y míranos ahora! Estamos tan unidos que parecemos mellizos. —Se ríe a carcajadas—. Voy a pedir más Kate Moss, y será mejor que nadie me detenga.

Rufus y yo asentimos, porque en eso no tenemos ninguna queja.

Unos minutos más tarde, justo cuando estoy a punto de beberme un segundo y desaconsejable chupito de tequila, veo por el rabillo del ojo algo que hace que me detenga. Inclino la cabeza y siento que el estómago se me sube a la garganta, porque estoy bastante segura de que se trata de Noah Ross, acercándose por el sur de Broadway. Directo a Maison Pickle.

Viene solo, con unas gafas de sol oscuras y vestido con vaqueros y un chaquetón. Lleva el pelo mojado, tiene un aspecto informal, pero no descuidado. En la mano trae lo que parece una caja y, sí, definitivamente viene hacia aquí. Siento una descarga eléctrica por todo el cuerpo. ¿Otra vez el rayo? No, es pánico. Tengo un minuto y medio para pensar en cómo desaparecer.

Hago un inventario mental: sudadera desgastada de la universidad, pelo espantoso, ojos hinchados. ¿Es posible que tenga tan mal aspecto que no me reconozca? Para asegurarme, me subo la capucha y agarro las gafas de Rufus de su montón de cosas para pasar de incógnito.

Mis amigos vuelven sus cabezas hacia mí y me miran con gesto interrogante.

—¿Dónde las has comprado? Son fantásticas —pregunto con demasiado entusiasmo.

—En Paul Smith —responde Rufus despacio—. ¿No lo recuerdas? Estabas allí.

—¡Sí! —miento, distraída por la figura de Noah Ross, que sigue acercándose. Camina demasiado rápido para ser un domingo por la mañana—. Nos lo pasamos muy bien ese día. Muy bien.

—Ajá —replica Rufus con desconfianza. Intenta seguir mi mirada detrás de las gafas de sol que llevo puestas—. ¿De quién te estás escondiendo?

—¡De nadie! —Me hundo en la silla hasta que mi nariz está al nivel de mi copa vacía de *prosecco*—. Solo estoy cansada. He estado despierta toda la noche. Ya sabes, llorando—. Lo que es cierto, pero se me da tan bien hacer que parezca mentira que ahora Meg también sospecha. Se vuelve en su silla y mira (os lo juro) a Noah Ross directamente a los ojos.

Pero justo cuando estoy convencida de que me han pillado, Noah gira a la derecha, abre una puerta y desaparece en una tienda dos puertas más abajo. Suelto un suspiro enorme.

Rufus chasquea los dedos en mi dirección.

—Empieza a explicarte —ordena—. Ahora.

—He creído ver a alguien a quien no me apetecía ver. Nada importante.

—¿A quién? —pregunta Meg, todavía mirando detrás de ella.

—Pues... a ella. —Señalo al azar a la primera mujer que veo—. Creía que era mi antigua vecina a la que desalojaron el año pasado por vender cannabis.

—¿La has confundido con esa mujer de setenta años? —Rufus señala a la mujer mayor que está cruzando la calle con un carrito de la compra.

—Ha estado dándome la lata porque quería que hablara bien de ella para el asunto de la fianza y... Bueno, da igual, ni siquiera era ella...

—Te estás comportando de una forma muy extraña —dice Meg.

—¡Oye!, que yo no era la que vendía drogas fuera de casa. ¡Mierda! —jadeo. La puerta por la que ha desaparecido Noah se ha vuelto a abrir de golpe.

Y lo veo salir.

Y viene hacia aquí.

Y he desperdiciado los últimos dos minutos mintiendo a mis amigos en lugar de inventarme algo para el inevitable momento en que saliera de nuevo a la calle.

Agarro mi teléfono y me levanto de la silla de un salto.

—Rufus, tienes razón. Debería llamar a BD. ¡Vuelvo enseguida! ¡Que nadie me quite el tequila!

—Pero ¿qué le pasa? —oigo decir a Meg mientras me escondo tras la esquina del edificio. Vuelvo a ponerme la capucha y me siento en los escalones de entrada a una vivienda, con el móvil pegado a la oreja, como si estuviera hablando por teléfono. Miro disimuladamente a Noah, que se ha parado en la esquina de la Ochenta y Cuatro con Broadway. Sí, se trata de él. El mismo chaquetón. La misma arrogancia.

Bueno, ya me ha arruinado la vida. No pasa nada porque también haya echado a perder mi aperitivo de crisis.

Sigue con esa caja. Ahora que la veo mejor, me doy cuenta de que es una especie de jaula para animales. Abre la parte delantera y saca un... conejo blanco regordete con manchas negras.

Sostiene al animal cerca de su cara y ambos miran hacia un edificio de ladrillo rojo en el lado sur de la calle. Noah señala una ventana, como si le estuviera explicando al conejo algo importante sobre el mercado inmobiliario del Upper West Side. Veo cómo el animal acaricia con la nariz la mejilla de Noah. Una sensación de incredulidad me paraliza.

Al cabo de unos instantes, Noah vuelve a meter con cuidado al conejo en la jaula, la cierra y se marcha por donde ha venido, caminando hacia el norte por Broadway.

Mientras lo veo alejarse, exhalo el equivalente a un mes de oxígeno. Me desplomo en las escaleras y niego con la cabeza. ¿Qué hace fuera de la impoluta órbita de la Quinta Avenida? ¿Por qué está pasando el domingo en el Upper West Side con un conejo? Y lo más importante, ¿por qué no está escribiendo, o cuanto menos, intentándolo?

¿Y por qué me puse tan nerviosa al verle que he tenido que huir, literalmente hablando?

Vale, esta es obvia: porque no puedo dejar que Meg y Rufus sepan quién es Noah. Por el acuerdo de confidencialidad. Y también porque, si soy sincera, me gustaría mantener al menos la apariencia de una relación profesional. Y si Noah ve a la Lanie de doce horas después de romper con su novio, no sé si seguiría confiando en mí como su editora.

Ojalá no sintiera la necesidad de demostrarle mi valía.

Pensar en Noah Ross vuelve a ponerme nerviosa. Y no quiero. Ahora, lo único que quiero es retomar el aperitivo y emborracharme con mis amigos. Doblo la esquina y regreso a mi asiento.

—¡Lo siento! —canturreo antes de beberme de un trago el tequila.

—Y bien, ¿qué sabio consejo te ha dado BD? —pregunta Rufus en un tono revelador.

—Pues... no estaba en casa. Me ha saltado el buzón de voz.

—¿Era el hombre del conejo? —pregunta Meg sin más.

—¿Qué? No. ¿Qué? —Me río de forma muy rara.

—Lo he reconocido, Lanie —informa Meg—. He tardado un minuto, pero era el tipo de la presentación. El Hombre del Año. Hablaste con él al terminar el evento.

—Ah, sí —digo—. Ya me acuerdo. ¿Ha estado aquí? —Miro a mi alrededor—. No lo he visto...

—¡Lanie, se te da fatal mentir! —dice Rufus—. ¡Saca ya la cabeza del hoyo! ¡No escarbes más!

—Ese hombre te dejó deslumbrada. —Meg me mira con los ojos entrecerrados y me apunta con el dedo índice.

—¿Qué es esto, una película de Anna Kendrick? A mí nadie me ha dejado deslumbrada.

Aprieto los puños. Noah y yo hemos hecho exactamente lo contrario a deslumbrarnos. Pero luego me fijo en la mirada decidida de Meg y me doy cuenta de que sería más fácil aceptar su versión de los hechos que dejar abierta cualquier otra posibilidad a por qué me he puesto tan nerviosa al ver a Noah Ross.

—Un poco —reconozco a regañadientes.

—Ohhh. —Rufus se regocija frunciendo los labios y asintiendo con un brillo de complicidad en los ojos—. Y como crees que hoy tienes un aspecto pésimo, no quieres que ese misterioso Hombre del Año te vea, ¿no es así?

—S... Sí —balbuceo. Estoy intentando seguirles la corriente. Por lo menos, esto último es en parte cierto.

—¿Sabes? En realidad, te pones muy guapa cuando lloras —dice Rufus.

—¿De verdad? —Le doy un golpe en el hombro—. Se te ha olvidado mencionar ese detalle en la docena de veces anteriores.

—Sí, pero siempre te hacía el cumplido para mis adentros —señala—. Son tus ojos. Se ponen superazules.

—¡Vaya! Gracias, Ruf.

Sus palabras han hecho que me acuerde de mi madre. A sus ojos les pasaba lo mismo.

—Vamos, ve a pedirle el número —tararea Rufus, instándome a levantarme de la silla.

Descarto la opción con un gesto de la mano. Todavía veo a Noah caminando. Está demasiado cerca.

—¡No voy a hacer nada por el estilo!

—Al menos déjanos buscar un poco de información sobre él en Google —pide Meg, levantando su teléfono.

—Por favor, parad ya con todo esto. No llevo soltera ni un día. ¿Puedo tomarme un respiro antes de que me lancen de nuevo al mercado?

—De acuerdo, pero solo si Ruf y yo podemos salir contigo cuando se produzca ese lanzamiento. —Comprueba el calendario de su teléfono—. Veamos, Tommy tiene noche de póquer el próximo fin de semana, pero el viernes siguiente servidora tiene la noche libre. Me depilaré las cejas ese día para no desaprovechar la oportunidad.

—Sé el lugar perfecto al que podemos ir y el peto que me voy a poner —nos informa Rufus.

Ambos se vuelven hacia mí, mirándome con expectación. Me alegro de que hayamos dejado de hablar de Noah Ross. Y también haber tenido la suerte de encontrar a estos dos amigos tan generosos, divertidos, entrometidos, bien equipados y, en ocasiones, borrachos.

¿Quién sabe? Puede que dentro de dos semanas la idea de salir de fiesta como mujer soltera me parezca menos absurda.

Alzo la copa y brindamos.

—¡Kate Moss, allá vamos!

11

El viernes por la tarde tengo dieciocho ventanas del navegador abiertas en mi pantalla. Estoy elaborando un compendio para poder visitar el museo de Los Claustros sin contratiempos. Necesito que Noah se inspire en los jardines medievales y en los trípticos flamencos sin distraerse buscando un baño o enfadándose por encontrarse la cafetería cerrada cuando le apetece beberse un café.

Cuando he alcanzado tal nivel de organización que siento que nada puede salir mal, el destino me da una bofetada en la cara en la forma de un mensaje de Ryan.

Para que conste en acta, me gustaría decir que, durante esta semana, he enviado no menos de diez mensajes a mi exprometido. Mensajes discretos, solo para saber cómo está. Del tipo «Si necesitas hablar, ya sabes dónde estoy» o «Espero que estés teniendo una buena semana en el trabajo». No estoy intentando atosigarlo ni quiero que volvamos a estar juntos, pero me resulta raro que hayamos compartido nuestra vida durante tres años (y tuviéramos planeado seguir así los próximos sesenta) y, de pronto, seamos como dos extraños. Creo que debería haber algún tipo de período de distanciamiento, una fase final del compromiso. Un par de mensajes, nada especial. Pero Ryan no parece ser de la misma opinión.

Hasta hoy, que me ha escrito. Tres veces seguidas.

> Mi madre estaba limpiando mi casa y ha encontrado algunas cosas tuyas. Sobre todo, ropa, pero también esa bata de tantos colores. Y un premio de tu madre. Lo va a llevar mañana al mercado benéfico. Me ha parecido bien avisarte, por si quieres algo.

Después:

> Estoy en Boston por un viaje de trabajo. De lo contrario, le habría
> pedido que esperara.

Y por último:

> El anillo es tuyo. Te lo di. Por favor, deja de preguntarme si quiero
> que me lo devuelvas.

Leo y releo el primer mensaje. ¿Cómo que *por si quiero algo*? ¿La bata Missoni de BD? ¿El premio Kenneth Rothman en forma de placa a la trayectoria profesional de mi madre, que es como el Óscar de los epidemiólogos? Lo llevé allí para enseñárselo al padre de Ryan después de una conversación sobre mi familia que pensé que supondría un antes y un después en nuestra relación. Pero un par de fines de semana más tarde, cuando fuimos a comer el domingo a casa de sus padres y se lo enseñé al señor Bosch, apenas recordaba esa conversación. Nunca debí dejar la placa en casa de Ryan.

No me queda otra que ir a Washington. Esta noche.

Y cancelar la cita de mañana con Noah Ross.

Llamo a Terry, muy agobiada.

—Terry, soy Lanie Bloom.

—Lo sé, veo el nombre en la pantalla.

—¿Puedo hablar con Noah?

—Noa no se pone al teléfono. Ya lo sabes. Da las gracias por tenerme a mí.

—Mira, me ha surgido un imprevisto y tengo que aplazar la cita de mañana. ¿Tienes acceso a su agenda?

—Le daré el mensaje y veré si Noa quiere reprogramarla.

—No es una cuestión de *si*, Terry...

—Tendrás noticias mías, si Noa está de acuerdo.

Consigo controlarme hasta que Terry cuelga antes de ponerme a soltar palabrotas al teléfono.

Una hora más tarde, he metido todo el trabajo que tengo que hacer este fin de semana en tres bolsas de lona. He desenterrado la vieja bolsa de gimnasia que guardaba debajo de mi escritorio (un remanente de la costosa mentira que me dije a mí misma de que debía apuntarme al estudio de *spinning* al otro lado de la calle) y he descubierto, con cierto asombro, que la Lanie que tenía curiosidad por el deporte metió en la bolsa una muda de vestir, ropa interior limpia, desodorante y un cepillo de dientes. Ya he reservado los billetes de tren y la habitación del hotel, así que puedo pasar los minutos que me quedan en la oficina, redactando un correo para Noah.

Terry no me ha vuelto a llamar.

El primer borrador del correo electrónico era demasiado extenso y me mostraba demasiado arrepentida, así que lo he borrado todo y he cambiado de táctica: nada de disculpas ni explicaciones. La gente suele posponer sus citas por motivos diversos. Es algo que sucede. Nuestro acuerdo no se va a cancelar por un único problema. No dejo de autoconvencerme de que tengo razón en esto, pero me quedaría más tranquila si Terry me llamase. El correo electrónico sigue en mi carpeta de borradores.

—*Alors* —dice Aude, apareciendo en mi puerta con un par de pantalones de espiga con un talle tan alto que creo que le cubre todas las costillas—. Si no quieres perder el tren, será mejor que te vayas ya.

—Tienes razón. —Apago el ordenador—. *Merci.*

—*De rien.* —Hace una pausa—. ¿Cómo vas a entrar en el apartamento de Ryan?

Agito mi llavero, donde todavía tengo una copia de la llave de la puerta de Ryan. Cuando termine, la dejaré en su casa.

—Lanie —dice Aude—, cuando llegues allí, quédate el menor tiempo posible en la casa de Ryan. Entrar y salir. Dos minutos como mucho. Creo que es lo más sensato.

—¿Qué crees que tengo pensado hacer? ¿Correr hacia el cesto de la ropa sucia y oler sus prendas?

Aude baja la mirada.

—En una ocasión, después de cortar con un ex, le rajé el colchón cuando fui a su casa a recoger mis cuchillos de cocina.

—¿Ves? Eso es algo que ni siquiera se me había pasado por la cabeza, pero ahora que lo dices...

—Entrar y salir —me advierte Aude.

—Entrar y salir —repito.

Me da un beso en las mejillas y me entrega los billetes impresos. Cuando doblo la esquina, en dirección al ascensor, casi me choco con Meg.

—¡Llevo sopa ardiendo! —grita, en señal de advertencia.

—Hola a ti también —le digo.

—Qué bien que seas tú. Justo venía a traerte esto. —Al abrir la tapa del termo que lleva en las manos, reconozco el aroma de la sopa de *wonton* con huevo batido que hace su madre. Una de mis debilidades—. Te la iba a traer en la comida, pero hemos tenido mucho lío en la segunda planta. ¿Hoy sales antes?

—La madre de Ryan va a donar mis cosas si no voy a por ellas. Esta noche. —Miro a Meg de reojo para que vea lo cabreada que estoy—. Así que estoy a punto de hacer un viaje improvisado de placer a Washington.

—Cariño —me dice Meg con simpatía—, ¿quieres que te acompañe? Espera, lo siento, me he olvidado de que hay dos pequeños humanos que dependen de mí para todas sus necesidades, pero sabes que estaré contigo en espíritu. Y... si yo fuera tú, no me quedaría mucho tiempo dentro de su casa.

—¿También le rajaste un colchón a tu ex?

—No, pero puede que alguien encontrara materia fecal en el sillín de su bicicleta estática.

—¡Meg, no!

—Te aseguro que no me enorgullezco de eso —reconoce con un encogimiento de hombros.

—Bueno, parece que tenemos una ganadora. —Me río—. Tengo que irme ya. Gracias por la sopa.

—Es una combinación clásica —dice Meg, despidiéndome con la mano mientras entro en el ascensor—. Tren y sopa.

—Como los tacos y los martes.

En el andén doce de Penn Station, subo las escaleras hasta mi asiento habitual en el extremo sur del vagón del silencio. He tomado este tren innumerables veces para visitar a Ryan. Sé que los viernes siempre hay mucha gente a esta hora, pero encuentro un asiento vacío junto a la ventana en uno de los cuatro asientos que comparten mesa plegable. Veo una chaqueta colgada en el asiento que hay mirando hacia atrás, una botella de agua y un libro de la guerra de Vietnam, pero el asiento mirando hacia delante parece libre, así que me siento ahí junto con mis cosas.

Cuando el tren empieza a moverse, me acomodo, abro el termo y saco la tableta. He cargado en ella cinco manuscritos que debería haber leído para el lunes. Normalmente, tardo unas cinco páginas en decidir si debo seguir adelante y, la mayoría de las veces, la respuesta es no. Pero ya sé que entre ellos hay uno que promete: una novela romántica satírica de una debutante que Aude ha empezado a leer esta mañana y con la que se ha reído a carcajadas en las primeras páginas.

He tenido que releer la primera página tres veces, antes de darme cuenta de que no tenía ni idea de lo que he leído. Supongo que estoy más disgustada de lo que quiero reconocer por tener que sacar mis cosas del apartamento de Ryan. Sé cómo hemos llegado a este punto, pero al mismo tiempo, no puedo dejar de preguntarme cómo narices hemos llegado hasta aquí.

Por ahora, voy a dejar de lado un rato el trabajo. Al menos la sopa está buena.

Saco del fondo de mi bolso el viejo ejemplar de *Noventa y nueve cosas* y voy a la parte final. Qué satisfecha que me sentí hace tres años, cuando comparé a Ryan con mi lista. Y mira lo que me trajo. Se me llenan los ojos de lágrimas. Me las limpio, pero acuden más.

—Se supone que es una comedia —dice la voz de un hombre por encima de mi hombro.

Alzo la vista y me estremezco cuando veo a la última persona que quiero ver en este momento.

Noah Ross lleva un suéter negro y una gorra de los New York Mets hasta los ojos. Está bebiendo un café en un vaso de poliestireno. Tiene una barba incipiente, lo que le da un aspecto rudo, pero refinado, como alguien que va de acampada y luego prepara una deliciosa cena *gourmet* en el fuego.

Cierro el libro con un chasquido, dejándolo sobre la mesa como si fuera un ascua ardiendo. Me avergüenza que me haya visto en un momento tan vulnerable, y estoy intentando pensar en cómo dirigir de forma elegante esta conversación a un «¡Fíjate, el mundo es un pañuelo! Pues nada, adiós», cuando se sienta frente a mí.

Señalo la chaqueta, la botella de agua y el libro, y le digo:

—Creo que el asiento ya está ocupado.

—Está ocupado por mí, Lanie. Son mis cosas. Solo he ido un momento a por café. —Agita el vaso humeante.

Cómo no iba a estar sentado aquí. Parece que el día de hoy ha sido diseñado para acabar conmigo. *Está bien, día, me rindo. Has ganado.*

—Si prefieres que no te molesten, buscaré otro asiento —me dice.

—No, por favor. —No me queda otra que añadir—: A menos que sea yo la que te está molestando. —Hago un gesto hacia su libro—. Jamás me hubiera imaginado a Noa Callaway leyendo un tomo de mil páginas sobre Vietnam en su tiempo libre. Tal vez sonetos de Shakespeare, o Charlotte Brontë. No un denso relato sobre el bloqueo internacional.

Por favor. Por favor. Por favor, di que quieres seguir leyendo el libro.

—No me molestas para nada —dice, apoyando un codo sobre la mesa que hay entre nosotros—. ¿No te parece... gracioso que nos encontremos después de que hayas cancelado nuestra cita de mañana? Terry me dio tu mensaje.

—¿En serio? No he sabido nada de ella desde entonces, así que no estaba segura de que te lo hubiera dicho. —No me esfuerzo mucho en ocultar mi irritación.

Noah sonríe.

—Lo siento. A Terry no le gustas.

—¿No me digas? —replico con voz inexpresiva.

—No es nada personal. Odiaba a Alix —confiesa—. Terry piensa que mis primeros borradores son perfectos. Es mi madrina. Es parte de su trabajo.

¿La Terrier es su madrina? Intento encontrar un espacio en el que insertar esta información sobre lo que sé de Noah Ross, pero me doy cuenta de que no estoy preparada. Me doy cuenta de que conozco su apertura de ajedrez favorita (la defensa siciliana) y su floristería favorita (Flowers of the World, en la calle Cincuenta y Cinco oeste), pero no sé nada sobre su vida privada o de dónde viene.

—Mira, siento haber cancelado...

Me detiene con un gesto de la mano.

—Son cosas que pasan. ¿Va todo bien?

—Sí —consigo decir, aunque sueno como un robot al que está a punto de acabársele la batería.

Miro mi ejemplar de *Noventa y nueve cosas* en la mesa que hay entre nosotros. Todo este encuentro me está resultando tremendamente incómodo.

—Solo he tenido... Ya sabes...

—¿Un mal día?

Asiento. No quiero entrar en detalles de mi vida personal con él. Está siendo un poco menos nocivo que las dos primeras veces que nos hemos visto, pero todo podría torcerse en cualquier momento.

Noah se vuelve hacia la ventana y recoge la chaqueta que ha dejado colgada en el asiento de al lado. Debajo, reconozco la misma jaula con la que lo vi caminando el domingo en el Upper West Side. Me echo hacia delante y dentro está el conejo blanco y negro durmiendo.

—Tienes un conejo —declaro.

—Y tú una tortuga —dice, como si ese fuera el fin de la conversación.

—Me pregunto quién ganará la carrera —comento. Noah se ríe—. En realidad, Alice era de mi vecina, la señora Park. Hace unos años se mudó a Florida, y como no le dejaban tener mascotas en su nueva casa, me pidió el favor de si podía quedarme con Alice. Me alegra mucho que lo hiciera. —Sonrío al pensar en ella. Seguro que se está preguntando dónde estoy esta noche, pero tiene suficiente comida y agua para aguantar hasta mañana cuando vuelva.

Lo miro. Ahora es su turno de decir algo sobre su singular compañero.

—Este es Javier Bardem —dice Noah, mirando al conejo—. Era de mi madre.

—Me da que tu madre tiene buen gusto para los hombres.

Me quedo en silencio para que él pueda responder a esto. Pero no entra en detalle, sino que se limita a señalar mi termo.

—¿Eso es sopa de huevo batido?

—Sí. —Se me ponen los pelos de punta—. Me la han regalado, y es mi favorita, así que no...

—Solo iba a decirte que huele bien... por todo el vagón.

—Mi sopa y yo estaremos encantadas de sentarnos en otro lado —le digo. Aunque me gustaría que fuera él quien se fuera, pues he sido lo suficientemente imprudente como para vaciar la mayor parte del contenido de tres bolsas de lona sobre la mesa.

—No, quédate —me pide él—. Necesito que me cubras.

—¿Qué estás queriendo decir con eso?

—Tres palabras —dice Noah, hurgando en una bolsa de papel marrón—. Atún. Con. Cebolla—. Saca un paquete envuelto en papel y segundos después aparece un sándwich de un tamaño considerable con un olor excepcionalmente aromático. Se me vuelven a llenar los ojos de lágrimas—. No quedaban faláfeles, así que... Quizá nuestros olores se anulen entre sí.

Me río sin poder evitarlo, y para mi sorpresa, él también. Levanto el termo, él hace lo mismo con su sándwich y nuestras miradas se encuentran.

—¡Salud! —digo—. Por la comida maloliente en espacios públicos confinados.

Mastico un *wonton* y me doy cuenta de que soy incapaz de estar de mal humor cuando como esta sopa. Noah también está masticando. El tren sube a la superficie y ambos miramos un rato por la ventana, hacia el crepúsculo rosa, casi primaveral. ¿Sería mucho pedir que comiéramos en silencio las tres horas que dura el viaje? En realidad, cuando no hablamos, nos llevamos bastante bien.

Me vibra el teléfono. Miro hacia abajo y veo que Aude me ha enviado un mensaje con una foto. De un llavero. Mi llavero. El que tiene la llave de Ryan.

> Por favor, dime que no es tuyo. Me lo he encontrado cerca del ascensor.

—Oh, no.

—¿Qué pasa? —pregunta Noah.

—Nada.

—¿Seguro? Porque parece que estás a punto de desmayarte.

—No tienes ni idea del aspecto que tengo cuando estoy a punto de desmayarme. —Aunque en realidad estoy un poco mareada. En mi cabeza aparece la imagen de Iris Bosch, vendiendo las reliquias de mi familia en el mercado benéfico.

—Voy a Washington a recoger algunas cosas —le explico—. Pero para eso necesito mis llaves. Y Aude me acaba de mandar un mensaje para decirme que me las he dejado en la oficina. Me llevo las manos a la cara, cavilando cuándo ha podido suceder—. Mientras salía de la oficina, me he encontrado con una amiga que me ha dado esta sopa... y se me han debido de caer las llaves al suelo.

—Así que, por culpa de la sopa de *wonton*, has metido la pata hasta el corvejón.

Lo miro, sorprendida.

—Oh, Dios mío, acabas de soltar una gracia. —Un poco mala, eso sí, pero una gracia, al fin y al cabo.

Noah enarca una ceja y sonríe.

—Las suelto una vez al mes, cuando hay luna llena.

—Has escogido un buen momento para hacerme saber que también tienes sentido del humor en la vida real.

—¿Trabajo o casa? —pregunta Noah.

—¿Perdona?

—¿Que dónde tienes que entrar?

—Casa. ¿Por qué?

—¿Qué tipo de ventanas?

—Unas con paneles de vidrio. Creo que se deslizan hacia arriba.

Noah entrelaza las manos. Después se recuesta en su asiento y escudriña el techo con sus ojos verdes. Está pensando. Así que este es el aspecto que tiene cuando piensa. Me lo imagino sentado con esta misma postura en su precioso ático de la Quinta Avenida, devanándose los sesos en busca de soluciones para todos esos personajes que me han robado el corazón.

—Puedo conseguir que entres —dice al cabo de un rato.

—¿Perdona?

—Hay un... noventa y ocho por ciento de probabilidades de que pueda conseguir que entres.

Noah debe de haber notado la cara que le estoy poniendo, porque se apresura a explicarse.

—Me crie en una casa en la que solo había mujeres. Mi madre y dos amigas suyas. Todas ellas, sobreprotectoras al máximo.

—¿Y eso qué tiene que ver con esto? —inquiero.

—Que soy bastante bueno escabulléndome de una casa.

—Lo que es bastante distinto a colarse *dentro* de una casa.

—¿Qué tipo de alarma tiene?

—Nunca la activa.

Noah sonríe.

—Entonces estamos dentro.

Entrecierro los ojos ante el desparpajo que está mostrando con este asunto.

—¿Así que te vas a bajar del tren conmigo? ¿Luego vamos a ir a una casa vacía y vas a conseguir que entre en ella sin llave?

Noah asiente y sonríe.

—Desde luego, esta no es la noche del viernes que me había imaginado.

—Quédate conmigo, pequeña —ironiza. Pero, inmediatamente después, parece darse cuenta de lo que acaba de decir y de lo mucho que puede malinterpretarse y se sonroja, volviendo de nuevo a su rígido comportamiento—. Aunque antes de hacerlo, tienes que decirme dónde vamos y por qué.

Justo lo que me temía. Pero como no tengo ni idea de cómo entrar en la casa de Ryan, excepto tirando una piedra a la ventana, si quiero recuperar mis cosas sin que me arresten por ello, tal vez Noah Ross sea el que deba tomar la decisión.

—Se trata de la casa de mi exprometido en Georgetown.

—¿El tipo de la foto en la pared? Creía que no era tu ex.

El tren traquetea al tomar una curva de la vía. Fuera, está anocheciendo. No me puedo creer que esté teniendo esta conversación con este hombre.

—No lo era —digo—, hasta que lo fue. En cualquier caso, tiene algunas cosas mías que tienen un gran valor sentimental para mí, y mi ex futura suegra va a llevarlas mañana a un mercado benéfico. —Lo miro—. A menos que consigas que entre.

—Y dime —susurra Noah a las nueve de la noche, en el lado oscuro del patio que hay junto a la casa de ladrillo de Ryan—, ¿cómo os conocisteis tu ex y tú?

—¿Podemos aplazar esta conversación a un momento en el que no estemos cometiendo un delito? —susurro también. Me pongo de puntillas para verlo trabajar. Ha sacado el destornillador de su navaja suiza y está manipulando despacio, y con mucho cuidado, la ventana que da al cuarto de la colada de Ryan.

Ya hemos examinado la casa por completo, comprobando todos los pomos de las puertas y ventanas; incluso hemos trepado por el enrejado del callejón de detrás de la vivienda, con la esperanza de encontrar algún acceso que no estuviera cerrado a la planta de arriba. Ahora Noah simplemente está «retirando la moldura» de la ventana; me ha asegurado que la volverá a colocar en cuanto salgamos.

—Como quieras —dice—. Tú eres la que está preocupada, buscando cómo inspirarme. Pensé que quizá tu ex y tú os conocisteis de alguna forma curiosa.

—¿Has perdido el juicio? —murmuro—. No vas a usar la historia de cómo conocí a mi ex en ninguno de tus libros. Aunque, sí, fue bastante curiosa.

—Venga, dispara. —Gruñe un poco mientras levanta la hoja del marco.

En el silencio de la noche, y en medio de nuestra actividad criminal, siento la presión de tener que contar mi historia mejor que nunca. Y eso es lo que hago, entre susurros entrecortados, con un cárabo ululando desde el arce de Ryan. Noah escucha atentamente y ladea la cabeza cuando llego al momento en el que a Ryan le pusieron una multa por ir sin casco y le dijo al policía que me mirara, que merecía la pena cada centavo por la mujer a la que se lo había prestado. Cuando estoy a punto de hablarle de las caras de asombro de los miembros del Departamento de *Marketing* de Peony, al verme bajar de la moto de Ryan, frente a la puerta del centro de convenciones, Noah quita el cristal de la ventana, se vuelve hacia mí y sonríe.

Luego hace un gesto con la mano y dice:

—Después de ti.

Si hubiera sido otra persona, lo habría abrazado en señal de gratitud. En cambio, contengo mi entusiasmo y me apresuro a atravesar la ventana. En cuanto estoy encima de la lavadora de Ryan, Noah me entrega la jaula con Javier Bardem y ambos esperamos a que entre.

Me resulta raro y emocionante a la vez andar a hurtadillas por la casa de Ryan. La conozco lo suficiente como para caminar a oscuras por ella, pero como Noah no, enciendo la linterna del móvil y atravesamos la cocina, el comedor y la puerta plegable, hacia la sala de estar.

—¿Y después qué pasó? —pregunta Noah.

—¿Con Ryan? —pregunto, sorprendida. He terminado la historia donde suelo acabarla. La mayoría de la gente supone que, después de que Ryan me dejara, intercambiamos nuestros números de teléfono y empezamos a salir. Pero ese primer día, también sucedió algo más.

—Bueno, le di las gracias por el viaje. —Me detengo al pie de las escaleras de Ryan, con los recuerdos inundando mi memoria—. Y luego me dijo: «Me he dado cuenta de que vamos a estar genial juntos». Entonces se arrodilló, y yo lo detuve antes de que pudiera hacerme una proposición auténtica de... —Mi voz se apaga al recordar lo que sentí en ese momento, lo mágico que me pareció todo, como si fuera el comienzo de algo maravilloso. Como si fuera la historia de amor que había estado esperando toda mi vida.

Me está costando mucho pensar en eso ahora.

Por suerte, en este mismo instante, el haz de luz de mi linterna cae sobre una caja que hay junto a la puerta principal.

—¡Ahí está! —Me arrodillo. Veo la bata de BD y toco el premio de mi madre. Qué alivio.

—Gracias, Noah. —Me vuelvo para mirarlo—. Has sido muy generoso, y también un poco insensato, al querer ayudarme.

—Es lo menos que puedo hacer.

Está muy quieto, con las manos entrelazadas a la espalda. Nunca parece estar cómodo, pero aquí, en la oscura entrada de Ryan, se le ve aún más incómodo que de costumbre. Tenemos que salir de aquí.

—Oye —digo, levantando la caja—, ¿qué te parece si lo celebramos?

Cuando Noah me ha dicho que conocía un lugar cerca de donde estábamos, no me esperaba un antro llamado Poe's y dos latas frías de cerveza Natty Boh. Al final, sin embargo, un acogedor reservado en la parte trasera de este concurrido bar ha resultado ser el lugar perfecto para que Noah, Javier Bardem y yo celebremos el haber recuperado mis posesiones.

—Todavía no me has dicho a qué has venido a Washington. —Sigo con el subidón de nuestra hazaña y me siento un poco desinhibida por la cerveza.

—He venido a ver a mi madre.

—¿Vive aquí? Pensaba que te habías criado en Nueva York.

—Y así es. Crecí en la Ochenta y Cuatro oeste. Mi madre se mudó aquí hará unos diez años. Estoy intentando que se venga a vivir otra vez a Nueva York, pero... es complicado.

—Oh —digo, recordando el día en que lo vi enseñándole un edificio a Javier Bardem en el Upper West Side. ¿Sería su antiguo apartamento? Además, ¿por qué no me ha dicho antes que ha venido a ver a su madre? Ahora me siento culpable por haberle hecho perder el tiempo. ¿Y a qué se refiere con «complicado»?

—¿No tienes que llamarla? ¿Te está esperando para cenar o algo parecido?

—No. —Está ocupado, hurgando en la calderilla que tiene en el bolsillo. Me doy cuenta de que está buscando monedas de veinticinco centavos para echar en la pequeña gramola que hay en nuestra mesa. Y también de que no me dirá nada más sobre su madre. Así que decido dirigir mi atención a la gramola.

Es un aparato viejo, con demasiados rasguños en el cristal y etiquetas muy desgastadas para distinguir los títulos de las canciones.

—¿Cómo sabes lo que estás eligiendo? —pregunto mientras mete algunas monedas en la ranura.

—No lo sé, pero estoy dispuesto a correr el riesgo. —Señala mi caja—. Bueno, ¿qué hay ahí dentro?

Paso los dedos por mis cosas. Entre un montón de ropa, toco la madera de la lista de noventa y nueve cosas que le regalé a Ryan por el día de San Valentín.

Una parte de mí está indignada porque me haya devuelto el regalo; la otra, quiere ocultar este artículo a Noah a toda costa. No quiero que sepa esto de mí, que una vez fui una chica que confeccionó esta lista y que se ha aferrado a ella hasta... hace una semana. Ni siquiera sé si puedo hablar de esto con Noah sin culparlo, aunque solo sea un poco, por mi ruptura con Ryan. Mientras meto la lista al fondo de la caja, Noah señala la bata de BD.

—Déjame adivinar... ¿De tu abuela?

Esta vez no lo siento como un ataque, como sucedió la primera vez que nos vimos en el parque.

Toco la bata.

—Se la regaló mi abuelo cuando estaban en su luna de miel. Está un poco deshilachada en algunas zonas, pero sigue siendo preciosa.

—Mucho —dice él—. ¿Dónde fueron de luna de miel?

—A Positano. —Sonrío y me encuentro con su mirada—. Por eso me emocionó tanto que ambientaras allí *Doscientos sesenta y seis votos*. Siempre he querido visitarlo.

—Deberías hacerlo. Creo que te gustaría. Es difícil que no te guste la costa de Amalfi, pero creo que tú... la entenderías.

No sé muy bien a qué se refiere con esto o cómo se ha enterado de mis gustos en lo que respecta a los viajes, pero tengo la impresión de que me lo está diciendo como un cumplido, así que dejaré en paz su lógica.

—Cuando era pequeña —vuelvo a meter la mano en la caja—, mi madre solía decirme que quería llevarme a Positano. La concibieron allí. —Lo miro—. Lo siento. ¿Demasiada información?

—Bueno, supongo que a tu madre tuvieron que concebirla en alguna parte —comenta Noah—. Positano me parece un lugar magnífico.

No sé por qué me estoy sonrojando con esto. Ambos somos adultos. Por temas de trabajo, hemos tenido que leer docenas de escenas de sexo que él mismo ha escrito en sus siete novelas superventas. Hasta puede que Noah haya tenido sexo del bueno en Positano (lo que no es asunto mío en absoluto).

Tengo que cambiar de tema. Después de un momento de vacilación, saco el premio de mi madre de la caja y dejo la placa sobre la mesa.

—De las cosas que no quería perder, esta es la más importante.

Noah la levanta para estudiarla de cerca. Me mira a través de la mesa.

—¿Era de tu madre?

Asiento y bebo un sorbo de cerveza.

—Tuvo que ser una mujer increíble.

—¿Cómo sabes que está muerta?

—¿Porque me lo dijiste y me he acordado? —Me mira con un brillo de diversión en los ojos—. ¿Has olvidado que somos amigos desde hace siete años?

—Perdona... A veces... un poco...

—No te preocupes. Sé que conocerme en persona fue todo un impacto para ti.

Nos quedamos callados un rato, porque no sé qué responder a esto y él es un desastre a la hora de llenar silencios incómodos. Javier Bardem da vueltas en su jaula.

Y entonces, las notas agudas de *Strange magic* de ELO suenan desde la gramola.

—Me encanta esta canción.

Noah sonríe.

—Estamos teniendo suerte esta noche.

—Y que lo digas.

Noah deposita con cuidado el premio de mi madre en la caja.

—Ryan es un imbécil por haber querido deshacerse de esto. El reconocimiento a toda una vida de trabajo de tu madre fallecida no es una botella de champú medio vacía.

—Ryan no es un mal tipo. Su madre, sin embargo... —empiezo a decir—. Espera, ¿por qué lo estoy defendiendo? Es imbécil. Y voy a añadir esto a la lista de cagadas que ha cometido. ¿Sabes que vendió su moto sin decírmelo? Puede parecer una tontería, pero...

—¿Vendió la moto en la que iba cuando os conocisteis? —Noah niega con la cabeza—. ¿La moto en la que comenzó vuestra historia?

—¡Eso fue exactamente lo que le dije! Adoraba nuestros viajes. Pero Ryan se deshizo de ella y actuó como si estuviera loca por molestarme.

Noah juega con la lengüeta de su lata de cerveza.

—Cuando mi ex y yo rompimos, pasó mucho tiempo antes de que me permitiera enfadarme. Supongo que, inconscientemente, sabía que estaba pisando terreno resbaladizo. Estaba convencido de que, debido a lo que escribo, se me tenían que dar mejor las relaciones que el hombre promedio. Sin embargo, me di cuenta de que eso no es cierto. El hecho de que sea capaz de escribir historias de amor no significa que sea capaz de vivirlas. —Deja escapar una risa de autocrítica, pero a través de ella puedo ver un lado más sensible de Noah Ross—. En cuanto fui capaz de aceptar eso, me di cuenta de que habíamos tenido una relación tóxica desde el principio.

—¿Hace cuánto rompisteis? —pregunto. ¿Quién era esta mujer? ¿A qué se dedicaba? ¿De dónde era? ¿Qué aspecto tenía? ¿Cómo de seria era su relación?

—Hace un año y medio —responde, mirando hacia otro lado.

Mi cerebro se pone a hacer algunos cálculos de forma inconsciente y descubro que debió de suceder justo después de terminar de escribir *Doscientos sesenta y seis votos*. Es decir, la última novela de Noa Callaway.

—Oh, no hagas eso —se queja, como si me hubiera leído la mente—. Ella no es la razón de mi bloqueo del escritor.

—Sigue diciéndote eso a ti mismo —espeto, aunque le hago saber con la mirada que me estoy burlando de él.

—Puede que, al principio, sí que contribuyera un poco al bloqueo. —Vuelve a negar con la cabeza—. ¿Qué estoy haciendo? Eres la última persona que quieres oír esto.

—No pasa nada...

—Sí pasa. No quiero que te preocupes. Has ideado este gran plan para que vuelva a escribir, y estoy dispuesto a probarlo. Tal vez funcione. Sé que tu trabajo está en juego y todo eso. Así que, por favor, Lanie, no te preocupes.

—De acuerdo. —Hago un gesto de asentimiento. Y, para mi sorpresa, no estoy preocupada. Estoy tranquila. Porque, por primera vez, puedo reconocerlo como la persona que ha escrito las novelas de Noa Callaway.

De repente, no quiero que escriba un nuevo libro solo por mi carrera o por las cuentas anuales de Peony. También quiero que lo haga por él.

—¿Quieres que te enseñe algo que te hará reír? —pregunto.

Cuando me mira, contento por el cambio de tema, busco en la caja y me armo de valor para enseñarle mi lista de noventa y nueve cosas.

12

De: elainebloom@peonypress.com
Para: noacallaway@protonmail.com
Fecha: Lunes 9 de marzo, 10:06 a.m.
Asunto: Un brindis

Querido Noah:

Hace unos meses, fui dama de honor en la boda de una amiga. El padrino fue un monje budista. Yo di el primer discurso y, si se me permite decirlo, fue brillante: conté una anécdota divertida, otra lacrimógena, recité un poema de Anne Sexton y un insulto de Gracie Allen. Todo en diez míseros minutos.

Entonces, el monje se acercó al micrófono. Miró primero al novio a los ojos, luego a la novia, y dijo:

«Reducid vuestras expectativas».

Luego se alejó del micrófono y volvió a su asiento.

Lo encontré deprimente. Parecía que estaba animando a los recién casados a defraudarse mutuamente. Pero cuanto más lo pensaba, más entendía que las expectativas rara vez son realistas, y que quizá el monje solo les estaba aconsejando que se aceptaran a sí mismos. Tal vez sea cierto que las relaciones empiezan cuando cada uno acepta quién es el otro.

Quiero que la gente espere mucho de mí y no se decepcione, pero eso no es algo que esté completamente bajo mi control. Me gusta pensar que para aceptar a alguien como es, primero debes descubrir quién es. Y eso puede llevar toda una vida.

El viernes por la noche, en ese bar, dijiste que sabías que conocerte me había supuesto todo un impacto. Me pregunto si a ti también te costó conocerme en persona. He estado pensando esto porque hoy me he trasladado al despacho que antes era de Alix. Tengo curiosidad por saber qué esperas de tu editor. Siempre has trabajado con Alix. Y, aunque llevamos años escribiéndonos, de alguna manera, estamos empezando de cero. Así que quería darnos un poco de espacio.

Reducir las expectativas no es una invitación a la decepción. Significa aceptar que nadie es perfecto. Tus personajes suelen hacerlo entre ellos. ¿Podríamos intentarlo también nosotros?

Lanie

Este es el primer correo electrónico que le he enviado desde mi nuevo despacho. He querido escribirle desde el viernes por la noche. No puedo dejar de pensar en el momento en que le enseñé a Noah mis noventa y nueve cosas. Esperaba que se riera. Creí que, si se reía, yo también lo haría, y así me parecería un poco menos grave mi fallida visión del amor. Creí que tal vez me ayudaría a tomarme las cosas con más calma.

Pero Noah no se rio. Es más, mientras sostuvo los paneles de madera pareció conmovido. Leyó toda la lista con cuidado y luego me miró con la expresión más seria que le había visto hasta la fecha.

—Siento que esta vez no obtuvieras tu final feliz —me dijo—. Pero tú no eres como Cara, la protagonista del libro. Ella *necesitaba* la lista. Porque no tenía fe en el amor. En cambio, tú...

—¿Yo qué? Antes de darme cuenta me estaba inclinando hacia delante, como si Noah estuviera a punto de contarme un secreto de lo más importante.

Él se quedó pensativo un momento y luego respondió:

—Tu fe en el amor es tan fuerte, que con ella podrías mover un peque-ño planeta.

Fue la frase más reconfortante que me habían dicho desde que rompí con Ryan. Y tuve la sensación de que era cierta, de que lo único que había necesitado era que algún alma bondadosa me lo señalara.

—¿Lanie? —me llama Sue desde el umbral de mi puerta.

Sue, que casi nunca sale de su despacho y que siempre hace que todos vayan a verla allí.

—Veo que ya has terminado de trasladarte, más o menos. ¿Es buen momento para tener una charla?

—Por supuesto —le digo, haciéndole un gesto para que entre a mi des-ordenado despacho—. ¿Me he perdido alguna reunión?

—Oh, no —me tranquiliza. Cierra la puerta y se abre paso entre el la-berinto de cajas—. Venía de camino a ver a Emily y he decidido pasarme un rato por aquí.

Emily Hines es la otra directora editorial de Peony. Durante años, ha sido la rival discreta de Alix, debido a sus celos mal disimulados por el éxito de Noa Callaway. Todos los años, Emily intenta adquirir alguna imi-tación de Noa Callaway y, a veces, una es lo suficientemente buena como para estar en la lista de los más vendidos una temporada. Cuando Sue me dijo que, si no lograba que Noa entregara su siguiente novela, buscaría a alguien que pudiera hacerlo, sé a quién se refería.

—Emily ha estado tan entusiasmada con sus nuevos moldes para mag-dalenas —me dice—, que al final me compré uno el fin de semana y es maravilloso. —Me mira—. ¿Sueles hacer postres?

—Mmm... A veces —miento, intentando pensar en alguna cosa me-dianamente decente que haya salido de mi horno—. Los brownies están muy... ricos.

—Sí. —Sue asiente despacio.

Esto no va bien. ¿Tengo que empezar a comprar chatarra al azar en Sur la Table para tener contenta a Sue?

No. Solo necesito un manuscrito de Noa Callaway.

—Me alegro de que estés aquí —le digo, tomando la iniciativa de este encuentro—. El otro día, Noa y yo hicimos un gran avance.

Lo que es cierto (aunque fuera un avance más de tipo personal que profesional). Antes de que Sue pueda preguntarme algo al respecto, continúo hablando, sacando una seguridad en mí misma de la nada.

—Noa quiere visitar Los Claustros el sábado para investigar un poco —le explico—. Tengo la sensación de que, después de esto, podré compartir la premisa de su nueva novela.

Sue vuelve a asentir, con un brillo de aprobación en la mirada.

—Los Claustros es una ubicación interesante, pero ¿de qué trata la novela?

—Todavía está perfilando la trama, pero estamos en ello...

—Tiene que estar a tiempo para la reunión de ventas. Será dentro de tres semanas a partir de mañana. Y por «estar a tiempo» me refiero a un título y a algún texto para el catálogo. ¿Qué hay del plazo de entrega?

—Sigue en pie —le digo, manteniendo la calma—. Para el quince de mayo.

Dentro de diez semanas. Al límite de lo imposible. Siempre que se le ocurra una idea lo bastante rápido y escriba a toda pastilla.

—Bien. —Sue se levanta de la silla de invitados y se dispone a salir de mi despacho. Cuando abre la puerta, se agacha y recoge algo del suelo. Un jarrón de cristal tipo tarro repleto de tulipanes morado oscuro—. Qué bonitos. Tu prometido te ha mandado flores.

Me obligo a sonreír, tomo el jarrón de sus manos y voy hacia mi mesa. Debajo de la cinta asoma un sobre de la floristería Flowers of the World.

En cuanto me quedo sola, lo abro.

Expectativas para hoy: que estas hagan que tu traslado sea menos infernal.

Noah

P.D. Sé que el monje solo tuvo que ponerse de pie y decir tres palabras, pero estoy dispuesto a apostar que tuvo que costarle mucho tener que pronunciarlas después de tu discurso.

Miro la tarjeta. Me imagino a Noah Ross dictando el mensaje a la dependienta. ¿Estaría en su ático, con los pies sobre el escritorio, mirando Central Park a través de su ventanal? ¿Se le ocurrió enseguida el mensaje o tuvo que meditarlo mucho, como he hecho yo antes de enviarle el correo? ¿Se habrá preguntado qué pensaría yo cuando recibiera los tulipanes? Porque no sé qué pensar. Cuanto más trato de entender mi relación con Noah Ross, más indefinible se vuelve.

Amigos de correo electrónico. Antagonistas en persona. Y después, así como así, dos seres que entran a la fuerza en una vivienda, disfrutan oyendo a ELO en una gramola e ingieren comidas de dudoso aroma en un tren.

Una cosa que siempre me ha encantado de los personajes de Noah es que lidian con impulsos contradictorios. Algo que funciona de maravilla en la ficción, pero que es tremendamente confuso en la vida real.

—Se puede —dice Meg, antes de colarse con Rufus en mi despacho y cerrar la puerta—. Por cierto, bonito despacho. —Mira a su alrededor y asiente con aprobación—. Rufus creyó oír a Sue decir algo sobre que Ryan te ha enviado... —Se detiene y señala los tulipanes—. ¡Madre mía! ¿Qué pasó el viernes por la noche?

Algún día, me gustaría poder contarle a Meg lo que pasó el viernes por la noche.

—Qué raro —dice Rufus, recogiendo el jarrón—. Siempre me ha parecido que Ryan era más de rosas rojas.

—¿Por qué tu exnovio te compra flores cuando mi marido ni siquiera sabe lo que son? ¿Sabéis lo que Tommy me regaló este año para el día de San Valentín? Una caja de paquetes de toallitas inoloras para la secadora. No es broma.

—¡Meg, es un regalo muy romántico! —exclamo, feliz por poder desviar la conversación de los tulipanes.

—No me trates con condescendencia.

—¡Pero si os encantan las compras a granel! —le recuerdo—. ¡Cuando estabais saliendo, os echaron de Costco por meteros mano en la sección de congelados! ¡Y encima inoloras! Sin duda estaba pensando en tu eczema.

—Estaba pensando en la electricidad estática. Eso es lo que es nuestro matrimonio: estático.

—Entonces, las flores... —me anima Rufus para que siga explicándoles.

—No te preocupes. No son de Ryan.

—Bien —dice Meg—, porque eso habría arruinado por completo la operación «Conseguir que Lanie eche un polvo este viernes».

No voy a decepcionar a Meg explicándole que las probabilidades de que me acueste con alguien el viernes son escasas por muchas razones. Sobre todo, porque el sábado por la mañana tengo que estar fresca como una rosa para llevar a Noah a visitar Los Claustros. Si alguien me hubiera preguntado hace una semana, no se me habría ocurrido nada peor que tener resaca mientras salgo con Noah Ross. Pero lo cierto es que, desde nuestra escapada del viernes pasado, he estado deseando que llegue nuestra visita a esta sección del Museo Metropolitano de Arte en la zona alta de la ciudad. O al menos ya no me aterra. Ahora incluso me parece posible que se le pueda ocurrir alguna idea para la novela.

—Me las ha enviado Noa Callaway —digo con despreocupación, mirando los tulipanes.

Meg enarca una ceja. Rufus se deja caer sobre una caja de libros.

—¿Noa Callaway envía flores? —inquiere Megan.

—Entonces la transición debe de ir bien —comenta Rufus.

—Mi madre tenía un jardín de tulipanes. —Toco con los dedos los pétalos, que parecen hechos de cera—. Siempre me han gustado mucho.

Unos segundos después, me doy cuenta de que me están mirando.

—¿Estás bien, Lanie? —pregunta Megan.

—Por supuesto.

—Bien —mi amiga suelta un suspiro—, pues sigue así. Porque Rufus ha elegido Subject en la calle Suffolk como el lugar al que vamos a ir el viernes por la noche. Vístete para causar sensación.

—Vamos, Meglicista —dice Rufus, usando el apodo cariñoso con el que siempre la llama—. Puedes hacerlo mejor.

—De acuerdo... Vístete para que te desvistan.

Me río porque conozco a mis amigos lo suficientemente bien como para percibir, por su tono de voz, que toca reírse, pero lo cierto es que no he oído las últimas frases. He estado pensando en mi madre, recordando cuando era pequeña y arrancábamos juntas las malas hierbas del jardín.

En cuanto Meg y Rufus se marchan, escribo a Noah.

De: elainebloom@peonypress.com
Para: noacallaway@protonmail.com
Fecha: 9 de marzo, 11:45 a.m.
Asunto: Una pregunta

Gracias por las flores. Son preciosas. Nunca he visto tulipanes de este color. Mi nuevo despacho (que me parece enorme y me siento como una okupa en él) las necesitaba.

¿Puedo preguntarte algo? ¿Por qué, de entre todas las flores, me envías tulipanes? Siempre han sido mis flores favoritas y tengo curiosidad por saber qué significan para ti.

De: noacallaway@protonmail.com
Para: elainebloom@peonypress.com
Fecha: 10 de marzo, 11:53 a.m.
Asunto: Re: Una pregunta

En una ocasión me dijiste que tu segundo nombre es Drenthe. Me pareció que era un nombre de la familia y supuse que era holandés. ¿Me equivoco?

Nos vemos el sábado. Será divertido.

—Pero ¿qué es lo que ven mis ojos? —pregunta BD el viernes por la noche con tono cantarín mientras hablamos a través de FaceTime. Desde que

Ryan y yo lo dejamos, me ha estado llamando todos los días para comprobar cómo estoy—. ¿Te has puesto delineador de ojos? ¿Y un insinuante escote? ¿Vas en un Lyft?

—Sí, esta noche voy a salir por ahí —le digo mientras el conductor gira hacia la Segunda Avenida, hacia el bar de cócteles del Lower East Side que Rufus cree que me va a encantar.

La noche es fría y algo húmeda, pero he optado por ponerme uno de mis vestidos más escotados y unas botas de tacón alto. Más que nada porque sé que Rufus y Meg se horrorizarían si me presento con lo que realmente quería ponerme: un jersey de cuello alto marrón muy cómodo que compré en una tienda de segunda mano.

—¿Sabes? —BD me guiña un ojo—. ¡Acostarse con un extraño en *sabbat* es una doble *mitzvá*!

—No sé yo si la Torá recoge de verdad la parte del «extraño» —digo—. Oye, ¿puedo preguntarte algo?

—Puedes pedirme consejo sobre juguetes sexuales siempre que lo necesites...

—No, BD..., es sobre mi segundo nombre. Sé que es una provincia de los Países Bajos, pero no provenimos de Holanda. Tú y el abuelo nacisteis en Polonia.

—Antes de la guerra, tu abuelo vivía en los Países Bajos. Nació en Drenthe. ¿No te lo dijo tu madre?

—Puede ser. —En lo que se refiere a las conversaciones con mi madre, hay demasiadas de las que no me acuerdo. Y cuando era pequeña, cada vez que mi abuela hablaba de todo lo que había dejado atrás en Europa, se ponía tan triste, tan poco BD, que al final dejé de preguntarle por ese asunto. Me alegro de que mi abuelo viviera en mi segundo nombre—. Entonces, el jardín de tulipanes de mamá...

—Era un tributo —dice BD con un gesto florido de la mano—. Se crio cuidando el jardín con tu abuelo. —Aparta la mirada de la cámara. Está en su cocina, haciendo palomitas. Siempre se le queman. Noto el cambio en su voz. Me gustaría estar allí, en lugar de mantener esta conversación por teléfono—. Tu abuelo perdió a toda su familia en la guerra. Nunca volvió a Drenthe, pero escribió sobre ello.

—¿En sus poemas? ¿Todavía los tienes? ¿Puedo leerlos?

—Elaine —susurra—, te voy a enviar el paquete de poemas más grande que jamás hayas visto.

—Gracias, BD. Me encantaría.

—¿Y qué hay de nuestro otro proyecto? —baja el tono de voz hasta convertirlo en un susurro—. Lo de Noa Callaway. ¿Algún avance?

Cuando BD arquea una ceja, me doy cuenta de que estoy sonriendo. Trato de poner una cara neutral, pero es mi abuela, y me conoce mejor que yo.

—Pregúntamelo de nuevo mañana —le digo—. Voy a llevarlo a Los Claustros en busca de inspiración. Quizá no debería tentar a la suerte diciendo esto, pero tengo un buen presentimiento al respecto.

Miro por la ventana mientras el conductor reduce la velocidad y se detiene. Nos hemos parado frente a un concurrido bar en la esquina de las calles Houston y Suffolk. A través del cristal, veo techos altos, la luz suave de la lámpara de araña... y a Meg encima de la barra tomándose un chupito con el puño en alto.

—BD, tengo que dejarte y meterme en un auténtico caos.

—Que te diviertas, cariño. —Lanza un beso a la cámara—. ¡Y no tengas miedo de dejar que tu escote haga todo el trabajo!

Tan pronto como entro en Subject, Rufus me ve a través de la multitud, me hace señas para que vaya hacia él y me abraza.

—Te acabas de perder el momento *El bar Coyote* de Meg.

—Creo que vi el final desde la ventanilla del coche. —Le doy a Meg un apretón en los hombros.

—No te preocupes, estuvo genial. —Da un sorbo al nuevo cóctel que el camarero le ha servido—. Sabes que aprendí algo de danza irlandesa durante la universidad, ¿no? Pues, bueno, eso es lo que la gente quería ver.

—La «gente» —dice Rufus, haciendo el gesto de las comillas en el aire.

—No sabía que este era uno de esos lugares en los que puedes bailar en la barra —le digo a modo de broma a Meg. Rufus niega con la cabeza—. ¿Eres consciente de que tu cóctel tiene una hoja de *shiso* dentro?

—Supongo que la mayoría de la gente no se acerca a la barra hasta la medianoche —reconoce Meg, un poco decepcionada—. ¡Pero ya no puedo quedarme despierta hasta tan tarde! —Se le quiebra la voz y le doy un abrazo.

—Bueno, te has dejado unas cejas perfectas —le digo, admirando el resultado de su depilación con hilo.

Rufus me coloca en la mano una copa llena de un líquido rosa con sal en el borde.

—Y tu peto es puro fuego, Ruf —comento.

—No tanto como ese «insinuante» escote. —Se ríe con picardía, chocando su copa con la mía.

—¿Has estado escribiéndote mensajes con mi abuela?

—¡Jamás te lo diré!

—Venga —nos interrumpe Meg, llevándonos hasta un rincón en el que podemos ver la mayor parte del bar—, pongámonos manos a la obra.

Dejo que sea ella la que eche un vistazo por mí. Para eso están los amigos, y así me da tiempo a disfrutar de mi cóctel.

Meg señala con la barbilla a un chico que hay en el mostrador.

—Está bueno.

—Se parece a Ryan —dice Rufus.

—¡Paso! —grito a mi copa.

—Está bien, ¿qué tal ese rubio musculoso que viene hacia aquí? ¡Guau! —dice Rufus, asintiendo a un hombre que se acerca y que trata de llamar la atención del camarero.

Es guapo, el típico chico guapo con un hoyuelo en la barbilla. Meg y Rufus se alejan de la barra en una retirada coreografiada, dejando un poco de espacio libre a mi lado para que pueda ponerse junto a mí.

El rubio le hace un gesto al camarero para que le ponga otra cerveza y luego me mira y sonríe.

—¡Hola! —grito por encima del ruido del bar. Se me ha olvidado cómo ligar.

—¿Qué? —me pregunta, también gritando, mientras se acerca a mí y coloca una mano en la parte baja de mi espalda.

Me aparto. Tiene unos ojos tan azules que casi duele mirarlos.

—Solo te he dicho... Da igual...

Me grita algo que no entiendo. En este momento me doy cuenta de lo absurdo que es todo esto. No me interesa este hombre. Ni siquiera en *sabbat*. Empiezo a marcharme, pero él me sigue, cerveza en mano.

—¡Se oye mejor lejos de la barra! —grita, señalando una ventana. Miro a Meg, cuyos ojos abiertos de par en par y sus gestos convulsos me hacen saber que todavía no puedo regresar a su rincón.

Y así, antes de que me dé tiempo a pensarlo, estoy pegada a una ventana, mirando el hoyuelo de un extraño, preguntándome qué narices se supone que tengo que decir.

—¿A qué te dedicas? —pregunta, después de que hayamos tocado temas tan emocionantes como cuál es nuestro nombre y si hemos estado en este bar antes.

(Se llama Phil y sí).

—¡Soy editora de libros! —grito.

—¡Qué CHULO! —grita él de vuelta, con tanto entusiasmo que me pregunto si lo he descartado demasiado rápido..., hasta que ocurre el desastre—. ¡El año pasado me leí un libro!

—¿Y... te gustó? —No se me ocurre nada mejor.

—Sí. —Me guiña un ojo—. ¿Salimos de aquí? Mi hotel está a la vuelta de la esquina. Tiene minibar..., terraza...

No puedo hacer un doble *mitzvá* con este tipo.

—¿Sabes lo que sucede, Phil? Que mañana tengo una reunión a primera hora.

—¿Un sábado?

—Sí. Y es que tampoco creo que vaya a pasar nada entre tú y yo...

Phil asiente y no se lo toma a mal. Enseguida se pone a escudriñar el bar en busca de otra dama que se rinda a los encantos de esa terraza de hotel. Nos despedimos y vuelvo a toda prisa con mis amigos. Pero de camino, mi mirada se topa con la de un hombre alto, parado en la barra con una Guinness.

Es atractivo y va bien arreglado. Lleva unos pantalones con raya diplomática y una camisa con puños franceses. Da la sensación de ser maduro, pero a la vez jovial; dos características que me gustan, sobre todo combinadas con ese brillo sarcástico de sus ojos.

—¿No ha ido bien? —pregunta don Raya Diplomática con acento británico.

—En defensa de Phil —comento mientras me acerco—, he de decir que se leyó un libro el año pasado.

Raya Diplomática se ríe. Dejo mi cóctel en la barra y, por el rabillo del ojo, veo a Meg y a Rufus chocando los pechos a modo de celebración.

—¿Esos gemelos tienen forma de *et*? —pregunto, admirando los destellos dorados en sus muñecas.

Asiente.

—El *et*, o *ampersand* en inglés, tiene una historia fascinante. Escribí mi tesis doctoral sobre su uso en los paratextos de Shakespeare. —Se detiene y me mira.

—¿Qué pasa?

—Nada, que todavía sigues despierta. Para la mayoría de la gente esto suele funcionar como una especie de somnífero.

—Bueno, mientras no me lo metas en la bebida.

Nos reímos, antes de dar un sorbo a nuestras bebidas. Es un hombre guapo, inteligente y con ese ingenio propio de los ingleses. La operación «Consigamos que Lanie se acueste con alguien» se ha puesto en marcha.

—Veo que has conocido a mi prometido —oigo decir a una mujer detrás de mí. Luego veo unos brazos deslizarse alrededor de los hombros de Raya Diplomática. Una de las manos al final de esos brazos luce un sencillo e increíble anillo de diamante. Retrocedo en cuanto Raya Diplomática se ve rodeado de un grupo de atractivas británicas vestidas a la moda, que se ponen a hablar con él. Nuestras miradas vuelven a encontrarse y pronuncia en silencio las palabras: «Buena suerte».

Me doy la vuelta, me bebo lo que me queda en la copa y voy directa a Rufus, que tiene una segunda bebida esperándome. O, mejor dicho, dos bebidas más.

—Está claro que ha llegado la hora de pasar a los Kate Moss.

Tomo el chupito y la copa de su mano y los tres nos metemos nuestros Kate Moss entre pecho y espalda. Me lloran los ojos.

—Puedo embarcarme en otro desastre más antes de convertirme en calabaza.

—Si quieres podemos dar un paseo por la zona, ir a bailar.

—Sí, bailar —dice Meg, dando saltitos con los brazos rígidos a los costados—. A poder ser, música irlandesa.

—Me gusta este sitio —comento—. Aunque... ¿qué os parece si dejamos a un lado la operación «Que Lanie eche un polvo» lo que queda de noche? Estoy más en plan «beber un trago y mantener a Meg fuera de la barra» que otra cosa.

—No se diga más. —Meg me rodea los hombros con un brazo—. Nos limitaremos a fingir que somos los únicos que estamos aquí y...

—Un momento —digo—. ¿Ese no es...?

Me pongo de puntillas porque acabo de ver entrar al bar a alguien que, de espaldas, se parece muchísimo a Noah Ross. Con esta, sería la tercera vez que me topo con ese hombre en una sola semana. Un récord mundial, desde luego.

Pero cuando se da la vuelta, me doy cuenta de que no es él. En absoluto. Solo es un hombre moreno, con el pelo rizado que lleva un chaquetón. Me sorprende sentirme tan decepcionada.

Meg, a la que no se le ha pasado por alto mi reacción, sigue la dirección de mi mirada.

—Te ha gustado ese tipo de ahí porque te recuerda al Hombre del Año. ¿Qué está pasando con él?

—¿A qué te refieres? No está pasando nada.

—Lanie, te escondiste de él durante el aperitivo de crisis.

—¿No te parece atractivo?

No quería preguntarle eso. Me da igual que Meg piense que Noah es mono o no. Aunque... ¿lo piensa?

—Su atractivo es indiscutible —dice Meg—. Tu torpeza, sí. Te gusta. Deberías ir a por él...

—¡Es imposible! —reconozco, con más vehemencia de la que me gustaría. Pero es cierto, aunque no puedo explicárselo a Meg. Ni siquiera puedo explicarme a mí misma por qué una pequeña parte de mí se siente tan decepcionada ante la idea.

13

—¿Sabías —le digo a Noah a la mañana siguiente, cuando entramos en el museo con forma de castillo— que este lugar se construyó juntando distintas partes de cinco monasterios franceses medievales?

Se detiene y se vuelve hacia mí, con una sonrisa en los ojos.

—Está bien, esto es lo que vamos a hacer. —Junta las palmas—. Vamos a quedarnos aquí y tú darás rienda suelta a todos tus datos de guía turística. Uno a uno. Lánzamelos sin piedad. Purifícate, Lanie. Y después, caminaremos como gente normal, disfrutando del rato que pasemos en el museo, ¿de acuerdo?

Pongo los ojos en blanco.

—Vale. Me callo ya. Sé pillar una indirecta. Incluso las que son tan evidentes como esta.

Nos ponemos en marcha y nuestros pasos resuenan entre los arcos de piedra gris de la abadía.

—¿Sabes? Hace dos semanas me habrías echado la broca por tomarte el pelo de esta forma —dice.

—Hace dos semanas no habías allanado la casa de mi ex —señalo, antes de detenernos frente a una serie de elaborados tapices con unicornios. He leído que se teñían con las mismas plantas que se cultivan en el jardín exterior, pero me guardo este fascinante dato para mí.

Noah sonríe.

—Es muy raro que pueda poner en práctica esas habilidades.

Nos paramos frente a un ábside cuyas paredes empotradas están cubiertas de vidrieras. Noah contempla el panel de una virgen y un niño. Luego saca el teléfono y hace una foto.

—Este lugar es una maravilla.

Estoy tentada de recitar, o al menos intentarlo, el nombre de la ciudad austriaca de donde, según leí, provienen estos vitrales, pero me doy cuenta de que Noah está empapándose de la atmósfera, así que dejo que disfrute de este tierno momento.

Sin embargo, no puedo evitar mirarlo de reojo y percatarme de todas esas cosas que he notado sobre Noah sin darme cuenta. Por ejemplo, siempre que quedamos en algún sitio, viene con el pelo rizado húmedo. Sus ojos son de un misterioso tono verde oscuro que combina a la perfección con el original estampado de hiedra de la camisa que lleva hoy. Tarda en sonreír, como si quisiera estar seguro de las cosas antes de exponerse, pero cuando lo hace, te atrapa por completo.

No se parece en nada a Ryan, que era indiscutiblemente guapo, como esos hombres que ocupan las listas de la revista *People* de «Los hombres más guapos del mundo». No hay nada indiscutible en Noah, y estoy empezando a darme cuenta de que ese es precisamente su atractivo. Para empezar, en lo que se refiere a la moda, tiene un estilo camaleónico. Un día se viste como un roquero *indie*, otro como un productor de cine italiano y otro como un hípster de vacaciones. Incluso su físico, alto y delgado, no se puede catalogar en un único deporte. ¿Hace triatlones para mantenerse en forma? ¿Una mezcla de baloncesto y yoga?

Este hombre es un enigma; primero es reservado y luego está más que dispuesto a cometer un delito con tal de hacerle un favor a alguien. Con solo mirarlo o por una única conversación, nadie podría decir que es una persona que ha alcanzado el éxito. Pero cuando se abre, tiene un ingenio brillante. Es como una trama compleja de la que quieres saber más.

Siempre que tu futuro no dependa de que escriba una novela, claro está.

—Vamos a ver los jardines —sugiere.

Salimos y cruzamos una logia con columnas que da a un jardín tan adorable que casi parece un milagro. Limpios caminos de piedra dividen el conjunto en cuadrantes. En el centro, hay una fuente borboteando. El aire huele a hierbas y pequeñas flores rojas que se mecen en las ramas de los granados. La imagen que ofrece es embriagadora. Aquí de pie, en medio de este oasis, tengo la sensación de que no solo hemos dejado atrás Manhattan, sino que hemos viajado al pasado, a la Europa medieval. Me gustaría quedarme un poco más de tiempo, aprovechar al máximo este respiro de mis preocupaciones diarias.

—¿Eso que estoy viendo ahora en tus ojos son unas ganas inmensas de viajar? —pregunta Noah, tomándome por sorpresa. No me he dado cuenta de que me estaba mirando, ni tampoco sabía que era capaz de leerme los pensamientos.

—Culpable —digo, y luego añado con tono despreocupado—: Unas ganas inmensas de viajar, unas ganas inmensas de tener tranquilidad, unas ganas inmensas de volver atrás en el tiempo y tomar otras decisiones. Como ves, son unas ganas inmensas de muchas cosas, una especie de lujuria mixta.

No digas «lujuria».

—Si conoces algún destino estupendo para las personas que están teniendo una crisis existencial —continúo—, haz el favor de compartirlo conmigo.

No sé por qué Noah me está sonriendo ahora.

—¿Qué pasa? —pregunto mientras nos paramos en el centro del jardín.

—En realidad —dice—, sí.

—¿Sí qué?

—Que conozco el destino perfecto para ti. —Se mete la mano en el bolsillo del abrigo y saca un sobre grueso color crema. Veo que está dirigido a Noa Callaway, pero me lo entrega.

Abro el sobre y saco la tarjeta. Está escrita en italiano.

—¿Qué es?

—Una invitación al evento de presentación de *Doscientos sesenta y seis votos* en Italia —responde—. Por lo visto, alguien colgó en la red un vídeo de tu discurso en la fiesta de Nueva York. ¿Sabías que se ha hecho viral en Italia?

—¿Te estás burlando de mí? —No tenía ni idea.

—Mi editora de Milán me preguntó si te apetecería dar un discurso allí. Es en mayo. La presentación tendrá lugar en el hotel Bacio, que está...

Nuestras miradas se encuentran y ambos decimos al mismo tiempo:

—En Positano.

—¿En serio? —pregunto—. ¿No es ese el hotel en el que tiene lugar *Votos*?

—Y —dice, a punto de esbozar una sonrisa—, si mal no recuerdo, la ciudad donde concibieron a tu madre.

—Me gustaría decirte que ojalá no te hubiera confesado ese dato nunca... pero... —Lo miro—. ¿Me estás ofreciendo un viaje a Italia?

—En sentido estricto, te lo está ofreciendo mi editora italiana. Obviamente, yo no estaré allí, pero te estaré animando desde aquí.

La forma en que lo dice, con un ligero toque agridulce en la voz, hace que me quede pensando. Cualquier otro autor habría aceptado la invitación sin problemas. Pero Noah no puede. ¿Habrá deseado alguna vez que las cosas fueran diferentes? ¿Poder ir a Italia y asistir abiertamente a la presentación de su novela con sus lectores?

Miro la invitación, tratando de decidir qué hacer con ella. ¿Cuáles son las probabilidades de que me ofrezcan una invitación al destino de mis sueños, con todos los gastos pagados, justo en el momento en el que no puedo decir que sí?

—Es el 18 de mayo —comento—. Tres días después de la fecha de entrega límite del borrador que aún no sabemos de qué va a tratar.

Noah no parece inmutarse.

—Si te prometo entregarte el borrador antes de ese día, ¿irás?

—Iría hasta Marte si me entregas un borrador a tiempo. Pero seamos realistas, Noah, ni siquiera tenemos una premisa de la que partir. —Le devuelvo la invitación—. Es un honor que me lo hayas pedido. Y es un detalle muy generoso por parte de tu editora italiana, pero mientras nuestras carreras estén en riesgo, mi conciencia no me permite aceptar esta invitación.

Noah se rasca la cabeza. Parece atónito.

—Ni siquiera me has dejado explicarte mis condiciones.

—Tú y tus condiciones. —Pero me pica la curiosidad—. Está bien, dispara. Solo por si acaso.

—En realidad solo hay una condición —explica—. Una especie de revancha por tu lista. Mi lista.

—¿Tu lista de qué?

—Viví en Positano durante dos meses para la labor de investigación que hice para *Votos*. Conozco el mejor sitio para comprarle a tu abuela un recuerdo *vintage* de la zona y dónde puedes encontrar un *piedirosso* estupendo.

—Nunca le digo que no a una buena copa de *piedirosso* —comento, esperando no haber metido la pata y que se trate de un tipo de vino. La idea de viajar a Italia con una lista de los locales favoritos de Noa Callaway en el bolsillo me llena de un regocijo secreto. La gente pujaría en Ebay por tener algo así.

Esto no significa que me vaya a ir a Italia.

Y aquí es cuando me doy cuenta: es la primera vez que puedo ver a Noah Ross y a Noa Callaway como la misma persona. Ha ocurrido así, sin más. Lo que me lleva a la siguiente pregunta: si yo puedo sentirme cómoda con el hombre que hay detrás de las novelas, ¿podrían hacerlo también las lectoras? ¿Y la prensa?

Quiero explorar esta posibilidad con Sue, y con Noah. Cuando tengamos el manuscrito.

—Acepto tu condición —le digo—, siempre que...

—Tengamos un libro.

—Exacto. Mientras tanto... —Señalo lo que hay a nuestro alrededor.

Noah capta la indirecta y volvemos a prestar atención a Los Claustros. Me pongo las gafas imaginarias de Noa Callaway e intento mirar los jardines como lo harían sus ojos.

Al otro lado de la fuente, veo a una joven preciosa empujando a una anciana en silla de ruedas. Seguro que se trata de su abuela. La chica se disculpa con un joven jardinero que llena una bolsa enorme de jardín. Se los señalo a Noah y me acerco para susurrarle:

—¿Qué te parece esto? Él es el encargado de arreglar estos jardines. Ella, la que cuida de la mujer mayor que va en silla de ruedas y que quiere

visitar Los Claustros todas las semanas. Sus miradas se encuentran unas diez veces, me refiero a miradas prolongadas, de esas que persisten, e intercambian un par de «perdones». Ambos hacen elucubraciones sobre quién es el otro, y no pueden estar más equivocados. Y entonces, un día...
—me interrumpo, pensando—. ¿Qué sucede? ¿Quién rompe el hielo? Puede que la anciana. Sí, ella quiere que su nieta encuentre el amor, así que le pasa al jardinero en secreto el número de la chica. ¿Qué te parece?

—Me gusta —dice Noah, sin una pizca de sarcasmo en la voz.

—Podría funcionar, ¿no? —pregunto, esperanzada.

—Quizá deberías escribir tú misma la historia —comenta él, agachándose para estudiar una planta de aloe—. O comentarle la idea a algún otro autor con el que trabajes.

Mi esperanza cae en picado hasta el centro de la Tierra. La invitación a Italia sufre una combustión espontánea.

—¿Por qué no tú?

Noah camina alrededor de la fuente con los brazos cruzados.

—No estoy tratando de hacer esto más difícil. Pero, últimamente, me he dado cuenta de que no me interesa hacer de los encuentros fortuitos el motor de mis historias.

Hace dos semanas, un comentario así, tan condescendiente con los libros que adoro y que él también dice adorar, me habría resultado molesto, y le habría contestado: «¡Pero si el encuentro fortuito lo es todo! Toda buena historia de amor necesita uno».

Pero hoy la cosa no va sobre mí. Se trata de ayudar a Noah a encontrar la inspiración.

—¿Y entonces lo que te interesa es...? —lo animo.

Me mira y sus ojos verdes se iluminan.

—El espectáculo rapsódico de la vida al completo.

Vale, estaba preparado para darme esa respuesta.

—De acuerdo —le digo despacio—. Sí, eso también puede ser romántico.

Me hace un gesto con la cabeza para que lo siga. Salimos del jardín hacia un camino de piedra elevado que da al río Hudson. Hace un día espléndido y las vistas son espectaculares. Contengo el impulso de decirle que este es uno de los puntos más altos de todo Manhattan.

—Mi madre está enferma —me sorprende Noah. Apoya los codos en la barandilla que da al río—. Tiene alzhéimer. Y, últimamente, se está deteriorando por momentos.

Me paro a su lado, sintiéndome devastada por él.

—Lo siento mucho.

—No te estoy contando esto para justificarme. Solo quiero darte una explicación. Mi madre es la razón por la que comencé a escribir.

—¿En serio? —Siempre me he preguntado cómo empezó Noa Callaway en la escritura. En realidad, es una pregunta que se hacen todos los que trabajan en Peony.

—Se llama Calla. Escribí *Noventa y nueve cosas* gracias a ella. Le encantan las historias de amor. O solían encantarle. Se frota la mandíbula y mira hacia el agua. Exuda tristeza. Un sentimiento que reconozco demasiado bien.

Y también sé que lo mejor que puedo hacer en este momento es escuchar.

—Si esta es la última novela que escribo que podrá leer, quiero que trate sobre el curso completo de una historia de amor, no solo sobre su comienzo.

—La epopeya de un corazón —digo. Se me pone la piel de gallina. No está nada mal. Es una idea muy buena.

Noah asiente.

—No sé quiénes son los personajes, o cuáles serán las circunstancias...

Nos quedamos en silencio unos instantes, pero no es uno de esos silencios que se intentan llenar a toda costa, sino más bien como si dejáramos en las agradables manos de esta tranquila zona del norte de Manhattan nuestra amarga conversación.

—Háblame de tu madre. ¿Dijiste que creciste en una casa llena de mujeres?

—Cuando mi padre se fue, mi madre y yo vivimos con dos amigas de su Facultad de Enfermería. La tía Terry y la tía B.

—Espera. ¿La tía... Terry?

Noah sonríe ante mi sorpresa.

—Éramos una familia de locos, llena de estrógenos y amantes de las novelas románticas. Lo que más le gustaba a mi madre y a mis tías era intercambiarse novelas y hablar sobre las tramas y los personajes. Era como una especie de club de lectura interminable.

—¿Y al final también te iniciaron a ti?

—Me leí *El clan del oso cavernario* en primero.

—¡Esos libros están tan infravalorados! —me quejo—. Jondalar fue mi primer amor literario.

—Oh, ¿así que ese es tu tipo? —bromea. Me pongo roja al recordar esas escenas subidas de tono en las cuevas que habré leído como unas tres mil veces.

—De modo que cuando empezaste a escribir... —digo, encajando una pieza en el rompecabezas de Noa Callaway.

Noah asiente.

—Me había enamorado del amor. Aunque está claro que a los veinte años no sabía nada al respecto.

Me imagino a Noah a los veinte años, sin saber nada del amor. En cierto modo, es dulce.

—Cuando le enseñé a mi madre el primer borrador de *Noventa y nueve cosas* —continúa—, no podía creer que lo hubiera escrito yo. Si ni siquiera mi propia madre podía hacerse a la idea, ¿qué lectora habría querido abrir la solapa trasera y ver mi cara allí?

Me imagino cómo sería su foto de autor. Unos ardientes ojos verdes que coquetean con la cámara. Rizos oscuros lo suficientemente largos como para sugerir un carácter indómito. Jersey de cuello alto negro. No, mejor una camisa que mostrara debajo un poco de vello en el pecho...

Tiene razón. Su foto habría sorprendido a las lectoras.

—Alix no supo que era un hombre hasta que compró el manuscrito —prosigue. Otra pieza clave que encaja—. No teníamos ni idea de que *Noventa y nueve cosas* tendría el éxito que tuvo. Jamás pensé que podría convertir esto en mi profesión. Érase una vez...

—¿Era solo una historia de amor?

—Sí. —Nuestras miradas se encuentran. Y es como si nos viéramos de verdad por primera vez—. Solo una historia de amor.

Seguimos caminando a lo largo del río. El sol está alto en el cielo, brillando sobre nosotros. A lo lejos, el puente George Washington se hace cada vez más grande.

—Te toca. —Me toma por sorpresa.

—¿Qué?

—En el ajedrez. —Agita el teléfono—. Te toca mover desde hace más de una semana. Estás a punto de perder la partida por abandono.

—¡Vaya! He estado...

—¿Paralizada por mi inminente victoria?

—¡Más bien intentando no distraerte con notificaciones! Además, no quiero aniquilar la confianza que tienes en ti mismo en este delicado momento creativo. ¿Cuántas partidas seguidas has perdido últimamente? ¿Seis?

—Eso es solo porque no puedo usar mis tácticas de intimidación a través de la aplicación.

—¿Y qué tácticas son esas?

Noah se detiene delante de mí, se cruza de brazos y enarca una ceja con dramatismo, mientras ladea la cabeza de forma exagerada. Lo único que le falta para parecer un auténtico lunático es un monóculo. Me pongo a reír.

—Tengo mucho miedo —le digo.

—¿Lo ves?

—No, que tengo miedo por ti, por si crees que esto es una táctica de intimidación. Pareces un *angry bird*.

—Vale, pero se me da mejor jugar al ajedrez en persona. El juego de reyes tiene que jugarse en persona.

—Bueno, si ese día en Central Park no me hubieras cabreado tanto —finjo un suspiro—, ya habríamos puesto fin a este asunto.

—Me temo que solo tenemos una solución.

—¿Me estás retando a una partida de ajedrez? —Mi espíritu competitivo se pone en marcha.

Noah asiente.

—Y espero que te guste el *sushi*, porque me muero de hambre y los sábados toca *sushi*. —Luego vuelve a hacer lo de la ceja hasta que me vuelvo a reír y acepto.

Noah le dice al taxista que se detenga en la intersección de la Noventa y Nueve con Broadway.

—¿Qué estamos haciendo aquí? —pregunto mientras abre la puerta.

—Aquí es donde vivo. —Me conduce hacia una puerta de hierro negro de un edificio de apartamentos de estilo Tudor de dos plantas. La propiedad parece de otra época comparada con las edificaciones más altas y modernas que la rodean.

Me doy cuenta de que he estado aquí antes. Es la entrada a Pomander Walk, el enclave peatonal de casas adosadas al que Meg me llevó una vez a una fiesta. Estaba en mi lista de *Cincuenta maneras de poner fin al bloqueo del escritor de Noah*. Lo tacho.

—Tú no vives aquí —señalo, mientras Noah saca una llave y abre la puerta. Luego me lleva por un tramo de escaleras de ladrillo, que se abren a un jardín privado del tamaño de una manzana de edificios—. Vives en un ático en la Quinta Avenida con vistas a Central Park.

—Escribo en un ático de la Quinta Avenida con vistas a Central Park —aclara—. Pero vivo en un estudio justo ahí. —Señala una pintoresca fachada de ladrillo en mitad de la calle, con un hermoso manzano frente a la puerta—. Es pequeño, y es de alquiler, pero... —mira el jardín como si todavía fuera una maravillosa sorpresa para él— nunca me voy a ir de aquí.

Lo que explica por qué estaba paseando por el Upper West Side con su conejo mientras estaba en mi aperitivo de crisis.

Tienes que reprogramarte, Lanie, me digo.

Esperaba un portero, un ascensor, cristal y acero caros. Esperaba sentirme molesta por mi propia envidia a su dinero; un dinero que creía que gastaba en cosas ostentosas e impersonales. Pero ahora... hay algo que me desorienta al entrar en dirección al estudio de Noah en la planta baja. Es muy íntimo. Quizá demasiado.

Está abriendo la puerta. Tengo que decidir si quiero detener esto ahora mismo.

—Aquí está el *sushi* —dice, mirando hacia atrás, hacia una figura con bolsas de comida para llevar que está esperando en la puerta del jardín—. Voy a por él. Ve entrando tú. ¿Puedes cerrar la puerta para que Javier Bardem no se escape?

—Claro —digo. Al final he decidido casi de forma espontánea no detenerlo. Entro en el apartamento de Noah y cierro la puerta—. ¿Qué está pasando? —susurro, tratando de adaptarme a mi entorno.

Tengo que reconocerlo: es un estudio precioso. Suelos de madera pulida, una chimenea que está en uso, techos bajos, pero con un montón de luz natural. Los muebles son elegantes, de mediados de siglo, la cocina pequeña, pero bien equipada.

Es muy bonito, aunque no *mucho* más bonito que mi apartamento. El mío tiene más metros cuadrados y una pared de verdad entre la cama y la puerta principal. Entonces, ¿por qué me dijo que no quería que volviéramos a reunirnos en mi casa?

Aunque luego me pongo a pensar en el día de hoy, en lo bien que lo hemos pasado y lo diferente que ha sido comparado con esa otra ocasión en mi casa. Seguro que malinterpreté la actitud de Noah ese día.

Recorro con cuidado su apartamento. Veo más plantas de las que esperaba: palmeras pequeñas, orquídeas y bambúes, todas exuberantes y verdes. Prácticamente cada centímetro de pared está cubierto por cuadros y pinturas, incluido un magistral Kehinde Wiley que reconozco como parte de su serie Ferguson City. En un rincón hay una tabla de surf y una papelera de metal con fotos de todos los presidentes hasta Reagan, lo que me hace suponer que Noah la ha tenido desde que era niño. En el alféizar de la ventana hay un *kit* de elaboración de cerveza artesanal que tiene todo el aspecto de haber sacado de la caja y no haber preparado nada en él. Debajo de una lámpara hay una pila de viejas *Playbills,* la revista para los aficionados al teatro, y la de arriba está dedicada a *Oh, Hello,* el espectáculo de

Broadway con el que nos reímos a carcajadas hace unos años en el cumpleaños de Rufus. No veo ninguna estantería, solo una pequeña pila de libros de poesía en la mesa de café. Lucille Clifton, Paul Celan, Heather Christle. Estoy de acuerdo con la selección.

Justo cuando abro el libro de Christle y me dejo caer en un sofá de cuero, Noah entra con el *sushi*. Javier Bardem salta de la nada y Noah lo levanta en brazos.

—Supuse que te encontraría cerca de los libros —dice, volviéndose hacia mí—. ¿Todo bien? ¿Estás cómoda? —Por la cara con la que me está mirando, debo de parecer muy incómoda.

—Sí, claro. —Alzo el libro—. Es muy buena.

—Tengo sus otras antologías en el despacho. —Va hacia la cocina, donde lo oigo desenvolver el *sushi*—. Casi todos mis libros están allí.

—¿Sabes? Es curioso. Hace poco descubrí que mi abuelo escribía poesía.

Me mira a través de la ventana de la cocina, con una ceja enarcada. Y antes de darme cuenta, estoy hablándole a Noah Ross sobre Drenthe, sobre la guerra y sobre la bolsa enorme con cierre hermético que mi abuela me envió la semana pasada a través de FedEx, llena de poemas. Le cuento que al leerlos sentí cierta afinidad con mi abuelo. Que no era el único bicho raro en una familia de médicos que había mostrado interés en la palabra escrita. Decir todo esto en voz alta lo hace relevante y me alegro de que Noah esté conmigo, escuchándome.

—Si no me hubieras enviado esos tulipanes —añado—, nunca habría sabido que mi madre los plantó en honor a su padre. Nunca me habría esforzado tanto en comprender por qué siempre me ha gustado la sencillez con la que florecen. Por ella. Por él.

—Creo que estás hablando del efecto del segundo borrador —dice Noah desde la cocina.

Me levanto del sofá y voy a la cocina, donde lo encuentro colocando el *sushi* en los platos como si fuera un auténtico chef.

—Explícate.

—¿Sabes que el segundo borrador es el punto donde las cosas empiezan a tener sentido? —Saca unos palillos de verdad de un cajón y deja a un lado los desechables—. Por eso termino los primeros borradores tan rápido, para llegar ahí.

Sé lo que quiere decirme Noah. El primer borrador fue cuando estaba en el jardín con mi madre. La tierra fría y húmeda que se deslizaba entre los dedos de mis pies. Las rayas amarillas de una oruga que se curvaba mientras se arrastraba por una hoja. El peso de las manos de mi madre sobre las mías, mientras me enseñaba a enterrar los bulbos en la tierra. El sonido alegre de su voz cuando cantábamos juntas canciones del álbum *Car wheels on a gravel road* de Lucinda Williams. El placer de estar con ella superó mi capacidad de entender lo que significaban todas esas cosas.

El tiempo y el espacio y su pérdida, los correos electrónicos con Noah, las conversaciones con BD y la bolsa de poemas le han dado una nueva perspectiva a todo eso. Ahora puedo arrojar luz sobre el significado que siempre ha estado ahí. Y siento que entiendo un poco más que antes a mi madre y a mi abuelo.

—¿Te ayudo en algo?

Aunque ya es demasiado tarde para eso, y esto no es casualidad. Meg me habría regañado y me habría dicho: «¡Típico de ti, Lanie!», pero Noah ha preparado este festín mucho mejor de lo que podría haberlo hecho yo. Hay pequeños cuencos para la salsa de soja, salsa *ponzu* y jengibre, y soportes para palillos de cerámica. Incluso ha echado la sopa de *miso* en tazones de verdad. Todo tiene un aspecto elegante y delicioso.

—Creo que estamos listos —me informa, llevando el *sushi* a una mesa de mármol cerca de la chimenea. Observo la forma en que camina, y me sonrojo cuando se da la vuelta y me pilla haciéndolo.

Para Javier Bardem hay un rollito de zanahoria, que disfruta en su propia mesita. Ver a un conejo comer *sushi* hace que caiga en una vorágine de ternura durante varios minutos.

—Tengo que ampliar los gustos de Alice —digo, pensando en la lechuga iceberg que ha desayunado.

—El tablero de ajedrez está junto a la ventana. Si quieres, puedes ir preparando la partida —me indica Noah mientras regresa a la cocina—. ¿Qué prefieres, té verde o abro una botella de sake?

—Sake. —Encuentro el tablero de ajedrez y lo dejo sobre la mesa—. Tenemos que brindar.

—¿Por qué vamos a brindar? —pregunta desde la cocina. Por su tono, sé que está sonriendo.

—Por las futuras epopeyas del corazón. Y por haber mandado a la mierda los encuentros fortuitos. Y también... por haber sobrevivido a un día juntos.

—Todavía estamos a tiempo de estropearlo —bromea Noah, regresando con una botella de sake bien fría.

—Te toca elegir la próxima salida —le digo, mientras sirve la bebida en dos copas de licor—. Pero no te preocupes, nadie espera que esté a la altura de la de hoy.

Levanta su copa para brindar.

—No estoy preocupado. Mi salida es oro puro.

—¿Ya has elegido una? —Suponía que tendría que estar encima de él para que fijara una salida.

—Ahora mismo, estoy en la fase final de la planificación.

—¿Dónde es?

—Ya lo verás.

Atacamos el *sashimi* fresco, el atún especiado sobre crujientes pastelitos de arroz, los deliciosos rollos de cangrejo y carpacho de mero en gelatina de *yuzu* que marida a la perfección con el sake.

—Se te da muy bien preparar la comida para llevar —digo, tomando un sorbo a mi sopa de *miso*.

—Deberías ver lo que hago en los restaurantes.

Me río.

—¿De dónde has sacado todos estos cuencos? Y los palillos, ¿son de jade?

Noah sonríe y me observa mientras me peleo con los palillos para agarrar un trozo de mero.

—Los he comprado en una tienda llamada Bo's. Siempre que voy allí encuentro algo especial, algo que no he visto antes. No está lejos de Peony. Deberías ir y echarle un vistazo. También tiene palillos de cuarzo rosa.

—Iré. —No quiero que Noah sepa que la mayoría de las veces que como *sushi* en casa, lo hago sobre el sofá, pegada a la televisión y uso las manos para mojar los rollitos de atún picante en la salsa de soja que he vertido en la tapa del recipiente de plástico.

Señala el tablero de ajedrez que hay entre nosotros.

—Los invitados primero.

Me preparo para jugar, intentando no reírme si vuelve a hacer ese extraño tic de las cejas. Pero, para mi sorpresa, Noah se ha puesto serio y está claro que no se va a andar con chiquitas.

Muevo mi peón al centro. Él hace lo mismo.

Aunque nunca nos hemos sentado frente a frente con un tablero de ajedrez entre nosotros, no existe esa extraña tensión que sientes cuando juegas con alguien por primera vez. Estamos acostumbrados a mover las piezas entre nosotros.

Pero no estamos acostumbrados a saber dónde dejar las manos en la vida real entre turnos reales. Nuestros dedos se han rozado en dos ocasiones, en los bordes del tablero.

Me viene a la cabeza el primer apretón de manos que nos dimos. Esa especie de descarga eléctrica que me atravesó y que ahora vuelvo a sentir cuando me toca, aunque sea sin querer.

Me digo a mí misma que tengo que prestar más atención a sus manos para evitar rozarlas, pero al final resulta contraproducente porque entonces me fijo demasiado en ellas y pierdo el caballo. Nunca me había percatado de lo fuertes que son.

Lanie, ¿recuerdas tu carrera pendiendo de un hilo? ¿El precario equilibrio que hay entre este hombre y tú? Deja de mirarle las cutículas. Gana la partida y vete a casa.

Me bebo otro chupito de sake, porque necesito algo para tranquilizarme. ¿Soy yo o esta situación se está empezando a parecer demasiado a la partida de ajedrez de *El caso de Thomas Crown*?

Me centro en mi enfoque táctico. La estrategia de Noah en la vida real es diferente a la que tiene *online*. Se enroca a la izquierda y saca la dama muy pronto. Pero enseguida reconozco su estilo, y tras media docena de turnos, me doy cuenta de que Noah juega al ajedrez como lo hacía su personaje de *Veintiuna partidas con un extraño*.

Lo que me dice cómo ganarlo: dos rápidos movimientos seguidos con mi reina y mi alfil.

Me pregunto si Noah también recurrió a otros aspectos de sí mismo para crear ese personaje. Me pregunto si, para conocer mejor al hombre que tengo delante, debería volver a leer las páginas de esa novela.

Aunque quizá lo único que necesite para conocer mejor a Noah es prestar atención. A las pinturas que ha elegido para adornar sus paredes, coloridas y acuciantes, cada una con su propia historia. A su generosidad (el *sushi* del sábado, el segundo borrador en forma de tulipanes, el trato que le dio a la ventana de mi ex con la navaja suiza). A la confesión que me hizo el fin de semana pasado en el bar, sobre que, en lo que respecta a la búsqueda del amor, Noah Ross está tan perdido como el resto de los mortales.

—Jaque mate —anuncia Noah.

Se me cae la mandíbula al suelo. Me ha atrapado entre sus torres. ¿Cómo he podido permitirlo?

Me gustaría saber perder con más elegancia, pero es que sigo sin creérmelo. Lo único que hace que la derrota sea más soportable es mirarlo y tener que enfrentarme a su ceja.

Ambos nos reímos. Noah agarra la botella de sake y nos sorprendemos al ver que está vacía.

—Creo que debería irme ya. —Aunque a mi dignidad no le importaría una revancha.

Noah se levanta y va a por mi abrigo. Me acompaña hasta la puerta y luego al paseo, donde se han encendido dos farolas antiguas que hacen que parezca que hemos retrocedido cien años. Hace frío y el vaho de nuestras respiraciones forma nubes en el aire.

—Gracias —dice mientras pido un taxi en Broadway.

—¿Por qué? —pregunto, dándome la vuelta.

—Hacía mucho tiempo que no me sentía inspirado.

—Yo también —señalo antes de poder detenerme. Aunque el hecho de que me yo sienta inspirada no tiene nada que ver con nuestra misión, es cierto. La partida de ajedrez, Los Claustros, el increíble estudio de Noah, la invitación a Positano...; todo se mezcla en mi mente y, cuando le doy las buenas noches a Noah desde la ventanilla del taxi, me siento un poco abrumada.

14

Meg: Idea estupenda de última hora. Reúnete conmigo en Color Me Mine en Tribeca a las 11:00. Sí, has leído bien, se trata de una fiesta de cumpleaños infantil. Pero la ha organizado el único padre atractivo de la clase. Y está soltero. *¡Bum!*

Rufus: ¿Y me estás enviando esto a mí también porque...? Sabes perfectamente que los sábados por la mañana tengo pilates.

Meg: Porque Lanie tiene que venir. Y si votas que Lanie tiene que venir y yo voto lo mismo, seremos dos contra uno. Ruf, puedes venir después de pilates a tomar tarta.

Rufus: Lanie, tu oposición ha sido rechazada por adelantado. Chicas, nos vemos alrededor de las 12:15. Más vale que esa tarta no sea sin gluten.

Leo los mensajes de mis amigos cuando salgo de la ducha. Tengo previsto reunirme con Noah en Brooklyn en una hora, y ya voy un poco tarde, así que escribo una disculpa a toda prisa.

Yo: Lo siento, pero ya tengo un compromiso hoy. Tal vez pueda echarle el lazo a papá buenorro en la próxima ocasión.

Meg: Así no es como funciona la ley del papá buenorro. Si no mueves ficha con él en esta fiesta, lo hará otra más lista que tú.

> ¡Vamos, Lanie! Cancela tus planes para que puedas conseguir a papá buenorro. Necesitamos a alguien que confirme las sospechas que hay en nuestra clase sobre lo bien dotado que está. Te regalaré un unicornio de cerámica...

> Yo: No puedo cancelar mis planes. Es una reunión con Noa Callaway. ¿Te acuerdas? ¿La novela que lleva cinco meses de retraso... de la que depende nuestro trabajo?

Me suena el teléfono. Es Meg, me está llamando a través de FaceTime. Cuando respondo, ya ha metido a Rufus en la llamada.

—¿Te vas a poner eso para una reunión con Noa Callaway? —Rufus está mirando a través de la pantalla mi chaqueta vaquera con forro polar—. A ver, está bien, pero... es Noa Callaway. Te iría mejor el traje Fendi de BD.

Me río para mis adentros, porque las grandes mentes piensan de la misma forma, pero no puedo decirle a Rufus que Noah me ha dado una especie de código de vestimenta para la misteriosa aventura de hoy en Red Hook. Vaqueros y una «chaqueta resistente».

Sé que mis amigos suponen que voy a una reunión de trabajo normal con Noa Callaway. Del tipo en las que te sientas en el despacho con un ordenador portátil cada uno, litros de café y lápices detrás de nuestras orejas.

—¿En qué fase está la novela? —pregunta Meg—. ¿Ya la ha escrito? ¿Van a poder ir mis hijos a la universidad o no?

—Todavía no —respondo—. Aún estamos dándole vueltas al concepto adecuado. Eso es lo que vamos a hacer hoy. —Me doy cuenta de que no necesito infundir optimismo en mi voz. Que ya me siento optimista. Sé que Noah y yo no tenemos una idea todavía, pero en Los Claustros pareció que la inspiración estaba a la vuelta de la esquina.

—¡No me puedo creer que Noa Callaway tenga un bloqueo del escritor! —Meg niega con la cabeza mientras da la vuelta a las tortitas—. Tal vez está atravesando la menopausia y no tiene muchas ganas de escribir escenas de sexo. La libido de mi hermana durante la menopausia directamente... —Silba, imitando el sonido de una bomba cayendo—. Ay, *necesito* las escenas de sexo de Noa Callaway. ¡El mundo entero necesita las escenas de sexo de Noa Callaway!

—Lanie, tienes que solucionar esto —interviene Rufus—. ¡Envíale a un gigoló! —Esa sonrisa tremendamente hermosa que tiene se extiende por su rostro—. Sabes que ya se ha hecho antes. En la década de los sesenta, seguro que los editores contrataban a trabajadores sexuales para los autores que tuvieran bloqueo del escritor.

—Te aseguro que estoy en ello. No en el gigoló, sino en el tema de la inspiración. Y llego tarde, así que...

—Espera —me detiene Rufus, mirando a la pantalla con los ojos entrecerrados—. ¿Te has acostado con alguien anoche? Estás sonrojada y con cara de felicidad.

—Oh, Dios mío —dice Meg—. ¡Y te has negado a conocer al papá más buenorro de todos los padres buenorros! ¡Porque te acostaste con alguien! ¿Quién es? ¿Sigue en tu apartamento?

Pongo los ojos en blanco, pero cuando me miro una última vez en el espejo, tengo que reconocer que tienen razón. Estoy ruborizada y feliz.

—Solo estoy emocionada. —Esa es la palabra correcta, ¿verdad?—. Tengo la extraña sensación de que Noa y yo estamos a punto de lograr algo maravilloso. Estoy... roja y feliz porque pronto nacerá una nueva historia de amor. —Les sonrío—. ¡Tengo que irme!

—¡Tonterías! —exclama Meg mientras corto la llamada.

Noah me dijo que me reuniera con él en Red Hook a las diez de la mañana, en un tráiler el doble de ancho de lo normal que hay detrás de Ikea.

Cuando llego, llena de preguntas y con mi chaqueta resistente, hay una mujer sentada en una silla de jardín frente al tráiler, que me saluda con la mano como si me estuviera esperando.

—Lanie, soy Bernadette. —Se presenta antes de ponerse de pie y tenderme la mano. Tiene unos sesenta y tantos años, es rolliza, con una melena rubia al viento, ojos maquillados al estilo ahumado, una sonrisa de oreja a oreja y un parche en su chaqueta de cuero en el que se lee: «Iron Butt Association*»—. Puedes llamarme «B».

—¡Eres la tía B! —exclamo, recordando lo que Noah me dijo sobre las mujeres con las que se crio.

Su sonrisa se ensancha aún más.

—¿Te ha hablado de mí? —pregunta con una voz ronca y nasal que me recuerda a la de Dolly Parton—. Supongo que es lo justo, porque he oído un montón de cosas de ti.

—¿En serio?

—Tú eres la editora. La «editora mágica» como te llama él. ¡Maldita seas, Bernadette! —Se da dos palmadas en la mejilla bronceada—. Si se entera de que te lo he dicho, me matará.

Me ha hecho mucha ilusión que me diga eso. En mis mejores días, tengo la sensación de que editar es como canalizar la magia. Me alegro de que Noah me llame así.

—Será nuestro secreto —le digo a Bernadette—. Y bueno, ¿qué vamos a hacer hoy? —Echo un vistazo a los dieciocho camiones aparcados en el muelle de carga de Ikea—. ¿Acaso Noah quiere escribir una novela sobre camioneros a los que no les ha sonreído la suerte?

—¿No lo sabes? —Bernadette ladea la cabeza—. Bueno, mejor que te lo explique él —comenta, haciendo un gesto por encima de mi hombro.

Miro hacia atrás y veo a Noah, que está atravesando el muelle de carga, viniendo hacia nosotras.

Lleva unos vaqueros rotos, una camiseta blanca y botas negras. No sé si es por el tiempo que pasamos juntos el fin de semana pasado o por el curso natural de seguir adelante después de mi ruptura con Ryan, pero hoy Noah me parece distinto.

---

* La Iron Butt Association es una organización con sede en los EE. UU. dedicada a la conducción segura de motocicletas de larga distancia, que suele organizar retos y carreras. De ahí el nombre, «Iron Butt», en español 'trasero de hierro', por el aguante que hay que tener al estar tantos kilómetros subido a una moto. (N. de la T.)

Puede que solo se deba a que es la primera vez que me permito disfrutar del espectáculo que ofrece: ese andar relajado, la fina tela de la camiseta que al caminar revela un pecho definido y musculoso que no me esperaba, el pelo brillando bajo el sol... Cuando nuestros ojos se encuentran, no aparto la mirada. Y después, en el momento en que nos alcanza, me quedo un instante sin aliento.

—Buenos días —me saluda con esos ojos verdes radiantes—. ¿Lista para montar?

—¿Montar qué?

Justo en ese momento, Bernadette sale de la parte trasera del tráiler subida a una Moto Guzzi.

—¿En serio? —jadeo.

Se me llenan los ojos de lágrimas. Intento contenerlas, sin mucho éxito.

A Noah se le demuda el semblante.

—¿He metido la pata? Pensaba que, después de lo de tu ex, querrías recuperar la sensación de ir en moto. No tenía intención de...

—No —lo interrumpo, parpadeando frenéticamente—, es una idea estupenda. Me encanta.

Sonríe aliviado.

—¿Montas en moto? —pregunto. En mi cabeza, surge una imagen de lo más interesante. Esas botas le quedan de muerte.

—Hubo una época en la que sí, pero no me vendría mal un repaso. Y resulta que hoy Bernadette va a impartir una clase magistral.

—De aquí puede salir perfectamente una historia para un libro —le digo, recordando la razón por la que estamos aquí y asegurándome de que Noah también la recuerde.

—Sí, claro. De eso se trata.

—Bien.

De alguna manera, la conversación se ha vuelto incómoda. Estamos aquí por motivos laborales. Si luego aprendo algo que hace tiempo que quiero hacer, mejor.

Bernadette apaga el motor de la moto y se baja.

—He oído que vas a hacer un viaje a Italia, Lanie.

—Un posible viaje a Italia —aclaro.

—Bueno, por si acaso, Noah me preguntó si podía prepararte para viajar por la carretera de la costa de Amalfi. Más vale prevenir que curar.

Seguimos a Bernadette al interior del tráiler que está amueblado como si fuera un aula, con algunas mesas, una pizarra blanca frente a ellas y carteles de motos en las paredes. Bernadette nos entrega un formulario de exención de responsabilidad y un paquete voluminoso que lleva por título *Seguridad en moto para principiantes*.

—Durante este primer par de horas que vamos a pasar juntas, estoy obligada por ley a aburrirte hasta decir basta —me informa—, pero luego voy a hacer que te arda el trasero.

Noah y yo pasamos la mitad de la mañana con Bernadette repasando con nosotros el material del curso para el examen escrito y la otra mitad mirándonos a los ojos mientras ella se va por las ramas y nos cuenta hilarantes anécdotas personales.

—Aprendí por las malas que es una pésima idea llorar cuando vas en moto —me dice, mirándome a los ojos—. No te quedan manos libres para limpiarte las lágrimas. Así que, Lanie —me señala con un dedo—, prométeme que nunca te subirás a una moto cuando estés triste.

Por la tarde nos ponemos el equipo necesario: guantes con protectores de nudillos, cascos y gafas. Casi no reconozco a Noah de esta guisa, lo que es una pena. Dejamos el tráiler y vamos al otro extremo del aparcamiento, donde nos están esperando tres motos.

Elijo la Honda roja porque es más pequeña y fácil de manejar. Bernadette sigue en la Moto Guzzi negra. Y Noah se queda con una elegante Suzuki urbana.

Cuando me subo a la moto, agarro el manillar y me inclino hacia delante, siento una extraña vibración recorriéndome. He montado con Ryan cientos de veces, pero la alegría de conducir una moto yo sola es una sensación nueva.

Practicamos con el motor apagado. Aprendo a ponerla en punto muerto, a soltar el embrague con suavidad y a frenar con la mano y el pie derechos.

—¿Lista para ponerla en marcha? —pregunta por fin Bernadette.

Sonrío a ambos.

—Vamos a conducir por el aparcamiento en una bonita línea recta —dice Bernadette—. Suelta el embrague. Cuando estés en equilibrio, levanta los pies. Y cuando estés lista, acelera.

El motor zumba. Pongo la moto en punto muerto, aprieto el botón de arranque y suelto el embrague, aunque, al no estar relajada, me tiemblan los brazos. Levanto los pies y acelero, pero lo hago demasiado rápido y la moto se dispara como un toro mecánico.

Se me para el corazón. De mi boca salen maldiciones que soy incapaz de descifrar. Me doy cuenta de que he perdido el control y, presa del pánico, me agarro a cualquier cosa que se pueda agarrar y golpeo todo lo que se puede golpear con la esperanza de encontrar los frenos. Y lo logro, pero demasiado rápido. La rueda trasera se bloquea y la moto se detiene bruscamente y gira a la izquierda. Los mandos se me escapan de las manos y caigo al suelo con el motor golpeándome el tobillo izquierdo. Siento un estallido abrasador de dolor extendiéndose por toda la pierna.

Un instante después, la moto se aparta de mí y veo la cara de Noah sobre la mía.

—¿Estás bien?

Estoy tan avergonzada, tan conmocionada.

—¿Cómo puedo saber si estoy bien?

Me ayuda a levantarme con cuidado y me examina de arriba abajo.

—Muévete y comprueba si es un dolor físico o un caso de orgullo herido.

Me preocupa el tobillo, pero cuando lo estiro, solo siento un dolor sordo. Se me han roto los vaqueros y, a través de uno de los jirones, veo un poco de sangre de un rasguño. Pero Noah tiene razón, lo que de verdad tengo es un esguince en el ego.

Bernadette aparece con un botiquín. Me levanto la pernera de los vaqueros y limpio el rasguño.

—Me entró un ataque de pánico —le digo.

—El miedo es el enemigo número uno de las motos —declara Bernadette mientras Noah me pasa una botella de agua—. Noah diría que esto es una metáfora de algo. —Le da un puñetazo en el brazo a modo de broma—. Hablando de ataques de pánico, deberías haberlo visto a los dieciséis años.

—No, B —dice Noah—. No hace falta que Lanie se entere de...

—El chico no sabía distinguir un acelerador de una glándula tiroidea —continúa ella, dándole la espalda a Noah para que no pueda callarla—. De hecho, él es la razón por la que obtuve mi licencia para enseñar.

—¿Tan inspirador fuiste? —le pregunto.

—¡Diablos, no! —Bernadette se ríe—. Pensé que, si podía enseñarle a él, podía enseñar hasta a una piedra. Tres días después de que le diera su primera clase, se fue a Colorado conduciendo una chatarra. ¡Su madre casi me mata, pero lo consiguió!

Intento imaginarme a Noah con dieciséis años, cabalgando por las Montañas Rocosas. Algo se retuerce dentro de mí.

—¿Por qué fuiste a Colorado?

—¿Por qué se cometen locuras? —responde Bernadette—. Por amor.

—Se llamaba Tanya —comenta Noah, haciendo una mueca de dolor al recordarlo—. Jugaba al voleibol y había ido a Colorado para jugar en una competición. Digamos que ni a ella ni a su entrenador les hizo mucha gracia que apareciera por allí.

Bernadette suelta un grito de abucheo.

—Volvió con el rabo entre las piernas. —Suspira y limpia una mancha en el parabrisas—. En fin. Enamorarse de un ser humano no es tan sencillo como enamorarse de una moto. Por eso ahora Noah se apega a la literatura y yo a las revoluciones de un motor.

Contengo la risa y me vuelvo hacia Noah, esperando que haga lo mismo. Pero cuando me mira a los ojos, me doy cuenta de que se está sonrojando, ¿o es por las dos horas que llevamos bajo el sol? Se da la vuelta y empieza a juguetear con los guantes, como si fueran algo de lo más interesante, y yo siento que mis propias mejillas se calientan.

Bernadette mira a Noah, y luego a mí.

—¿Por qué no vais a dar una vuelta con las motos por el barrio mientras preparo el recorrido para vuestro examen de conducir? No os vendrá mal practicar un poco en la calle.

—¿Te apetece? —pregunta Noah.

Yo ya estoy arrancando el motor.

Conducimos despacio por el vecindario, metiéndonos por calles tranquilas y callejones. Noah sabe por dónde ir para evitar el tráfico, y enseguida empiezo a darme cuenta de lo inteligente que ha sido Bernadette: esto me vendrá mejor para Italia que hacer círculos en un aparcamiento.

Me gusta ver a Noah en la moto. Su piel aceitunada ofrece un bonito contraste con la camiseta blanca. Tiene el pelo lo suficientemente largo como para que le asome por debajo del casco. Continúo bajando con la mirada... y me detengo en seco.

Sigo siendo su editora y todavía necesitamos una idea para su novela. Así que, por mucho que Noah tenga un aspecto tan atractivo, y por mucho que yo ahora esté lo bastante soltera como para darme cuenta, debería controlarme por el bien de nuestras carreras.

Cuando Bernadette nos hace el examen, el cielo está dorado por la luz del atardecer.

—Recuerda —dice por encima del estruendo de los motores—, mantén los ojos siempre donde quieres estar dentro de veinte segundos. No mires hacia abajo, solo hacia donde vas.

—Creo que es una metáfora de algo —le digo a Noah.

Mantengo la vista al frente mientras demuestro cómo he aprendido a girar, a zigzaguear, a cambiar de marcha suavemente y a hacer una breve parada. Es glorioso. Es agotador. Es lo más divertido y desafiante que he hecho en mucho tiempo.

Me detengo lentamente ante Bernadette, que se levanta de un salto y me abraza para decirme que he aprobado. Cuando entra para imprimir el certificado que llevaré al departamento de vehículos motorizados, me paro ante Noah, preguntándome si también vamos a abrazarnos... o no.

—Bonitos zigzags —dice—. Muy fluidos.

—Los tuyos tampoco han estado mal.

Me fijo en sus labios y me doy cuenta de que tiene uno de los dientes inferiores ligeramente torcido. Me parece tan encantador que empiezo a pensar en cosas que no debería. ¿Cómo sería tocar esos labios y dientes con mi boca?

Bernadette sale del tráiler con los dos certificados en la mano.

—¿Quién quiere tomar unas cervezas para celebrarlo?

—No sé —se apresura a decir Noah, usando ese tono seco que no he oído desde hace dos semanas—. Ya le he robado bastante tiempo a Lanie.

—Sí —digo, aunque si Noah no hubiera zanjado el asunto de esa forma, me habría encantado tomar una cerveza con Bernadette. Es muy simpática. Y me lo he pasado muy bien oyendo las anécdotas románticas de Noah de adolescente, quizá demasiado.

¿Me habrá visto Noah mirándole los labios hace un momento? ¿Le habré asustado? ¿O tiene algún plan para esta noche?

—Sí, creo que ya va siendo hora de volver a casa.

—Lo dejamos para otra ocasión, entonces —dice Bernadette antes de entregarme una tarjeta con su dirección de correo electrónico—. Más te vale enviarme fotos desde Italia.

—¡Yo nunca he dicho eso! —le insisto a Noah en el vagón del metro de regreso a casa.

—Claro que lo dijiste. —Noah se ríe. Después, con una sonrisa de oreja a oreja, se apoya en el mapa enmarcado de las líneas de metro—. Lo recuerdo perfectamente: pasaste junto a la puerta del zoológico. Yo iba detrás de ti. Te diste la vuelta, con las manos en las caderas y las mejillas rojas —está haciendo una imitación muy mala—, me miraste y entonces... ¡Oh, no!

—¿Qué pasa?

—¿No vives en la calle Cuarenta y Nueve? —Señala las puertas abiertas del metro y el letrero que dice Lexington y la Sesenta y Tres.

No es posible. *¿Se me ha pasado la parada?* ¿A mí, a Lanie Bloom, que jamás, ni una sola vez en los siete años que llevo viviendo en Nueva York, ni siquiera cuando no sabía cómo moverme en el metro, se me ha pasado la parada?

La próxima vez que abran estas puertas, estaremos en Roosevelt Island. Y después en Queens. Miro a Noah. Tomamos en silencio la misma decisión y, justo antes de que se cierren las puertas, salimos corriendo del vagón al andén de la parada Sesenta y Tres y Lex, donde nos partimos de la risa.

—¡No me puedo creer que se me haya pasado la parada! —jadeo, intentando recuperar el aliento—. Ha sido culpa tuya, por distraerme con esa horrible imitación tuya.

—Creo que es una señal —declara Noah—. Que el destino quería que dieras un paseo conmigo esta noche por Central Park.

Lo miro a los ojos y dejo de reírme. Su sonrisa me acelera el pulso.

—¡Pero si has dicho que no querías tomar una cerveza con Bernadette! Creí que... ¿No tienes ningún plan?

—No quería tomar una cerveza con Bernadette —confiesa, sin dejar de mirarme—. Pero me encantaría dar un paseo contigo.

Nos miramos fijamente durante unos tensos segundos sobrecargados, y aquí es cuando me doy cuenta. Lo que siento por Noah no es una mera atracción. Hay algo entre nosotros. Y él también lo siente.

Lo más sensato sería no ir a pasear con él ahora. Debería irme a mi casa y... darme una ducha fría. ¿En serio la gente hace eso?

Pero ¿y si este paseo se convierte en el momento de la inspiración que estamos buscando? ¿Y si renuncio a la oportunidad de estar allí, porque me preocupa haber empezado a tener fantasías con Noah en el metro?

—¿Puedo enseñarte mi lugar preferido de Nueva York? —pregunto como si nada, como si ninguna parte de mí estuviera deseando abalanzarse sobre él.

—¿El Foro Cultural de Austria? —pregunta, agachándose antes de que pueda pegarle.

Lo llevo hasta el puente Gapstow. Hace frío, pero no corre viento, una de esas noches raras en las que estoy usando la cantidad exacta de ropa de abrigo. He recorrido este camino cientos de veces, aunque nunca me había parecido tan bonito como esta noche. Nos detenemos en el centro del puente y contemplamos el estanque.

—¿Este es el lugar? —pregunta.

—Empecé a venir aquí cuando tenía veintidós años, antes de conseguir el trabajo en Peony. Me paraba en este puente a contemplar la ciudad y a entretenerme con mis sueños más locos.

—Y ahora, cuando estás aquí, ¿con qué sueñas?

—Contigo, teniendo una idea para una novela —respondo medio en broma.

—¿Esos son...? —empieza Noah, inclinándose hacia delante, y protegiéndose los ojos con la mano de los últimos rayos del sol. Sigo su mirada y los veo. La pareja que camina hacia el estanque. Van bien abrigados, de la mano, con su cesta de pícnic y su mesa plegable.

—Edward y Elizabeth —susurro.

Se vuelve hacia mí, con los ojos abiertos de par en par.

—¿Los conoces?

—Más o menos. —Y entonces...

—Vienen aquí todas las semanas —decimos ambos al mismo tiempo.

Nos miramos con asombro.

—¡Llevo años observándolos! —exclamo.

—Yo también —Noah parece desconcertado—. Deben de haber celebrado unos dos mil pícnics en Central Park.

Volvemos a prestar atención a la pareja. Ya han dispuesto el pícnic y colocado la linterna en la mesa. Están tomados de la mano, hablando, como hacen siempre antes de comer.

—Aquí está la novela —susurra Noah.

Estoy tan ensimismada con la coincidencia que tardo un momento en asimilar sus palabras.

—La novela —digo al cabo de un rato—. Espera. *¿Esta es la novela? ¿Ellos son la novela?*

Me mira y asiente. Me llevo la mano a la boca.

—¡Ya tenemos historia! —grito alegremente, con la cabeza echada hacia atrás y abriendo los brazos.

—Cuando los miro —dice entusiasmado, mientras empieza a pasearse de un lado a otro por el puente—, veo a un par de chicos de diecinueve años teniendo su primera cita.

—Continúa.

Habla rápido, emocionado.

—Veo la propuesta de matrimonio un año después, luego una ruptura y después una segunda proposición. Una boda a la que uno de los padres no puede asistir. Niños pequeños bajo los pies. Veo a los niños creciendo y mudándose. Veo traiciones, tormentas, poemas garabateados en tarjetas de cumpleaños. Mascotas. Pollo frío. Viajes a casas de los suegros, años de escasez y sábados por la mañana.

—En otras palabras —digo—, el espectáculo rapsódico de la vida al completo.

Me mira con esos intensos ojos verdes.

—Exacto.

Me recorre un escalofrío.

—¿Cómo se conocen?

Noah ladea la cabeza.

—Esa es la cuestión, ¿no?

Nuestras miradas vuelven a encontrarse. Sonrío, porque me encanta esa idea, porque él puede escribirla, porque será preciosa. Y habrá merecido la pena la espera.

Lo hemos conseguido. Contra todo pronóstico, hemos encontrado una idea. Deberíamos estar celebrándolo y, sin embargo, siento una punzada inesperada en el corazón. De pronto, me acuerdo de las palabras que dijo Noah en mi apartamento: su condición final de que, en cuanto nos pusiéramos de acuerdo con una idea, le dejaría en paz para escribirla.

Lo que significa que nuestras aventuras de las *Cincuentas maneras* han terminado. Que es el final de nuestros encuentros en persona, ahora tan agradables. Noah tiene por delante ocho semanas para escribir una novela, y yo tengo ocho semanas de espera.

Esto está bien. Esto es bueno. Esto es lo que quería. Entonces, ¿por qué tengo esta sensación agridulce?

—Qué ironía, ¿verdad? —digo—. Ambos llevamos años observando a esta pareja. ¿Crees que alguna vez nos hemos cruzado en el parque, quizá en este mismo puente, sin saberlo?

—Bueno —responde él, mirando por encima del hombro hacia el rascacielos de la Quinta Avenida.

Entonces lo entiendo. El puente Gapstow, el estanque, Edward y Elizabeth forman parte de la vistas del ático de Noah.

—¿Te gustaría ver mi despacho? —pregunta.

La puerta del ascensor se abre e, inmediatamente, aparece ante mí la biblioteca más bonita que he visto en mi vida. Los libros tienen un olor dulce y húmedo. Tres paredes están completamente cubiertas por estanterías de caoba que muestran una impresionante colección de libros. La otra pared es una ventana gigante con un solo cristal que ofrece una vista nocturna a Central Park. Exactamente la vista que siempre imaginé que vería Noa Callaway. Es perfecta.

—Esto es un poco diferente a tu casa.

—Lo compré después de que se publicara *Noventa y nueve cosas*. A Terry se le metió en la cabeza que tenía que invertir en algo, pero yo no quería mudarme de Pomander Walk. Compré este despacho como una especie de compromiso con ella.

Me llama la atención el enorme escritorio de madera, en el que se encuentra la única fotografía de la habitación. En ella sale Noah, con poco más de veinte años, sonriendo y sentado en un sofá con estampado floral, rodeado de tres mujeres de mediana edad. Una le está besando en la mejilla; me doy cuenta de que es Bernadette más joven. Otra parece estar dándole un cariñoso coscorrón con los nudillos. La miro mejor y me sorprendo al notar que es Terry. En un primer momento no la he reconocido, porque sonríe, algo raro en ella. La tercera mujer está sentada a su lado, agarrándole la mano. Tiene los mismos ojos que Noah.

—¿Es tu madre?

Asiente y se le entristece el semblante.

—Sí, esa es Calla. —Después, me indica que lo siga hasta la ventana.

Nos quedamos el uno junto al otro, frente a un telescopio. Desde aquí puedo ver el puente Gapstow. La ciudad brilla con las luces encendidas a lo largo del parque. La luna se eleva por encima del centro. Por mucho que me haya recorrido la ciudad a pie, la vista desde aquí es completamente distinta.

—¿Qué te parece? —pregunta Noah.

—Me he quedado sin aliento.

—Me refería a la idea de la novela —comenta con una sonrisa.

Me vuelvo hacia él, con el corazón latiendo a toda prisa.

—Yo también me refería a la novela.

Y es cierto, pero ahora mismo no es lo único que me está robando el aliento.

—Quiero escribir algo que te entusiasme —declara él—. Algo que te gustaría leer, aunque no tuvieras que hacerlo por trabajo.

—Leería cualquier cosa que escribieras —le digo, recuperando mi voz de editora—. Pero si eres capaz de escribir esta novela en las próximas ocho semanas, tendré la ventaja añadida de que leerte seguirá siendo mi trabajo.

—Claro que podré —me asegura él con tanta confianza que lo creo—. Y ahora ya puedes decir que sí.

—¿Decir que sí?

—Al viaje a Italia. A la presentación. Tendrás el manuscrito antes de que te vayas. Podrás editarlo a tiempo para celebrarlo con una copa de champán en el avión.

Se vuelve hacia mí. Estamos muy cerca.

—¿Y tú cómo lo vas a celebrar?

—Tengo mis maneras de hacerlo —responde.

—Pero y sí...

—Si la novela es un desastre y tienes que cancelar el viaje, asumiré la culpa frente a los italianos.

Sé que esto es en lo único en que debería haber pensado. Pero en el lapso de dos segundos, me he imaginado organizando este viaje y luego cancelándolo, y lo que se ha roto ha sido mi corazón, no el de los italianos.

No me rompas el corazón, me dan ganas de decirle, pero eso sería raro, ¿verdad?

—¿Puedo preguntar por qué te importa tanto que haga este viaje?

—Porque Positano forma parte de tu historia —responde—. Deberías ir a averiguar qué significa para ti. Si esto fuera una novela, Positano podría cambiarte la vida.

—Si esto fuera una novela, cambiaría esa última frase. —Ahora nuestros rostros están a escasos centímetros de distancia—. El indicio es demasiado obvio.

Noah esboza una lenta y sensual sonrisa.

—Y yo te pediría que la dejaras tal cual —dice—, por lo menos hasta que te leyeras el último capítulo.

—Y yo te diría: «Será mejor que te pongas a escribir».

15

—Y ahora viene el título de verano de Noa Callaway —dice Patrisse, nuestra directora de *marketing*, al micrófono durante la reunión de ventas de Peony en abril.

Han pasado tres semanas desde que Noah y yo dimos nuestro decisivo paseo por Central Park, tres semanas desde que se nos ocurrió la genial idea para su undécima historia romántica. Tres semanas de un intenso trabajo de escritura, espero. Y tres semanas desde que empecé a planificar mi viaje a Positano.

Ya tengo reservados los billetes de avión. Dentro de poco más de un mes, estaré volando a Nápoles. La editora italiana de Noa me ha invitado a una *suite* en el hotel Il Bacio, y Bernadette ha accedido a darme algunas clases más de conducir para prepararme para la carretera por la costa de Amalfi.

Noah y yo no hemos hablado, no nos hemos enviado ningún correo electrónico ni jugado al ajedrez desde que salí de su ático ese sábado por la noche. He sentido ese silencio entre nosotros como un tremendo vacío. Pero cada vez que quería ponerme en contacto con él, recordaba un simple hecho: mi sueldo depende de la entrega de esa novela. Ambos necesitamos que centre toda su energía en escribir rápido y bien.

Ni siquiera le he hablado de la reunión de ventas de hoy. Durante años, he visto a Alix tirarse de los pelos por las firmes opiniones que Noa Callaway tenía sobre sus presentaciones y los cambios que le enviaba Terry; a veces, justo antes de empezar la reunión. Noa tiene una opinión dogmática sobre todo, desde la portada, las citas promocionales, la distribución de los ejemplares de lectura, hasta la redacción del texto que irá en el catálogo. Pero hasta que entregue el manuscrito, Noah debe concentrarse única y exclusivamente en la historia de amor de Edward y Elizabeth.

Mientras tanto, yo me encargo del resto.

En el atril, el control remoto de Patrisse no funciona, por lo que la presentación de PowerPoint se atasca en la diapositiva anterior (la portada completamente diseñada de una nueva novela, *Una cama con truco*, uno de los grandes títulos de Emily Hines para este verano) y hay un murmullo entusiasta entre los empleados.

Cuando Patrisse por fin consigue pasar de diapositiva, el contraste no puede ser mayor. Ahora, todo el departamento ejecutivo de Peony mira fijamente una pantalla blanca en la que se puede leer: PRÓXIMO TÍTULO DE NOA CALLAWAY en letra negra con una fuente sencilla.

Se me cae el alma a los pies. Había pensado que, siendo esta la undécima novela que Noa publica con Peony, se puede decir que somos unos auténticos profesionales a la hora de lanzar los libros de esta autora. Nuestros sólidos planes de publicidad y *marketing* son máquinas bien engrasadas, que se modifican ligeramente cada año, según el contenido o la temática de la nueva novela. De modo que hoy esperaba poder aprovechar los éxitos anteriores, a pesar de lo poco que tengo para mostrar al equipo.

Y esto podría haber surtido efecto... si este libro no fuera ya con seis meses de retraso. En este momento, veo las dudas en los rostros de mis compañeros y me doy cuenta de que temen lo peor: tanto en lo que se refiere al manuscrito, como a mi papel en su publicación.

Siento que todos se vuelven para mirarme. Incluso Meg hace una mueca. Cuando Alix era directora editorial, cada vez que celebrábamos una reunión de ventas teníamos un titular, una portada preciosa y un manuscrito editado.

En mi defensa diré que he entregado todo el material de mis otros cuatro lanzamientos para este verano y he aprobado los planes de publicación de todo mi equipo. ¡No soy un fracaso total! Solo he fallado en la única novela con la que todo el mundo cuenta.

Esta mañana, Aude se ha quedado horrorizada por el poco material que le he entregado de Noa Callaway para distribuir antes de la reunión. Se ha pasado murmurando en francés media mañana. Todavía puedo oír la palabra *disgrâce* en mi cabeza. Quizá deberían haberle dado este ascenso a Aude, puede que ella ya tuviera a estas alturas un manuscrito.

—Sabemos que Lanie tendrá el manuscrito de Noa... en algún momento —comenta Patrisse en el atril. Los presentes se ríen nerviosos—. Hasta entonces, continuaremos con nuestras exitosas estrategias de comercialización que llevamos a cabo con las novelas de Noa en todas las plataformas. Veamos esto como una historia en proceso, ¿de acuerdo? A menos que Lanie tenga algún dato más que adelantarnos.

Cuando me levanto, mi silla cruje. Esto no estaba planeado, pero no puedo salir de mi primera reunión de ventas como directora editorial como si no supiera en qué estado se encuentra la novela más importante de Peony. Llevo semanas pensando en la conversación que tuve con Noah en el puente Gapstow. Recuerdo todo lo que dijo.

—Tenemos un título provisional —anuncio en un impulso. Me encuentro con la mirada de Sue, que, de pronto, está más atenta—. *Dos mil pícnics en Central Park.*

Sé que es un gran título tan pronto como sale de mi boca. La sala de conferencias se llena con los murmullos de los presentes.

—Puedo hacer algo con eso —dice Brandi, nuestra diseñadora de portadas, que enseguida se pone a tomar notas en su tableta—. Con el nombre de Noa Callaway en la portada, el libro se venderá solo.

—Va a ser una novela muy especial —prometo a todo el mundo—. Es una historia de amor que abarca cincuenta años. En cuanto a los personajes —sonrío mientras me imagino a Edward y a Elizabeth tomados de la mano en su mesa de pícnic—, son increíbles.

—¿Cuándo tendremos el manuscrito? —inquiere Sue. Sabe que no puedo eludir la pregunta delante de toda la empresa.

—El quince de mayo —digo con toda la confianza que puedo reunir. *Justo a tiempo para conservar mi ascenso.*

—¿Estás segura? —pregunta—. Eso implica llevar al límite nuestro calendario de lanzamientos. Si tenemos que pasarlo a otoño, afectaría al presupuesto de forma considerable...

—¡Sería una auténtica pesadilla! —grita Tony, del departamento de contabilidad, desde el fondo de la sala.

—Estará para esa fecha —prometo. Me siento con el corazón latiendo desaforado.

Mientras Patrisse pasa a la siguiente diapositiva, saco el teléfono de debajo de la mesa de conferencias y escribo el correo electrónico que me he estado resistiendo a enviar.

De: elainebloom@peonypress.com
Para: noacallaway@protonmail.com
Fecha: 13 de abril, 11:51
Asunto: Edward y Elizabeth

¿Cómo van estos dos?

De: noacallaway@protonmail.com
Para: elainebloom@peonypress.com
Fecha: 13 de abril, 11:57
Asunto: re: Edward y Elizabeth

¡Estaba a punto de escribirte!

Están cobrando vida.

¿Podríamos hablar tranquilamente del arco de los personajes? Me encantaría conocer tu opinión antes de profundizar demasiado en ellos.

Leo detenidamente todas las palabras del correo de Noa. Los signos de exclamación de la primera oración son una buena señal. Y no parece molesto por haber incumplido mi parte del acuerdo y escribirle. Pero lo de «antes de profundizar demasiado en ellos» indica que aún no se ha sumergido de lleno en la escritura. ¿Cuánto lleva? ¿Diez mil palabras? ¿Más? Y también está ese «me encantaría»...

Después de que termine la reunión de ventas, regreso corriendo a mi escritorio, tomo el teléfono y llamo a Terry, prometiéndome que hoy no voy a tolerar ninguna de sus impertinencias.

—Hola...

Es la voz de Noah. Suena más suave. ¿O es el tono que usa cuando habla por teléfono? Es la primera vez que hablamos así.

—¡Vaya! —digo—. Hola. Creía que tendría que hablar primero con Terry. Nunca respondes al teléfono.

¿Está en su despacho? ¿En el escritorio? ¿Estará contemplando las vistas de Central Park? ¿Qué lleva puesto? ¿Estará bebiendo algo? ¿Toma algún tentempié mientras escribe?

—Terry está en el dentista.

—Qué bien. Bueno, no para el dentista... Me refiero a... —¿Esto es lo que me pasa cuando no hablo con Noah durante tres semanas? ¿Que me vuelvo un manojo de nervios?—. ¿Querías hablar conmigo?

—Sí. Quiero conocer tu opinión. Tenía la esperanza de que pudiéramos quedar en algún sitio, pero... —Se interrumpe—. Me ha llamado el médico de mi madre, tengo que ir a verla. Salgo en tren esta noche. Volveré el domingo, si te parece bien...

—¿Quieres compañía?

Una pausa.

—¿En el tren?

Parece sorprendido, aunque no molesto, por eso decido insistir.

—El tren es un lugar tan bueno como cualquier otro para hablar de tus personajes, ¿verdad?

—¿Estarías dispuesta a ir a Washington conmigo en tren solo para hablar de la novela?

Ahora estoy convencida de que esto le ha tocado un poco la fibra sensible.

—Bueno, ya sabes, la última vez que estuvimos juntos en un tren sucedieron algunas cosas interesantes. —Sonrío cuando recuerdo a Noah sacando su navaja suiza e irrumpiendo en la casa de Ryan—. También puedo comprarte un sándwich de atún y cebolla, o algo que huela igual de fuerte.

—Si te reúnes conmigo en Penn Station en dos horas, te llevaré la mejor sopa *wonton* de huevo batido que hayas comido en tu vida.

—Bueno, no le contaré a la madre de mi amiga Meg esto que has dicho. Te veo en Penn Station.

Cuando cuelgo, tengo una sonrisa de oreja a oreja.

—Olvídate de la edición —dice Noah mientras abre la sopa—. Porque esos *wonton* te van a volver loca.

Salimos de Penn Station con los portátiles abiertos sobre la mesa que hay entre nosotros y demasiada comida china para llevar para dos. Como era de esperar, los demás pasajeros mantienen una distancia prudencial (hay muchos asientos vacíos). Seguro que nos tienen envidia.

Agito el recipiente de espuma de poliestireno, inhalo profundamente, empapándome en su olor y luego le doy un prolongado y delicioso trago.

—Declaro esta sopa como la segunda mejor del país —digo con tono solemne.

Noah se lleva la mano a la altura del corazón.

—Has destrozado mi mundo.

—Hablando de tu mundo, ¿qué dilema tienes con los personajes? —Quiero asegurarme de que abordamos todos los posibles contratiempos con la novela en el transcurso de las tres horas que vamos a pasar juntos antes de que Noah baje del tren para ver a su madre. Luego tomaré el tren de alta velocidad de las 3:00 pm de regreso a Nueva York. No tiene ningún sentido, por supuesto, pero es precisamente lo que más me gusta de esta situación.

Se endereza en el asiento y deja los dedos sobre el teclado. El pelo oscuro le cae sobre los ojos y guardo la imagen de Noah Ross trabajando en mi cabeza.

—Normalmente, empiezo preguntándome qué quieren mis personajes y qué les impide conseguirlo. Así es como los voy conociendo.

—Claro. Eso es de primero de escritura creativa —señalo.

—Pero la estructura de esta novela es tan diferente, que no puedo partir de un único deseo rector que guíe a los personajes durante cinco décadas. Sé que Elizabeth es médica y Edward, poeta. Sé cuál es su aspecto, cómo caminan y qué desayunan...

—¡Vaya! ¿Y qué suelen tomar?

—Copos de maíz y una naranja en rodajas —responde él—. Por lo menos hasta que Edward cumple los cincuenta. Ahí aprende a cocinar.

—Tarda un poco.

—El problema es que como ya se tienen el uno al otro, ¿qué más pueden querer?

Pienso en la pregunta. En la vida, como en la ficción, los obstáculos definen el carácter de las personas. Los que superan y los que no. Llegar a la cima de la montaña a menudo revela un mundo inesperado. Eso me recuerda a los obstáculos que he tenido recientemente (con Ryan y con Noah) y cómo han cambiado lo que pensaba que quería.

—Quizá deberías preguntarte cómo se imaginan el resto de sus vidas —sugiero—. De ese modo podrías explorar las escenas en las que se acercan a esa vida. Y las escenas en las que no. Su historia de amor puede ser lo contrario a lo que habían planeado. —Suelto un suspiro—. Eso sería lo divertido del asunto, demostrar lo equivocados que estaban. Encontrar la belleza de sus errores.

—Me gusta —reconoce Noah—. Y puede funcionar, porque él es temperamental. Un hombre que se las arregla para seguir sorprendiendo a su esposa, incluso después de décadas de matrimonio.

—Bueno, aprender a cocinar a los cincuenta años me sorprendería hasta a mí. Y si ella es médica... —me acuerdo de mi madre—, es meticulosa, ambiciosa, generosa y testaruda.

Noah levanta la vista del portátil y me mira.

—¿Qué es lo que desea? ¿Qué es lo que quiere cuando se para en el puente Gapstow y se permite soñar a lo grande?

Cierro los ojos. ¿Qué quería mi madre? Solía pensar que era poner el listón alto para todos los que quería, darnos algo a lo que aspirar. Pero últimamente he empezado a verlo de un modo distinto. No creo que las últimas palabras que me dijo fueran un desafío, sino más bien una señal de su fe en mí. Creo que mi madre en ese momento *ya* creía que yo era capaz de querer de verdad a alguien, porque al quererme de esa forma durante los diez años que estuvimos juntas, me enseñó cómo hacerlo. Creo que sus palabras fueron un paracaídas, guardado, pero siempre listo para abrirse cuando yo estuviera lista para saltar.

—Más —le digo a Noah—. Quiere más tiempo. Más recuerdos. Más risas. Más momentos insignificantes que no crees que vas a recordar pero que, al final, los recuerdas. No quiere que esto termine. Quiere más tiempo de lo que ya tiene.

Noah golpea las teclas como Rachmaninov. Escribe durante varios minutos sin parar.

—Esto era justo lo que necesitaba. —Cuando me mira, sus ojos tienen un brillo de entusiasmo—. No sé cómo lo hiciste, Lanie, pero conseguiste que volviera a escribir.

—Bueno, fue gracias a mi lista de *Cincuenta maneras.*

—Sí, debió de ser eso. —Me lanza una mirada que no puedo descifrar. Tomo un segundo rollo de huevo.

—Por cierto, están riquísimos.

Noah sonríe y también se hace con uno. Durante un instante, masticamos alegremente. Me parece el momento adecuado para hablarle de la reunión de ventas de esta mañana.

—Pues... hoy he sugerido un título...

Frunce el ceño preocupado. Una expresión que no le he visto desde los primeros días en que nos conocimos.

—Lo siento —continúo—. Debería habértelo consultado antes, pero estaba en medio de una reunión y, si te soy sincera, a todo el mundo le ha encantado. Y creo que es bastante bueno.

Noah niega con la cabeza.

—Ya tengo un título.

Me preparo. Todo el mundo sabe que Noa Callaway no es muy buena a la hora de inventarse títulos.

—*Dos mil pícnics en Central Park* —dice.

Exhalo, me río y hago un gesto con las manos mostrándole mi sorpresa. Noah sonríe de oreja a oreja.

—¿Es el mismo que el tuyo? —pregunta. Yo asiento—. ¡Vaya, a la primera! Con Alix siempre ha sido una batalla.

—Recuerdo que una de las primeras cosas que hice como su asistente fue reservarle un retiro de fin de semana en Nuevo México, donde pudiera conseguir un poco de peyote y calmarse después de la pelea que tuvo contigo por *Cincuenta maneras*.

—¿Así que ahí fue donde se fue? —Se ríe.

—En ese momento empecé a imaginarte con el aspecto de Anjelica Huston de joven con dos caras. La de una mujer magnífica y la de una auténtica bruja.

Espero que se ría con esto, pero Noah se mira las manos.

—¿No te gusta Anjelica Houston?

—No es eso —dice—. Ojalá no hubieras esperado tanto para conocer a mi verdadero yo. Nos habría ahorrado unos cuantos baches.

—No pasa nada —le tranquilizo. Porque ahora todo va bien. Pero Noah tiene razón, el camino ha estado lleno de baches durante un tiempo—. Aunque me he estado preguntando: ¿por qué eres tan inaccesible incluso para la gente de Peony?

—Cuando Alix compró *Noventa y nueve cosas*, decidió mantener mi género en un segundo plano. Y tuvimos éxito, ya que en ese momento nadie me conocía. Cuando firmé el segundo contrato había tanto dinero en juego, que Sue insistió en lo de los acuerdos de confidencialidad.

Siempre creí que la decisión de mantener el anonimato era de la propia Noa Callaway, pero tiene más sentido que fuera idea de Sue.

Me mira.

—Quise contártelo en cuanto se me presentó la oportunidad. A Sue no le hizo mucha gracia, pero...

—Pasaste por encima de ella.

Asiente.

—¿Noa? —pregunto con vacilación, como si estuviera entrando al mar—. ¿Te gustaría confesárselo a tus lectores?

—Es demasiado tarde. —Niega con la cabeza—. No quiero decepcionarlos. Y tampoco quiero dejar de escribir.

—Nadie quiere que dejes de escribir...

—Tengo la sensación de que algunas personas disfrutarían si me dieran un escarnio público. —La forma en que lo dice me hace pensar que esto es algo que ha estado meditando mucho.

—¿Y si vamos por delante de ellas? —Meg ha conseguido hacer milagros más grandes que ese—. Podríamos organizar una campaña y revelar quién eres. Y coordinarlo con el lanzamiento de esta novela...

Me detengo a medida que le voy dando vueltas al asunto. Este dilema tiene un aspecto moral y otro económico. En general, que un hombre publique novelas bajo un seudónimo femenino no es un gran pecado. Pero estos libros han tenido tanto éxito que mantenerlo en secreto parece una manipulación, como si estuviéramos ganando dinero con una mentira. También tengo una responsabilidad fiduciaria con mi editorial, que pertenece y está dirigida por una mujer. Además, necesito un trabajo para vivir. Pero ¿y si lográramos reconciliar los aspectos morales y económicos? ¿Y si la honradez resulta rentable?

Me doy cuenta de que Noah no ha dicho nada y que se ha puesto un poco tenso. Así que me calmo, diciéndome que, por ahora, basta con que Noah tenga una idea para una novela. Que está escribiendo personajes complejos y convincentes. Que planea terminar el borrador en un mes.

Ya abordaremos el asunto de su seudónimo y género más adelante.

Sin embargo, a medida que el tren avanza rápidamente hacia Washington, me siento bien por haber abordado este asunto con él. Y me tranquiliza saber que a Noah no le hace muy feliz escribir con seudónimo.

—¿Puedo preguntarte algo que no tiene nada que ver con esto?

—Dispara.

—¿Cómo está tu madre?

Tarda unos segundos en contestar.

—La enfermedad avanza más rápido de lo que esperábamos. Su médico me ha dicho que necesitamos revisar los planes que teníamos y prepararnos. Podríamos haberlo hecho por teléfono, pero soy su única familia. Tengo que hacer todo lo que pueda.

—Tenía diez años cuando murió mi madre. No me puedo imaginar la responsabilidad que debe de conllevar tener que tomar decisiones sobre su cuidado.

—¿Te gustaría...? —Nuestras miradas se encuentran y clava los ojos en mí—. Da igual.

—¿El qué?

—Iba a preguntarte si te apetecería conocer a mi madre. Creo que le gustarás y, si te soy sincero, me vendría bien tener a una amiga allí conmigo. Entiendo que no puedas hacerlo, ya has perdido demasiado tiempo hoy y...

—Me encantaría. —Me halaga que piense que le voy a gustar a su madre y que me quiera allí con él.

—¿En serio? —Sonríe—. No tardaremos mucho. Después te llevaré a Union Station para que puedas tomar otro tren. No sé cómo se va a encontrar hoy. Algunos días son mejores que otros.

—Sí —respondo—. Será un honor.

El apartamento de Calla Ross en la residencia Chevy Chase House es pequeño y ordenado, más o menos del tamaño del estudio de Noah en Pomander Walk. Huele a limón y a sábanas limpias. Espero allí sola mientras él y su madre se encuentran con el médico en el centro de cuidados que hay al final del pasillo.

Hay un sillón reclinable, una cama doble, un televisor que muestra repeticiones de un conocido programa de preguntas y respuestas, y un sofá con varios proyectos de punto a medio terminar. Lo más destacado de la estancia es una enorme librería blanca cerca de la ventana que está repleta solo de libros de Noa Callaway. Su madre tiene todas las ediciones extranjeras: la copia turca de *Noventa y nueve cosas*, *Veintiuna partidas con un extraño* en hebreo, incluso la edición brasileña de *Doscientas sesenta y seis promesas* que acaba de salir. La saco del estante y examino la portada, muy diferente del impactante diseño de Peony. No tengo tantos títulos de Noa Callaway en mi despacho, ni tampoco la biblioteca de Noah en la Quinta Avenida.

Me invade una sensación de malestar, y cuando me paro a pensar en ella, me doy cuenta de que es envidia. Tengo envidia de esta muestra de orgullo maternal. De todas las cosas que más echo en falta de mi madre, la que más añoro es sentir que ella hubiera estado orgullosa de mí.

Llaman a la puerta. Cuando me doy la vuelta, veo a Noah empujando la silla de ruedas de su madre por el umbral. Calla es delgada y frágil, pero lo que más me asombra es lo mucho que se parecen ambos. Tiene los ojos de Noah, no solo del mismo tono verde, sino también la forma, el brillo y la intensidad de su mirada. Tiene el pelo rizado como él, aunque largo y gris plateado. Noah también ha heredado de ella la nariz, y la misma sonrisa lenta y cautelosa que está esbozando en mi dirección ahora mismo.

Pongo mi mano en la de ella.

—Señora Ross.

—Llámame Calla, cariño.

—Encantado de conocerte, Calla.

Noah se sienta en el sofá frente a su madre. Dejo la edición brasileña en el estante y me uno a él.

Calla hace un gesto hacia los libros.

—A mi hijo le encantaban estas historias cuando era pequeño.

Miro a Noah, sin saber qué responder. Su rostro no revela nada y siento una enorme pena por él. Por mucho que lamente no haber tenido una relación con mi madre de adulta, no puedo imaginarme lo que habría sentido si ella se hubiera olvidado de mí.

—A mí también me encantan —confieso.

La sonrisa de Calla se ensancha aún más.

—¿Cuál es tu preferida?

Me acerco a ella y bajo la voz.

—He oído que Noa Callaway está escribiendo una nueva novela. Por lo visto va a ser la mejor que ha publicado hasta la fecha.

—¿Lo sabías? —le pregunta Calla a Noah—. ¡Una nueva novela de Noa Callaway!

—Lo creeré cuando la vea —replica Noah, mirándome.

—Mi querido niño, me tienes preocupada. El amor nunca es tan sencillo como en las páginas de un libro.

—Mamá —dice Noah, medio en broma, medio en serio para que no siga por ese camino—, Bernadette ya me avergonzó bastante delante de Lanie el mes pasado. Por favor, déjame conservar un poco de dignidad.

Miro a Calla, pero cuando veo su mirada inexpresiva sé que no se acuerda de quién es Bernadette. Pienso en la foto del despacho de Noah, con todos sonriendo, cuando eran jóvenes y gozaban de buena salud. Me fijo en Noah, preguntándome qué estará pasando por su cabeza, pero aparta la mirada.

—Qué bien, cariño —dice su madre al cabo de un rato, con un tono aún más distante—. ¿Has desayunado ya? He dejado los copos de maíz sobre la mesa.

Una hora más tarde volvemos a Union Station, y siento que nuestra relación ha cambiado, como si hubiéramos estado pasando por algo juntos. Noah se va a quedar en Washington a pasar la noche, pero primero me ha acompañado hasta la estación de tren. Me hace un gesto para que espere y entra en un puesto de periódicos. Un momento después regresa, sujetando una botella de agua y dos chocolates de menta, y me los mete en la bolsa de lona que me cuelga del hombro.

—¿Cómo sabes que me encantan? —Bajamos las escaleras hasta la plataforma. El embarque ya está en marcha. Ojalá tuviéramos más tiempo.

Se rasca la barbilla.

—Creo que por un correo que me enviaste en la tarde del veintitrés de octubre del año dos mil...

—De acuerdo, sabelotodo...

—Me lo dijiste una vez, y me he acordado...

—Porque somos amigos desde hace siete años —completo la frase que ha estado a punto de decir.

—Y seguimos sumando años.

Nos paramos frente al tren. Noah se vuelve y me mira a los ojos. Estamos tan cerca que me siento un poco mareada.

—Gracias por lo de hoy —dice—. Espero que no te haya resultado demasiado raro.

—En absoluto. —A mí también me gustaría darle las gracias, pero no me salen las palabras adecuadas. Hoy he tenido un buen día. Conocer a Calla Ross ha sido inesperado y esclarecedor. Me ha tocado el corazón verla con Noah, el vínculo familiar tan íntimo que comparten.

Parece cansado, y lo entiendo. Recuerdo lo poco que dormí el año que perdí a mi madre. Le queda un camino duro por delante cuidando a Calla y quiero que sepa que estoy ahí para él.

Me acerco a él y lo abrazo, presionando la cara contra su pecho. Suelto un suspiro al sentir sus brazos rodeándome. Es cálido y sólido y, por alguna razón, no se parece en nada a lo que esperaba. Quizá solo estoy sorprendida por la forma en que me devuelve el abrazo. Como si fuera algo natural. Como si lo hubiéramos hecho antes. Me deja sin aliento y me doy cuenta de que no quiero subirme al tren.

¿Y si me quedo? ¿Y si...?

—¡Todos a bordo! —grita una voz desde el tren.

—Buenas noches, Lanie —me dice Noah al oído mientras el conductor toca la bocina—. Gracias de nuevo.

Nuestros brazos se separan. Me aparto de él con desgana y me subo al tren.

16

Cuando Meg entra en su despacho la mañana del quince de mayo, enciende la luz y pega un salto al verme acurrucada en posición fetal en su sofá con estampado de cebra.

—¿Te importa si me escondo aquí durante las próximas seis u ocho horas?

—Por supuesto que no —responde, arrojando su impermeable y su bolso—. ¿De quién te estás escondiendo? ¿Están de nuevo las hermanas de Aude por la ciudad?

Niego con la cabeza.

—¡Oh, es verdad! —Meg abre los ojos de par en par—. ¡Es el día de la entrega del manuscrito de Noa Callaway!

—Cada vez que oigo pasos, creo que es el mensajero de Brinks con el maletín de metal. La tensión me está matando.

Meg enciende el ordenador mientras da un sorbo al enorme moka de la cafetería de enfrente.

—Solo piensa que, a las seis de la tarde, estarás acurrucada con Alice, leyendo el manuscrito con total deleite y todas tus preocupaciones habrán desaparecido. Pero será mejor que te lo leas rápido, porque después del cuento *Buenas noches, Luna,* mamá irá a tu casa a tomarse un trago contigo y a ayudarte a hacer las maletas para tu viaje a Italia.

Me siento en el sofá.

—Meg, tengo que contarte algo.

—No quieres que hagamos las maletas borrachas.

—No, no es eso.

Está comprobando la bandeja de entrada de su correo electrónico y no está pendiente del todo de mí.

—¿Es sobre Noa Callaway?

Me levanto y cierro la puerta del despacho. Luego me siento frente a ella con las manos cruzadas sobre su escritorio. Ahora sí tengo su atención por completo.

—Oh, oh —se lamenta Meg—. ¿No... no va a entregar el manuscrito a tiempo para el verano?

—Ella no va a entregar el manuscrito a tiempo para el verano —respondo.

Meg escupe su sorbo de moka.

—*Él* va a entregar el manuscrito a tiempo para el verano —digo.

Meg se limpia la boca.

—¿Qué?

—Noa Callaway es un hombre. Físicamente hablando. Con vello facial, nuez de Adán y todo lo demás. —Hago algunos gestos con las manos—. Y no puedes decirle a *nadie* que te lo he contado.

Meg se echa a reír, mueve la mano para decirme que deje de tomarle el pelo... y luego se queda petrificada.

—¡Oh, Dios mío! No estás de coña. ¿Cómo? ¿Qué? ¿Cuándo? *¿Quién?*

Me levanto y me pongo a caminar por la habitación.

—Su verdadero nombre es Noah Ross. Me enteré hace solo tres meses. Justo después de mi ascenso. Un ascenso que Sue seguía diciendo que era provisional, así que no podía contártelo hasta que no tuviera el manuscrito. Pero ahora, bueno, aquí estoy. Suponiendo que lo entregue, suponiendo que la novela sea buena, me gustaría investigar cómo contárselo a sus lectoras.

—Entiendo —dice, levantando una mano—. La complicidad, el patriarcado, etcétera.

Asiento con la cabeza. Me siento cada vez más obligada a decir la verdad, a mostrar a todo el mundo lo que he visto en él.

—¿Me puedes ayudar?

La miro, buscando la seguridad y experiencia de Meg. Pero Meg ya está apretando el botón del ascensor imaginario en su garganta, tratando de calmarse.

—Vamos a dedicar unos segundos a tomar una respiración purificadora juntas.

—De acuerdo.

Ambas inhalamos lentamente. Exhalamos. Y volvemos a hacerlo. Enseguida, Meg vuelve a entrar en modo profesional.

—Vamos a comenzar con la primera pregunta que se hacen en cualquier departamento de prensa. —Suelta un suspiro—. ¿Cómo es? ¿Es de los que juegan al GTA en el sótano de su madre con una boa constrictor y una bolsa de Doritos? ¿Es un exhibicionista con gabardina? ¿Le gusta torturar perros? Porque no puedo hacer milagros...

¿Cómo puedo describir a Noah Ross? ¿Cómo se lo puedo vender a Meg de forma que lo vea como un activo? En los últimos tres meses, Noah me ha mostrado tantas facetas asombrosas de su persona que no sé ni por dónde empezar. ¿Debería contarle lo de las clases de moto? ¿Lo de nuestro allanamiento en Washington? ¿Lo de la librería de Calla Ross en la residencia de ancianos? ¿Debería hablarle de Javier Bardem comiendo *sushi*? Entonces me acuerdo de que Meg ya lo conoce.

—Es el Hombre del Año.

—No-me-digas. —Meg cierra los ojos—. Ahora sí te estás quedando conmigo.

—No podía contártelo. Ni siquiera puedo contártelo ahora.

Abre los ojos.

—Pero por fin todo tiene sentido. *Por eso* estuvo en la presentación. Por eso te escondiste de él en el aperitivo de crisis. No lo deseabas en secreto, ¡estabas trabajando con él en secreto!

—Bueno, sí.

Me hace gracia que lo explique de esa manera, porque no es que no desee a Ross. Sobre todo este último mes, en el que apenas nos hemos enviado correos y no nos hemos visto..., digamos que he tenido un par de sueños bastante explícitos. Pero no puedo decírselo a Meg, no ahora. No puede estar apretando el botón de su garganta cada dos por tres.

—Y *él*, Lanie, ¿quiere hacerlo público?

—Todavía lo estamos... discutiendo. —Noah envió un par de correos electrónicos tanteando los detalles. ¿Lo filtraríamos a los periódicos? ¿Escribiría un artículo? ¿Haríamos entrevistas? ¿Juntos? ¿Cómo de cerca saldría la noticia de la publicación de la novela? ¿Qué tono usaríamos para sacarlo a la luz? ¿Cuál sería nuestro salvavidas si todo se fuera al garete?

En los correos electrónicos que le devolví, fingí indiferencia, optimismo y me mostré un poco imprecisa en las respuestas. Lo cierto es que necesito que la privilegiada mente de Meg elabore una estrategia conmigo. Y luego está Sue...

—¿Y Sue? —pregunta Meg.

Aparto la mirada y chasqueo los pulgares.

—Creo que prefiere mantener las cosas como están.

Meg resopla.

—Entonces vas a necesitar un manuscrito de la leche para convencerla.

Asiento con la cabeza.

—Y Noah tiene que querer hacerlo. De forma inequívoca. Si ese es el caso y logras convencer a Sue de que no nos despida a todos, creo que podemos dar la noticia a la prensa a nuestro modo. —Tamborilea con las uñas sobre la mesa, pensando—. Lo que no nos conviene de ningún modo es que el *Post* saque la primicia; el titular acabaría con nosotros.

—«El tipo escribe como una mujer».

—La revista del *New York* estaría bien, o podríamos ver si Jacqueline puede hacerlo para el *Times*. Para el *marketing* habrá que contar con Patrisse.

La abrazo desde el otro lado del escritorio.

—Gracias, Megan.

—Va a ser como una migraña descomunal. —Niega con la cabeza y da otro sorbo al café—. Recemos para que esta novela sea tan buena que merezca la pena.

Mi teléfono vibra con un mensaje de Aude: «Adivina qué ha llegado». Después, aparece una foto del maletín de metal de Brinks sobre mi escritorio, con un jarrón de cristal con tulipanes dorados encima.

—Haré algo más que rezar. —Le muestro a Meg el teléfono antes de regresar corriendo a mi despacho.

He transferido todas mis llamadas, cerrado la puerta y activado la respuesta automática al correo electrónico. Fuera está lloviendo, lo que es una ventaja, ya que mis auriculares con cancelación de ruido están reproduciendo sonidos relajantes de ríos.

He encendido una vela aromática, atenuado las luces del techo y me he servido una taza de té rojo de la enorme tetera que he preparado. Normalmente, la primera lectura que hago de un borrador es una experiencia muy cercana a la felicidad. Estoy lista para dejar este mundo, con todas sus preocupaciones, y entrar en el de Edward y Elizabeth.

CAPÍTULO DOS MIL

Se estaba poniendo el sol, como siempre que iban a Central Park. El caviar brillaba en su tarrina. Edward pasó un *blini* por encima y le ofreció el primer bocado a su esposa.

—Feliz aniversario, Collins. —El apodo cariñoso con el que Edward solía dirigirse a ella era su apellido de soltera; así fue como se habían presentado la primera vez que se vieron y habían mantenido esa costumbre con el tiempo—. Por otros cincuenta años más.

—¿Crees que al morir ves pasar tu vida por delante de los ojos como un destello? —preguntó Elizabeth, limpiándose los labios con la servilleta. Habían hablado de su mortalidad desde la primera cita. Al fin y al cabo, su marido era poeta. Pero últimamente, el tono de las conversaciones había cambiado. Su hermana había muerto hacía un mes, y el mejor amigo de su marido había fallecido la primavera anterior.

—Espero que no sea solo un destello —dijo él—. Me gustaría probar el caviar. —Se acercó a ella—. Y tus labios.

¿Cómo era posible que después de llevar cincuenta años con el mismo hombre, sus besos todavía la excitaran tanto? La respuesta era que no siempre había sido así, no en todo momento. Se habían dado besos por el bien de los niños («¿Ves cómo se quieren papá y mamá?»). Se habían besado en los escenarios, después de que uno de los dos pronunciara un discurso tras recibir un premio. Y también hubo besos durante todo un verano en el que muy bien podría haberlo escupido a la cara. Y hoy, a los setenta y siete años, lo más sorprendente de todo era que Edward todavía podía besarla en Central Park y hacer que quisiera llevárselo directamente a la cama.

—¿Cuál de nuestros pícnics te gustaría revivir al final? Plenamente.

—¿Quieres que haga una lista de mis pícnics favoritos? Estaríamos aquí toda la noche.

Ella bebió un sorbo de vino y le sonrió.

—Entonces cancelaré mis otros compromisos.

Edward dio otro mordisco al *blini* y miró hacia el otro lado del lago, donde una encantadora jovencita cruzaba el puente Gapstow corriendo.

—Está bien, ¿quieres que te diga cuáles son mis favoritos? Pues podemos empezar con el pícnic de la semana pasada.

—¿Eso es porque ya te está empezando a fallar la memoria? —bromeó Elizabeth.

Él le agarró la mano por encima de la mesa.

—Es por el vestido rojo que llevabas.

Cuando llego al final de la primera escena, exhalo el aire que no sabía que estaba conteniendo. Me encanta que Noah haya decidido empezar la novela con un prólogo ambientado en el presente y antes de regresar al pasado y contar cómo se conocieron.

Y también siento un enorme alivio por cómo ha caracterizado a los personajes. Tenía mucho miedo de que convirtiera a *mi* Edward y a *mi* Elizabeth en una pareja que no reconociera. Pero en esta escena inicial, los amantes que he admirado durante tanto tiempo me parecen reales. Se parecen a las personas que esperaba que fueran, tan vivaces en las páginas como siempre me imaginé que serían cuando los observaba maravillada desde el puente Gapstow.

¿Y un momento? ¿He hecho un cameo en la primera página?

Sonrío y sigo leyendo, esperando que la siguiente escena trate sobre un Edward y una Elizabeth mucho más jóvenes.

Sin embargo, el capítulo mil novecientos noventa y nueve tiene lugar solo una semana antes que el anterior. Es corto y está contado desde el punto de vista de Edward, y sí, le gusta muchísimo ese vestido. Sigo leyendo, sintiendo curiosidad por esta estructura. Enseguida me doy cuenta de lo que ha hecho Noah.

Ha escrito la historia al revés.

Como lectora, me parece algo emocionante. Como editora, me aterroriza. Es una apuesta ambiciosa y va a costarle mucho conseguir que toda la historia cuadre. Es como lanzarse de espaldas desde un acantilado al océano. Se necesita confianza y que las aguas sean lo suficientemente profundas.

Continúo leyendo, embelesada por la historia. Fuera empieza a oscurecer, mientras experimento el amor de Edward y Elizabeth al revés. Los hijos adultos se convierten en embarazos, luego en destellos en los ojos de los amantes. Carreras de éxito que dan paso a períodos de aprendizaje y errores de novatos. Hay un verano en el que Edward y Elizabeth se pasan todos los pícnics discutiendo. Leyendo esta época desde el final hasta el principio, encuentro una enorme belleza en la manera en que confían en el amor para perdonarse, incluso cuando todavía no sé en qué ha consistido la traición. Noah ha incluido algunos poemas de Edward, y me emociona descubrir que se ha inspirado en los de mi abuelo. Hay una escena tórrida en la parte trasera de un taxi. Y otra, aún más apasionada, en una cabaña frente a una playa de México. Sé que estoy sola en mi despacho, pero cuando las leo me sonrojo y no puedo dejar de pensar en Noah como Edward.

Antes de darme cuenta, la tetera está vacía, la batería de los auriculares se ha agotado y he llegado al último capítulo. Casi me siento triste por estar aquí, pero estoy deseando saber cómo termina, o mejor dicho, cómo empieza.

Paso la página.

CAPÍTULO UNO.

Pero el resto está en blanco.
¿Se tratará de algún error tipográfico? ¿O Noah todavía no ha escrito cómo se conocieron Edward y Elizabeth?

Por la noche, bajo una lluvia torrencial, me recorro tres tiendas de comestibles caras antes de encontrar la canasta para pícnic a cuadros rojos y blancos que tenía en mente. Ahora, en Zabar's, me gasto un riñón en llenar la canasta con pollo frito, pepinos en escabeche, galletas con queso cheddar y una buena botella de zinfandel de California; la comida y bebida favoritas de Edward y Elizabeth en la novela de Noah. También añado una bolsa de zanahorias ecológicas para Javier Bardem.

Un breve resumen de mi día: desde el desayuno, he violado mi acuerdo de confidencialidad (por segunda vez) al contarle a Meg lo de Noah, he editado la novela que podría salvar mi carrera y he reflexionado sobre el asunto que podría acabar con ella: la posibilidad de que Noah quiera firmar este libro con su nombre. Le he enviado un correo electrónico a Sue para informarle de que el manuscrito es increíble y que lo he enviado para las lecturas previas. Su respuesta ha sido inmediata: «Felicidades, directora editorial». Y ahora, en lugar de ir a casa a hacer las maletas para mi viaje transatlántico de mañana, le estoy preparando un pícnic sorpresa a Noah como una muestra de mi amor y gratitud por esta novela. El tiempo hará que solo sea un pícnic de salón, pero ya sabéis, lo que cuenta es la intención.

Con mis presentes debajo de mi paraguas maltrecho, toco el timbre de la puerta de entrada a Pomander Walk.

—¿Sí? —Su voz en el intercomunicador suena algo metálica.

—¡Soy Lanie!

Hay una pausa. Me parece larga. Demasiado larga. ¿Estará esperando a que le diga por qué he venido? Sería comprensible. Pero, ¿cómo se lo explico? ¿Por qué no lo he llamado antes de venir?

Entonces, de pronto la puerta vibra y se abre. Entro y subo las escaleras. Me está esperando junto a la vieja farola que hay en medio del jardín. Está descalzo y se le está mojando la camisa. Me acuerdo del abrazo que nos dimos en la estación, la última vez que nos vimos. No me importaría repetir...

—Estás empapada —dice y me hace señas en dirección a los escalones de su entrada.

En cuanto entramos, Noah cierra la puerta a la tormenta, hay tanto silencio que siento escalofríos y se me olvidan todas las cosas bonitas que iba a decirle sobre la novela.

—Estás aquí por el último capítulo —comenta.

—¡Y porque me ha encantado la novela!

—¿Ah, sí? —Parece sorprendido.

—Toma, para celebrarlo. —Le entrego la cesta. Él me ofrece una toalla. Mientras me seco, lo veo abrir la canasta y estudiar su contenido. Sonríe, pero es una de esas sonrisas cautelosas de los primeros días.

—¿No te vas mañana a Italia?

Está muy serio.

—Sí, dentro de una hora he quedado con unos amigos para tomar algo mientras me ayudan con las maletas.

—No te entretengo entonces. —Mira su teléfono y teclea algo. Un detalle que me parece un poco maleducado por su parte.

—Oh. —Quiere que me vaya. ¿Es demasiado obvio que quiero quedarme? Debería irme. Ahora mismo. Pero...—. Aunque también me estaba preguntando dónde está el último capítulo.

Se guarda el teléfono en el bolsillo y me mira. Me parece ver un destello de culpa en su rostro, pero no estoy segura.

—Estoy en ello. Lo tendrás a tiempo cuando vuelvas de Italia.

—Me parece... bien.

Me paro en su alfombra de bienvenida y miro por encima de su hombro a la mesa de mármol en la que comimos *sushi* y jugamos al ajedrez, como dos seres humanos que no se sentían completamente incómodos. Ahora aquello me parece una realidad paralela. ¿Qué he hecho mal?

—Me voy —agrego—. Solo... una cosa más.

Esta vez, cuando me mira, su mirada es más intensa, atrayéndome. Siento como si otro rayo me atravesara y en mi cabeza se cuela una imagen de mí, saltando a sus brazos y envolviendo mis piernas alrededor de él.

—Creo que esta podría ser *la adecuada* —le digo—. La que se publique con tu nombre real.

—Tengo mucho en qué pensar, Lanie —comenta Noah, abriendo la puerta de su casa—. ¿Te parece bien si me pongo en contacto contigo cuando esté listo?

—Por supuesto. —*Dime todo lo que te está pasando por la cabeza. AHORA*—. Sin problema. Tómate tu tiempo.

En su teléfono suena una notificación. Lo saca y da la vuelta a la pantalla para que pueda verlo.

—Te he llamado a un Lyft —dice. Agarra mi paraguas y lo sujeta sobre mí mientras me acompaña—. No quiero que llegues tarde a la reunión con tus amigos.

—Gracias.

Supongo que cuando antes ha estado mirando su teléfono no estaba siendo maleducado. Creo que, en realidad, estaba siendo amable. Me habría quedado aquí fuera, bajo la lluvia, como una imbécil antes de pensar en llamar a un taxi. Aun así... ¿por qué no quiero irme?

Noah señala el vehículo y me ayuda a entrar.

—Gracias por el pícnic —se despide—. Pásatelo bien en el viaje.

—Tengo vodka, comida de Veselka y a Viggo —anuncia Meg cuando aparece en mi puerta a las nueve y media de la noche después de conseguir acostar a sus hijos.

—A y B —digo mientras agarro la bebida y la bolsa de *pierogi* de mi restaurante ucraniano de comida rápida favorito.

—C —Rufus estira la mano por encima de mi hombro para tomar el DVD de *El señor de los anillos*. Ha llegado media hora antes para que pudiera explicarle los conceptos básicos del cuidado de las tortugas para que se encargue de Alice durante mi ausencia. Y también para poder burlarse de mi estrategia a la hora de hacer las maletas, que ha definido más como una tragedia que como una estrategia. A estas alturas, ya ha enrollado todas mis camisetas y las ha colocado en un pequeño rincón de la bolsa de viaje Louis Vuitton que BD compró en París en la década de los setenta.

—¿Llevas el pasaporte? ¿El adaptador de viaje? ¿El bikini?

—Todo metido —confirmo—. Justo al lado de mi nuevo carné para conducir motos.

—Eso es algo que me tiene muy preocupada —comenta Meg—. Se supone que se trata de unas vacaciones, no de un espectáculo de acrobacias. ¿Dónde está la maleta Tumi que te obligué a comprar en el *outlet*?

—No cabe en una moto —respondo, ignorando el escalofrío de horror de mi amiga—. Pero con este cordón elástico, debería poder atar la Louis Vuitton al portaequipajes de la Ducati. Daré un par de vueltas al cordón.

—No tienes ni idea de si va a funcionar —señala Rufus.

—Ni si vas a necesitar más de uno —añade Meg.

—Para eso están las aventuras —digo mientras sirvo tres tragos de vodka.

—¿Para tirar tu bolsa de viaje Louis Vuitton al mar Tirreno? —pregunta Rufus, tomando un vaso.

—Para probar cosas nuevas.

—Brindemos por eso —sugiere Meg, levantando su vaso—. Y por Noa Callaway, por entregar la novela justo a tiempo para que puedas tener mucho sexo imprudente en Italia.

—A ver si lo entiendo. —Rufus se vuelve hacia Meg mientras chocamos los vasos—. ¿Quieres que Lanie tenga cuidado en la moto, pero que sea una imprudente en la cama?

—Hay que buscar un equilibrio entre el riesgo y el beneficio —dice Meg, antes de apurar su vaso—. Si te caes de la cama, solo estás a una distancia de cincuenta o sesenta centímetros del suelo.

Me río y bebo, pero antes de darme cuenta, estoy pensando en la cama del apartamento de Noah. Me habría gustado estar con él, disfrutar tranquilamente del vino y del pollo frito, que me contara historias de su madre antes de que cayera enferma. Haber jugado al ajedrez y ganarle, o leer un libro junto a la chimenea...

Me detengo al instante. Esta noche, Noah no podría haberme sacado más rápido de su apartamento ni con un bote de gas pimienta. Nuestra relación es profesional. No puedo olvidarme nunca de ese detalle.

Mientras bebemos el vodka, Meg y yo intercambiamos una mirada, pero no sé si ha captado mi señal. Espero poder hablar con ella antes de que se vaya, para contarle que hoy he hablado con Noah sobre su seudónimo.

—Chicas —dice Rufus—, lo sé.

—¿Qué sabes? —pregunta Meg.

—Que Noa Callaway es ese tipo tan atractivo del que te escondiste en el aperitivo de crisis.

—¿Cómo te has enterado? —pregunto con un jadeo.

—¡Yo no se lo he dicho! —se defiende Meg.

—Lo sé desde el día en que te envió los tulipanes. Tus feromonas resplandecían. Así que solo tuve que unir las piezas del rompecabezas. Quería esperar a que me lo dijeras, pero no me voy a pasar toda la noche viendo cómo intercambiáis miradas significativas, creyendo que no me estoy enterando de lo que pasa. —Se sirve más vodka—. Para que luego digan que los hombres no nos damos cuenta de nada.

—¿Lo has sabido todo este tiempo? ¿No te molesta que sea un hombre?

—¿Qué problema hay? —responde él.

—Espera un momento —dice Meg—. ¿Cómo que «feromonas»?

—No. —Levanto las manos—. No es lo...

—Lanie —me advierte Rufus con su tono de *coach* de la vida—, recuerda lo mal que se te da mentir.

Pongo un poco de repollo sobre un *pierogi* y le doy un mordisco con la intención de perder un poco de tiempo.

—Está bien —reconozco con la boca llena—. Me gusta.

Meg deja escapar un jadeo.

—Pero eso da igual porque no es mutuo —continúo—. Y solo nos hemos tocado una vez. Un abrazo, un buen abrazo, pero nos lo dimos en circunstancias especiales. Y luego no lo he vuelto a ver en un mes. Esta noche, he cometido el error de pasarme por su casa para felicitarlo por la novela. Me ha tratado como si fuera un vendedor de enciclopedias.

—Vamos, que estás colada por él —dice Meg—. No será uno de esos casos de enamoramiento de rebote.

—O algo parecido. De todos modos, ya se me pasará. Me va a venir bien ir a Italia. Tendré un poco de tiempo para mí y volveré con las feromonas bajo control. —Suelto un suspiro—. Eso, o moriré sola y perderé mi trabajo, y llevaré a la ruina a todo Peony.

—Ohhh —suspira Rufus.

—¿Qué?

—Solo estaba pensando. En el apellido. *Lanie Callaway*. Te pega.

—Jamás me cambiaría de apellido.

—¿Ni siquiera Lanie Bloom-Callaway? —dice Rufus.

—¿No sería Lanie Bloom-Callaway-Ross? —pregunta Meg.

—¡Estamos teniendo una conversación irrelevante en muchos sentidos! —me quejo, mientras me suena el teléfono.

Es BD haciéndome una llamada por FaceTime.

—¿Qué me he perdido? —Mi abuela está sobre su bicicleta estática, con una cinta en la frente con los colores del arcoíris—. Meg me ha dicho que ibais a veros esta noche y el hombre con el que había quedado por la aplicación de citas tiene que guardar el *shiva* porque ha muerto su exmujer. Así que tengo la noche libre.

Suena el timbre.

—Será el mensajero —dice BD—. Te he mandado un poco de helado de vainilla Van Leeuwen. Meg me dijo que esta noche teníais temática V.

—¡¿Qué es eso de la temática V, Meg?! —grita Rufus mientras va a abrir la puerta. Un instante después regresa con dos tarrinas de medio kilo de helado—. ¿Es algo para desearle a Lanie un *buon viaggio*?

Meg se encoge de hombros.

—Me moría de ganas de traer comida de Veselka.

—Tú estás embarazada —declara Rufus, repartiendo las cucharas.

—Cierra el pico —le regaña Meg.

—Entonces —continúa mi abuela—, ¿hemos llegado ya a la parte en la que Lanie viaja al sur de Italia como una mujer soltera? Porque esos hombres... *¡Mamma mia!* Y todos sabemos lo que le gustan los hombres con pelos en el pecho. Lanie, querida, la píldora del día después en italiano se dice *pillola del giorno dopo.* Repite conmigo...

Entierro la cara en un cojín del sofá.

—En Italia, vas a tener dos días solo para ti antes de la presentación —dice Meg—. Te recomiendo el servicio de habitaciones. Y tal vez Pornhub.

—Y escribir un diario —interviene Rufus.

—Y un enorme y buen...

—¡BD, no! —gritamos todos.

—Chapuzón. —Mi abuela sonríe—. En Positano hay una playa escondida, unas cuantas calas al sur del muelle. Rufus, Meg, no sé si os lo he contado en alguna ocasión, pero una vez, cuando el abuelo de Lanie y yo éramos jóvenes, terminamos allí por casualidad y se desató la magia.

—Quizá deberías hacerle un mapa a Lanie para que pueda... mmm... seguir vuestros pasos —comenta Meg.

—¿O vuestras embestidas? —se ríe Rufus.

—Porque si alguien necesita un poco de magia... —empieza Meg.

—Se pueden revelar algunos trucos —concluye BD antes de guiñarme un ojo—. Además, Lanie necesita aprender a enrollar sus linguinis. Que tengas un viaje estupendo, querida. Ponte protector solar. Bébete un Campari por mí, y te lo suplico, ¡haznos un favor a todos y no vuelvas sin haberte liado, por lo menos, con un italiano!

17

—Me enamoré de las motos yendo de paquete en la de mi exnovio —le digo a Piero, mi nuevo amigo de la agencia de alquiler de motos de Nápoles, cuando nos encontramos fuera de la aduana—. Durante años, quise sacarme el carné, pero la vida se interpuso en mi camino. Entonces mi exnovio vendió la moto, rompimos y pensé: «¿A qué estoy esperando?».

En Italia son las ocho de la mañana, en casa tienen que ser las dos de la madrugada. Me he tomado tres tazas de café mientras el avión aterrizaba y me temo que se me está empezando a notar.

—He venido a Italia para dar un discurso en Positano. Pero también me voy a tomar unos días para mí. Tengo que poner en orden algunas cosas. Así que pensé: «¿Qué mejor forma que hacerlo en una moto por la costa de Amalfi?».

Hago una pausa y tomo un respiro. Piero asiente, como si solo estuviera entendiendo una palabra de cada diez; seguro que esa es la razón por la que me resulta tan fácil hablar con él. Me lleva fuera de la terminal, a lo largo de la soleada carretera circular de acceso al aeropuerto. Me detengo para inhalar el aire de Italia por primera vez.

No huele como la terminal de Nueva York, pero también es deliciosamente exótico. Este instante marca el comienzo de un largo fin de semana de sol y caminos sinuosos, vistas panorámicas al mar y cantidades poco saludables de *mozzarella*. Pongo el teléfono en modo «no molestar» para poder absorberlo todo.

Piero no me ha esperado mientras me he parado a saborear el momento. Ha seguido andando a paso ligero y va tres carriles de tráfico por delante, así que corro para alcanzarlo. Serpenteo entre Alfa Romeos y Vespas, y esquivo a elegantes mujeres italianas que arrastran elegantes maletas italianas. Enseguida veo el aparcamiento donde me espera la moto.

—No tengo mucha experiencia conduciendo motos —le digo a Piero—, pero Bernadette, mi profesora, me dijo que nunca mire hacia abajo, sino que mantenga la vista hacia donde voy. ¿No crees que es un buen consejo, metafóricamente hablando?

—¿Puedo marcar la casilla de nuestra póliza de seguro más completa? —pregunta Piero, mirándome por encima de sus formularios.

—Sí, es una buena idea.

Me conduce hasta una Ducati Diavel rojo carbón. Justo lo que quería: una reluciente y elegante 1260, con una potencia de ciento sesenta caballos, cuarenta y cuatro kilos de fuerza y que pasa de cero a cien kilómetros en dos segundos; por no hablar del sistema de sonido Bluetooth que en breve empezará a reproducir muchas horas de los grandes éxitos de Prince.

—Es preciosa —le digo.

—Y es toda tuya durante los tres próximos días. —Me entrega las llaves—. ¿Dónde te alojas? ¿Necesitas alguna indicación para llegar?

—En Il Bacio, en Positano. —Le enseño el GPS portátil que Meg me metió en el equipaje de mano como regalo de despedida.

—¡Vaya! —Piero esboza una sonrisa enorme—. Según mi novia, es el hotel más bonito de toda Italia. Un lugar para los enamorados.

—¡Y también para los que se aman a sí mismos! —Aclaro, sobre todo para mí. Cuando lo veo hacer una mueca, añado corriendo—: No he querido decirlo de ese modo. Al menos, no del todo.

Piero me mira de reojo, luego contempla la bolsa de viaje, se mete la mano en el bolsillo de los vaqueros y saca una cuerda elástica de amarre.

—Toma esto...

—No hace falta —le digo—. He traído una.

—Necesitas dos.

Cuando Piero se va, tardo un cuarto de hora en fijar el GPS al parabrisas, diez minutos más en asegurar la bolsa a la parte trasera con las cuerdas elásticas y otros diez en hacerme un selfi decente para enviárselo a BD y a Meg y a Rufus cuando decida volver a estar disponible en la red.

Después, necesito otros diez minutos subida a la Ducati para armarme de valor y arrancar el motor.

Me digo a mí misma que, en cuanto me una a la carretera, estaré bien. Pero cuando miro al otro lado del aparcamiento, hacia la soleada calle que sale del aeropuerto, veo a todo Nápoles pasar a un ritmo que hace que se me encoja el corazón. Bernadette me dijo que nunca llorara en una moto, pero los ojos se me llenan de lágrimas de ansiedad.

Cuando acepté venir a Italia, creí que ya se habrían resuelto todos mis problemas. El manuscrito está listo, a falta del último capítulo. Mi ascenso ya es oficial. Entonces, ¿por qué sigo teniendo la sensación de que me falta algo?

Pienso en lo que Noah me dijo en su despacho la noche en que se nos ocurrió la idea de *Dos mil pícnics*, que venir aquí podía cambiarme la vida. En ese momento creí que me estaba tomando el pelo y no le hice mucho caso, pero ¿no me gustaría que fuera verdad? ¿No estoy aquí por eso?

Quiero volver a los orígenes de mi madre. Sentir las raíces del amor de mis abuelos. Y ahora que he viajado todo este camino, me temo que no voy a encontrar lo que busco. Tengo miedo de regresar a casa sin saber más de mi madre o de mí misma.

En las novelas de Noa Callaway, los protagonistas siempre encuentran el significado de sus historias. Pero ¿cómo lo consiguen? ¿Qué haría hoy una heroína de Noa Callaway si estuviera en mi piel de motera?

¿Qué haría Noah Ross?

Ojalá pudiera hablar con él. Ojalá no hubiera sido tan inexpresivo la otra noche en su apartamento.

Ojalá estuviera aquí.

Lanie, me digo, como si fueran Meg y Rufus los que me estuvieran hablando, *estás en medio de un aparcamiento en el umbral de la costa amalfitana. Estás asustada. Es normal. Ve poco a poco.*

Meto la llave en el contacto. Cierro los ojos y pienso en BD. En mi madre. En la Elizabeth de *Dos mil pícnics* en Central Park.

Arranco la moto.

La Ducati vibra debajo de mí. Suelto el embrague y acelero suavemente. La moto y yo nos deslizamos hacia delante. No hay muchos vehículos alrededor, así que me tomo mi tiempo para acostumbrarme a la moto y espero a que se calmen los latidos de mi corazón. Doy algunas vueltas para ver cómo responde la máquina. Cuando siento que estoy preparada, salgo del aparcamiento y noto la cálida bofetada del sol en la piel.

Me uno al tráfico con un grito de emoción y mantengo la vista en el tramo de carretera por la que quiero conducir. Me recuerdo que tengo que respirar, mantener la barbilla en alto y relajar los hombros. La moto se tambalea la primera vez que tengo que detenerme en medio del tráfico. Pero no voy a permitir que se me caiga. Cuando el tráfico empieza a fluir de nuevo, aprieto los dientes y vuelvo a ponerme en marcha.

Estoy en una autopista a las afueras de Nápoles. El trayecto es largo y recto. No sopla el viento y el cielo es de un tono azul profundo. Puedo tomármelo con calma. No tengo que ir a ninguna parte hasta la presentación de mañana por la noche.

Veinte minutos después estoy exultante. El tráfico ha disminuido, la Ducati toma las curvas a la perfección y me dirijo hacia el sur por una carretera serpenteante y bañada por el sol que atraviesa algunos de los pueblos más pintorescos de Italia.

El aire se está impregnando de aromas primaverales: limón y madreselva y alguna que otra ráfaga ocasional del olor salado del mar. Las colinas se vuelven empinadas, con algún que otro guardarraíl. Más adelante, a mi izquierda, veo el Vesubio como si fuera un gigante dormido. El viaje desde el aeropuerto hasta Il Bacio es de una hora. No tenía pensado hacer ninguna parada, pues creí que sería víctima del desfase horario o tendría más dificultades con la moto, pero en cuanto veo la señal que indica la salida a la famosa excavación arqueológica, la tomo. Nunca se me ha dado bien ignorar una señal prometedora.

Dejo la moto en un aparcamiento polvoriento lleno de autobuses turísticos blancos. Pago la entrada, me hago con un folleto y deambulo por un laberinto de calles antiguas.

Me detengo en el centro del foro de Pompeya, columnas invisibles se alzan a mi alrededor. Toco las piedras y se me pone la piel de gallina cuando me imagino a una futura visitante de Nueva York, andando por un Central Park excavado. Si pone la mano en lo que queda del puente Gapstow, ¿sería capaz de retroceder en el tiempo y tocar mi vida? ¿Sentir lo que ese lugar significa para mí?

En el Jardín de los Fugitivos me paro frente a la figura de una madre con su hijo en brazos. Su amor resplandece desde el pasado. Cuando leo en una placa que estos restos fueron elaborados a partir del espacio negativo que quedó después de que la mujer y su hijo se descompusieran bajo la ceniza volcánica, presiono la mano sobre el cristal. Sé lo mucho que se puede sentir una ausencia.

Vuelvo a pararme frente a dos amantes que se abrazan. La angustia que transmiten sus extremidades es palpable. Y creo que no solo es porque sabían que iban a morir, sino también, porque con ellos iba a perecer su amor.

Pero ¿de verdad murió ese amor? ¿No puedo sentirlo aquí y ahora?

Sé que la vida es efímera y que solo la vivimos una vez, pero algunas cosas auténticas (como este abrazo, como las mejores historias de amor) perduran para siempre.

Cuando salgo de Pompeya y vuelvo a la Ducati me llevo esta idea conmigo. Subo con la moto por un paseo bordeado de cipreses, pasando por torres de iglesias de color terracota y un gran y antiguo jardín botánico cuyos altísimos setos de romero perfuman el aire. La niebla desciende sobre la carretera, así que disminuyo la velocidad y olfateo las nubes. Me siento parte de todo esto, como si el pasado, distante y disperso, me alcanzara con su sabiduría.

Cuando por fin aparco la moto frente al hotel de color rojo cereza Il Bacio, en la espléndida carretera estatal de Amalfi, es casi de noche y ya estoy sintiendo los efectos del desfase horario. Me bajo de la moto, le doy una palmadita de agradecimiento al sillín y desato la bolsa de viaje.

—*Signora* Bloom —me saluda la joven y sonriente recepcionista—. Estamos encantados de tenerla con nosotros para el lanzamiento de la nueva novela de Noa Callaway. ¡Soy fan de la autora! —Me muestra la edición italiana en tapa dura de *Doscientos sesenta y seis votos* detrás del mostrador de recepción—. Todo está listo. La acompaño hasta su habitación.

La sigo hasta un vestíbulo bordeado de hiedra, subo una escalera curva de mármol y luego un segundo tramo de escaleras más privado que termina frente a una gran puerta de madera. Abre la puerta de la *suite* con una llave dorada en forma de ola.

Esto es el paraíso. Entro en la sala de estar, cuya pared opuesta está formada por ventanas con vistas al mar. En la mesa baja del centro hay algunos lirios y un plato de higos grandes de color púrpura oscuro. Detrás de una cortina de cuentas de vidrio, hay un dormitorio independiente, también con vistas al mar, lo suficientemente grande como para que quepa en el centro una cama gigantesca con un cabecero capitoné.

La recepcionista se mueve por la *suite*, ajustando las cortinas, apagando las lámparas, encendiendo las velas y cerciorándose de que el *prosecco* que hay en la hielera esté realmente frío.

Aunque seguramente esté acostumbrada a propinas del tamaño de mi sueldo mensual, le ofrezco diez euros y le sonrío. Cuando la puerta se cierra tras ella, suelto un suspiro y descorcho el *prosecco*. Me llevo la copa a la mejor ducha de lluvia del mundo y luego me pongo el esponjoso albornoz de color melocotón del hotel.

El sol se está poniendo y la vista desde las ventanas es asombrosa: un horizonte con un mar azul y un cielo infinito en tonos rosas. Salgo a la terraza. Una cálida brisa trae consigo el aroma de las glicinas que florecen en una vasija enorme en la terraza de al lado.

Dos plantas más abajo, una mujer en bikini negro nada tranquilamente en la interminable piscina del hotel. Más allá, en la playa de guijarros, las sombrillas forman hileras multicolores. Los cuerpos brillan en la arena y los veleros salpican el mar.

Es ese tipo de belleza abrumadora que me hace sentir un poco sola. Enciendo el teléfono para que BD, Meg y Rufus sepan que ya he llegado.

Me río mirando los selfis que me he hecho antes en el aparcamiento del aeropuerto. Hay una, que en ese momento me pareció buena, en la que mi cara sale en el espejo lateral de la Ducati, que ahora me doy cuenta de lo aterrorizada que se me ve. Pero medio día en Italia ya ha hecho maravillas en mi complexión y en mi estado mental. Cuando estoy a punto de hacerme otro selfi en el balcón en el que salga mejor, me salta en la pantalla un correo electrónico.

Para: elainebloom@peonypress.com
De: noacallaway@protonmail.com
Fecha: 17 de mayo, 19:06
Asunto: Tres cosas que has estado esperando

Estimada Lanie:

Espero que cuando recibas este correo estés en un balcón, al atardecer, con una copa de *prosecco* en la mano.

Te adjunto tres cosas que estabas esperando. La primera es una disculpa.

(Vamos, sé que la estabas esperando).

Siento haberme comportado de una forma tan ___ la otra noche.

(Ahora mismo te imagino en el balcón, poniendo los ojos en blanco. Me he pasado veinte minutos tratando de encontrar el adjetivo más adecuado. ¿Rara? ¿Distante? ¿Fría? ¿Brusca? «Brusca» era mi mejor opción, y una que tú editarías al instante. Quizá la mejor sea «inexpresiva»).

Lo cierto es que, cuando viniste a mi casa, tenía miedo... de las otras dos cosas que esperabas de mí. Como te he dicho, las he adjuntado en este mismo correo. Creo que, cuando las leas, lo entenderás.

Siempre tuyo,

Noah

P.D. Pase lo que pase a partir de ahora, espero que algún día me cuentes cómo te ha ido el viaje por la costa de Amalfi.

¿Pase lo que pase?

Entonces leo el título de los archivos adjuntos. El primero es «Capítulo Uno». El segundo, «Artículo para el *New York Times*. 18 de mayo». Hago clic en el segundo archivo.

ESCRITO POR CUALQUIERA
Por Noah Ross

No me conoces, pero seguro que tú, o alguno de tus seres queridos, ha leído alguna de mis novelas. Durante diez años, he estado publicando mis historias bajo el seudónimo de Noa Callaway.

Un autor que escribe al amparo de un seudónimo nunca conoce a sus lectores. Nunca he tenido una firma de libros, ni he hablado con ningún fan en las redes sociales. Mi editorial ha gestionado toda la publicidad de mis libros. Cada seis meses, me envían un saco con cartas de seguidores de Noa Callaway. Nunca las leo. No son para mí. Se las han escrito a Noa Callaway y yo solo soy Noa Callaway cuando escribo, en ningún otro momento más.

Esta distancia con los lectores me ha provocado un desconocimiento que nunca he cuestionado. Un error por mi parte. Creí que mis historias terminaban en sus últimas páginas, que no importaba quién era yo.

Pero todo eso cambió este año, cuando conocí a alguien que miró en mi interior. Lo que me obligó a hacer lo mismo. Y cuando vi de cerca lo que estaba haciendo, no pude pegar ojo por la noches.

Soy un hombre cis blanco, heterosexual y con poder adquisitivo. Mi dirección de correo electrónico es noacallaway@protonmail.com. Si te has sentido ofendido al leer todo esto, no te culpo. No dudes en hacérmelo saber.

Puede que este artículo y sus secuelas conlleven el final de mi carrera, pero no puedo seguir escondiéndome detrás de un seudónimo. Quiero ser sincero con mis lectores, con los que he descubierto que tengo mucho más en común de lo que pensaba.

El otro día me senté y leí algunas cartas de las seguidoras de Noa Callaway. Siento haber tardado en responderos, pero hasta ahora no he sabido qué decir.

Para June: Como a ti, me encanta leer en la bañera los días de lluvia. Gracias por los libros que me recomiendas, les echaré un vistazo. Lo mejor que he leído últimamente está entre *Buda en el ático* de Julie Otsuka y *El libro de las lágrimas* de Heather Christle.

Para Jennifer: No puedo decirte exactamente qué me inspiró a la hora de escribir *Noventa y nueve cosas*. Sí que te puedo decir que escribí esa primera novela con esperanza, mucho antes de pensar que encontraría una editorial o de imaginarme que usaría un seudónimo. Nunca había experimentado el tipo de amor que escribí para ese personaje, pero quería que fuera real. Y creo que, desde entonces, he estado intentando vivirlo en primera persona.

Para MacKenzie: Antes de encontrar mi hogar en Peony Press, quince editoriales rechazaron mi primera novela. Sigue escribiendo. Termina tus historias. Solo necesitas una persona que te diga que sí.

A Sharon: Siento muchísimo lo de tu marido. Mi madre padece la misma enfermedad. Es como si te estuvieran rompiendo el corazón a cámara lenta. Te llevo en mis pensamientos.

Y para Lanie: La carta que me mandaste es de hace diez años. Siento haber tardado tanto en responderte. Donde sea que estés cuando leas estas palabras, quiero que sepas que estoy de acuerdo: también creo que podemos llegar a ser buenos amigos.

Con el corazón en un puño, cierro el correo electrónico, me desplazo por mis contactos y pulso en llamar.

—¿Lanie? —La voz del otro lado suena sorprendida—. ¿Cómo va todo por Italia?

—Meg —susurro—, revisa tu bandeja de entrada.

Le reenvío el artículo de Noah y luego espero al teléfono a que lo lea.

—Oh, Dios mío —dice—. Oh, Dios mío. ¡OH, DIOS MÍO! Lanie, ¿sabes lo que esto significa? ¡A él también le gustas! La última frase es... ¡Guau!

—¿Qué? —pregunto—. ¿Eso es en lo único en que te has fijado? Meg, ponte en modo publicista. Necesitamos un plan. YA. Además, lo que dice es que podemos ser *amigos*. ¿Ha habido alguna vez un rechazo más claro en la historia del amor no correspondido?

—Como amiga tuya, discrepo. Como publicista de Noa Callaway... —Se produce un largo silencio al otro lado de la línea. Luego oigo un suspiro—. Bueno, no es de los peores *mea culpa* que he visto. No te digo que no se vaya a liar, pero mi predicción, después de hacer mi trabajo, por supuesto, es que no van a cancelar a Noa Callaway de forma *permanente*.

—¿De verdad?

—Dame unas horas. A ver qué puedo hacer.

—¿Y con Sue? ¿No debería...?

—Deberías disfrutar de la costa amalfitana —me interrumpe sin miramientos—. Desde allí no puedes hacer nada. Hoy hablaré en persona con Sue. Luego seguimos. Y lo digo en serio, Lanie. Date un chapuzón en la piscina, bébete un cóctel, olvídate de todo y deja que yo me ocupe de esto.

—Gracias, Meg.

Cuando colgamos, estoy temblando. ¿Cómo voy a olvidarme de esto? ¿Cómo no voy a preocuparme por la posible reacción de Sue cuando lea el artículo? Seguro que me despide.

Aunque también es cierto que, si hay alguien que puede lidiar con esto, es Meg. Y tiene razón, es una buena disculpa, dentro de lo que son las disculpas. Me imagino a Noah escribiendo el artículo, moviendo los dedos por el teclado y...

Piscina, me digo a mí misma, mientras contemplo por encima del balcón cómo cae la luz de la luna. *Y un cóctel.*

Sí. Pero primero, el capítulo uno.

CAPÍTULO UNO

Edward estaba esperando en el banco de piedra de Central Park, con un nudo en el estómago. Llevaba dos años ansiando que llegara ese día. Aunque también lo temía.

Cuando vio a la doctora Elizabeth Collins, caminando con elegancia con su traje Fendi hacia la Casa de Ajedrez, tuvo que reprimir el impulso de salir corriendo. Si huía de allí, podría mantener aquella mentira un poco más. Pero la presencia de Elizabeth lo detuvo. Se parecía tanto a la mujer de la fotografía que llevaba consigo... Sin embargo, en carne y hueso, la manera como se movía, tan similar a una bailarina, era mucho más vibrante que cualquier fantasía.

La vio mirar a su alrededor, en busca del cabo Richard Willows, por supuesto. El soldado alto, rubio y apuesto al que ella había tenido que coser la barbilla después de una pelea en un bar, dos días antes de que Willows partiera hacia Vietnam. El soldado con el que había salido a dar un paseo por Central Park hacía dos años. El soldado con el que creía haber mantenido correspondencia desde entonces. Y el soldado que había muerto en los brazos de Edward la primera semana en el frente.

Cuando la muerte se cernía sobre Richard (Edward nunca lo olvidaría), sacó una fotografía y dos cartas de la doctora Collins de Nueva York. Así como una epístola a medio terminar que él había empezado a escribirle.

—Díselo —le rogó a Edward—. Dile que, si hubiera tenido la oportunidad, estoy seguro de que la habría amado.

Y eso era lo que Edward había querido hacer. Apenas conocía a Willows; habían tomado unas cervezas juntos durante una partida de ajedrez, pero eso había sido todo. Esa noche, cuando regresó al campamento, se sentó temblando, sucio y hambriento, y trató de escribir una carta para darle la noticia a la doctora Collins. Había estudiado cuidadosamente las dos cartas que ella le había enviado a Willows. Y también su fotografía. Estaba sentada sobre una manta de pícnic. Sonriendo. Con los ojos entrecerrados por el sol.

Edward seguía sin creerse lo que había hecho a continuación.

Mintió. En casa no tenía a ninguna chica bonita a quien escribir cartas. No tenía ninguna esperanza de recibir misivas de alguien con tanto ingenio como la doctora Collins. Estaba tan solo como cualquier otro soldado, joven y asustado, y demasiado lejos de casa.

Se dijo a sí mismo que le contaría la verdad en la siguiente carta, pero primero intentaría escribirle haciéndose pasar por Richard Willows. Solo para ver qué se sentía al escribir a una mujer como ella.

Nunca le contó la verdad. Y antes de darse cuenta, habían pasado dos años, y había escrito a Elizabeth todos los días que estuvo en la guerra. Había compartido sus poemas con ella, le había hablado de su infancia y de su familia, le había contado cosas sobre sí mismo que nunca le había contado a nadie. Firmó todas esas misivas como «Cabo Richard Willows». La culpa lo corroía hasta que le llegaba una nueva carta. Luego leía sus palabras con avidez y el ciclo comenzaba de nuevo. Se había quedado demasiado prendado de Elizabeth (de su sentido del humor, su inteligencia y su energía) para dejar de responderle.

Se habían enamorado.

Y ahora iba a tener que romperle el corazón.

—Doctora Collins —dijo, levantándose de la mesa en la Casa del Ajedrez. Estar tan cerca de ella después de todo ese tiempo hacía que le costara hablar. Incluso respirar.

Ella lo había mirado un instante, antes apartar la vista. Lógico. Estaba buscando al hombre al que amaba. No al hombre más bajo y de pelo oscuro que estaba frente a ella. Aquello le dolió, pero perseveró.

—Doctora Collins —repitió—, ¿ha venido aquí para encontrarse con Richard Willows?

Ella se volvió hacia él; su belleza lo abrumó.

—Sí. ¿Quién es usted?

—Soy Edward Velevis —dijo, armándose de todo el valor que pudo—. El señor Willows... no puede estar aquí hoy. Me dio un mensaje para usted. Lo he llevado conmigo durante demasiado tiempo. ¿Puede sentarse, por favor?

Elizabeth hizo lo que le pedía. Y esperó en silencio, aunque Edward notó que estaba asustada. Tenía que elegir si revelarle en ese momento todas las verdades que había mantenido ocultas o callar para siempre.

—Elizabeth, Richard está muerto.

—No —jadeó ella—. No puede ser.

—Richard Willows murió el 18 de agosto de 1968. Yo estaba con él en el campamento Faulkner...

—¡Eso es imposible! Me escribió la semana pasada. Para concertar esta cita. ¿Quién eres? ¿Por qué me estás diciendo estas cosas? —Elizabeth se puso de pie y empezó a alejarse a toda prisa.

Edward no podía dejar que se marchara sin contárselo.

—Fue por culpa de una mina —dijo, yendo tras ella—. Murió en mis brazos. Me pidió que te escribiera. Y eso fue lo que hice.

Algo en el tono que usó la paralizó, la espantó. Elizabeth se volvió hacia él. Ambos estaban al borde de las lágrimas. Supo el momento exacto en que comprendió lo que le estaba diciendo. Y cuando lo hizo, su rostro se retorció por el horror y empezó a correr.

La persiguió como un loco. ¿Qué otra cosa podía hacer? Ella le gritó que la dejara en paz.

—Por favor —suplicó.

Elizabeth dejó de correr y se volvió hacia él. Edward la agarró de la muñeca y, al instante, lo atravesó un rayo de calor. Ella miró hacia abajo, como si también lo hubiera notado. Pero cuando sus miradas se encontraron, sus ojos eran como dos dagas.

—¿Cómo te atreves? —susurró.

Aquello lo partió en dos.

—Sé que debes de odiarme. Pero tienes que saber que estoy enamorado de ti desde hace dos años. Y en este momento te quiero más que nunca. Si algún día cambias de opinión y quieres oír mi versión de los hechos, estaré aquí, aquí mismo. —Señaló el suelo bajo sus pies.

—Entonces vas a tener que esperar mucho tiempo.

—No me importa. —Y lo decía en serio—. Estaré aquí todas las semanas. En este mismo lugar. A esta hora. —Echó un vistazo a su reloj—. Las cinco y media. —Miró al otro lado del parque—. En la orilla norte del lago, justo enfrente del puente Gapstow. —La miró a los ojos, intentando decirle con los suyos lo mucho que la amaba—. Da igual el tiempo que tardes, Collins. Si hacer esto ayuda a que exista una posibilidad de poder estar contigo, estaré aquí todos los sábados al atardecer durante el resto de mi vida.

Fin.

18

—Para empezar, te recomiendo el pulpo *alla griglia* —me aconseja la editora italiana de Noa Callaway cuando nos reunimos para comer al día siguiente. Anoche le envié un correo electrónico a Gabriella, preguntándole si podíamos hablar antes del lanzamiento; ella sugirió esta *trattoria* al aire libre frente al mar, en Marina Grande, en Positano. Estamos sentadas en una mesa en un rincón, a la sombra, con una vista privilegiada para observar a la gente.

El espectáculo que ofrece la playa de Marina Grande es el opuesto al que se disfruta desde el balcón de mi hotel. Aquí abajo, uno tiene la sensación de estar arropado por los brazos de la escarpada costa de Positano, con unas colinas llenas de casas de todos los colores. El tipo de ambiente acogedor de la playa que suelo encontrar encantador, pero hoy estoy tan nerviosa que me produce claustrofobia.

Gabriella estudia su carta de menú, sin percatarse del subir y bajar de mis rodillas debajo de la mesa.

—Y luego, los *tortellini* con *brodo di parmigiano* y *mozzarella* ahumada. Mi hijo de seis años los llama la «sopa de queso de los dioses».

Paso un dedo por los dientes del tenedor, hundo los dedos de los pies con sandalias en la arena con guijarros y oigo el zumbido de las abejas alrededor de las macetas de terracota con girasoles. Desde ayer por la noche, necesito puntos de referencia para confirmar que no estoy en un sueño, que lo que leí en el capítulo uno fue real. Palabras reales que Noah escribió en una página y que me envió en un correo real.

Era un código. Uno no muy secreto. Un código grande y maravilloso plasmado en letras en el que me dice lo que significó para él nuestro primer encuentro en Central Park. Y, sin embargo, si alguien más en el mundo lo leyera pensaría que esa escena es simplemente el final, o en este caso el comienzo, de una preciosa historia de amor en la ficción.

Pero yo sé que es mucho más que eso. Es una pregunta: «¿Sientes lo mismo que yo?».

—Sí —respondo en voz alta, pero me contengo cuando veo al otro lado de la mesa a Gabriella, mirándome a los ojos.

—¿Sí qué?

—Que sí, que pediré el pulpo. Y la sopa de queso también. —Ahora mismo no me imagino comiendo nada, pero voy a intentar que no se me note—. Veo a tu hijo teniendo una exitosa carrera en *marketing*. —Dejo de fingir estar mirando el menú y levanto mi copa de vino blanco para brindar con Gabriella.

Mientras el camarero nos sirve una bandeja de *bruschetta* con tomates limón, Gabriella estira sus largas piernas debajo de la mesa hasta que sus sandalias blancas de punta cuadrada descansan en la arena. Es una mujer alegre y encantadora, tiene una melena pelirroja ondulada que está constantemente colocándose detrás de la oreja, un largo collar de perlas negras alrededor del cuello y un vaporoso vestido *midi* del mismo color turquesa del mar. En circunstancias normales, podríamos haber sido amigas, pero sé que tan pronto como les informe sobre el artículo de Noah (y del hecho de que, seguramente, está llegando a los suscriptores del *New York Times* en este mismo momento), nuestro almuerzo dejará de ser un placer culinario para convertirse en un pelotón de fusilamiento a lo Federico Fellini.

—Muy bien —continúa, sosteniendo el plato para ofrecerme una *bruschetta*—, ¿de qué querías hablar?

Tengo que decírselo. Es lo más decente por mi parte.

El camarero coloca sobre la mesa dos platos de pulpo gloriosamente tostado, lo que me brinda una oportunidad excelente para demorarme un rato. Pincho una aceituna con el tenedor, me la llevo a la boca y las mastico mientras miro la playa. Tengo la impresión de que todo lo que veo son parejas haciendo cosas propias de enamorados: pasear de la mano, besarse, compartir una tarrina de helado rosa, aplicarse mutuamente protector solar en los hombros...

Si tengo hambre de algo es de lo que tiene esta gente.

Anoche llamé a Noah dos veces, pero en ambas ocasiones me saltó el buzón de voz.

Me recuerdo a mí misma que estoy lidiando con dos cuestiones (en gran parte) separadas. Una de ellas, la colosal pregunta de qué pasará cuando pueda hablar por fin con Noah. La otra es la responsabilidad que tengo, como su editora, de preparar a Gabriella para lo del artículo del periódico.

Voy a empezar con la menos aterradora de las dos.

—Tiene que ver con la presentación de esta noche —le digo a Gabriella.

—Por supuesto. —Sonríe, le da un pequeño mordisco al pulpo y mastica lánguidamente—. Te voy a contar todo lo que tenemos preparado. Este es el evento más importante que hemos organizado hasta la fecha. Y estamos muy orgullosos de ello. Nos hemos inspirado en vuestra presentación de Nueva York y hemos invitado a doscientas sesenta y seis de las mayores seguidoras de Noa Callaway de toda Italia. Habrá cócteles, *caprese*, milhojas, que es nuestro postre nupcial por excelencia, y almendras garrapiñadas como señal de buena suerte. Hemos contratado a un famoso DJ especializado en bodas que viene desde Roma. Y luego estás tú, evidentemente, el punto culminante del evento. Cuando vimos el vídeo de vuestra presentación, el discurso que diste, tus palabras, nos conmovieron mucho, Lanie. Es todo un honor tenerte aquí.

—Gracias, pero...

—De hecho, has despertado el interés de los medios, hemos recibido muchas peticiones para entrevistarte.

—¿A mí?

—¡Pues claro! Eres la embajadora de Noa Callaway. Conoces todos sus secretos. —Me guiña un ojo—. Si te parece bien, me gustaría confirmar algunas entrevistas con los principales periódicos y cadenas de televisión. Todos quieren saber cómo es Noa Callaway entre bastidores. ¡Ya he avisado a los periodistas y saben que no puedes contárselo, pero son italianos, así que te lo preguntarán de todos modos! Si estás dispuesta a conceder entrevistas, podría confirmarlas esta tarde antes del evento.

—Gabriella —susurro cuando llega el camarero para retirar los entrantes y colocar una pasta aromática en la mesa que huele a gloria bendita. Ojalá no estuviera tan nerviosa para poder disfrutarla como se merece—. Hay algo que tengo que decirte. De hecho, creo que es más fácil si te lo enseño.

Saco el teléfono, abro el artículo y lo coloco en la mesa, frente a la copa de Gabriella, que extrae sus gafas de color turquesa del bolso y se las pone.

Mientras lee, pienso en Noah. Pienso en el capítulo uno. En el traje Fendi. En lo ingenua y optimista que Elizabeth entra en el parque. En cómo la destroza enterarse de la verdad. En cómo sale corriendo. Y entonces...

Si hacer esto ayuda a que exista una posibilidad de poder estar contigo, estaré aquí todos los sábados al atardecer durante el resto de mi vida.

Cuando Gabriella me mira, me doy cuenta de que tengo lágrimas en los ojos. Estira el brazo y me agarra la mano.

—Lanie.

—Lo lamento muchísimo. Soy partidaria de que la gente sepa quién es Noa Callaway, pero no tenía ni idea de que se iba a publicar este artículo, de que saldría hoy mismo. No quería estropearos el evento.

—Entiendo —comenta Gabriella, pensando mientras hace girar el vino en la copa—. Los secretos tienen vida propia. —Saca el teléfono y se pone a teclear a toda prisa—. Pero tengo que cancelar las entrevistas de esta tarde.

Asiento con la cabeza. Gabriella conoce su mercado, y quizá lo mejor sea que me retire por completo de la presentación italiana...

—Vas a necesitar todas tus fuerzas para esta noche.

—¿Todavía quieres que hable en la presentación?

Gabriella deja el teléfono en la mesa, me mira y se cruza de brazos.

—Creo que les debéis una explicación a las lectoras.

—Sí. Y haré todo lo posible para proporcionársela. —Me enderezo en la silla y cuadro los hombros—. Creo en la verdad de Noa Callaway y también en Noah Ross. Creo en esta novela y en las que saldrán después. No he venido hasta aquí para esconderme.

—Muy bien. —Gabriella esboza una sonrisa de aprobación—. No creo que las invitadas lleguen tan lejos como para tirarte al mar, pero sí esperarán una catarsis de ti. Así que estate preparada.

Cuando quedan ocho horas para que un par de cientos de mujeres italianas me devoren como aperitivo en una elegante recepción que se transmitirá en todo el mundo, acelero el motor de la Ducati y me pregunto qué dirección tomar. ¿Qué hace una persona que tiene una tarde libre en la costa de Amalfi, un corazón anhelante, un inminente y merecido castigo y un hombre al otro lado del océano que no responde al teléfono?

Y entonces, en la carretera estatal de la costa, veo un cartel que indica la salida para Castel San Giorgio. Reconozco ese nombre. Recuerdo haber leído que es el punto de despegue de los ala delta que sobrevuelan la costa de Amalfi. Ni adrede podría haberlo planeado mejor. Conduzco por la larga y sinuosa carretera medieval y aparco en un solar de grava, detrás de un antiguo templo griego.

Veo a una mujer de mi edad, inspeccionando los paracaídas de dos ala delta junto a un revoltijo de arneses y cascos. Tiene un rostro amable y un pañuelo verde lima en el pelo.

Cuando me ve, me saluda con la mano.

—¡*Ciao!* —exclama, soltando un torrente de palabras en italiano. Al notar mi confusión, me señala—. ¿Mariana?

—No. —Niego con la cabeza—. Yo...

—Lo siento —replica en inglés, ahora mucho más despacio—. Creía que eras la persona que había reservado un vuelo esta tarde. ¿Puedo ayudarte en algo?

—¿Se puede hacer sin reserva?

Chasquea la lengua y mira su reloj.

—Solemos estar completos y las reservas se hacen con un mes de antelación, pero hoy alguien llega tarde. Has tenido suerte. Soy Cecilia.

—Lanie.

Me tiende un arnés.

—¿Lista?

Dudo por un momento, pero al final me pongo el arnés y espero a que Cecilia me ajuste una docena de correas diferentes. Recuerdo la escena de *Cincuenta maneras*, la promesa que hacen los personajes cuando saltan al abismo.

No pueden ver adónde van, pero eso no los detiene. Se tienen el uno al otro y a las alas del amor para sujetarlos.

Miro hacia abajo, a la rampa de madera debajo de mis pies. Llamarlo «rudimentario» sería hacerle un cumplido. Tiene tres metros de largo, comienza en el barro y termina en las nubes. Desde aquí es desde donde correremos para saltar al vacío.

El vértigo se apodera de mí y tengo que mirar hacia otro lado. De pronto, que alguien esté dispuesto a lanzarse por este acantilado sin nada más que una delgada vela amarilla en forma triangular entre él y la muerte, me parece una auténtica locura.

—¿Qué te parece? —me pregunta Cecilia, trayéndome de vuelta a la realidad—. ¿De verdad quieres hacerlo?

—El mayor misterio de la vida —digo— es si moriremos con valentía.

—Me encanta esa escena —comenta Cecilia, asegurando el arnés con fuerza alrededor de mis caderas. Me entrega un casco y se encarga de que me apriete bien las correas—. Me encantan todas las novelas de Noa Callaway.

—A mí también —digo—. En realidad.... —*estoy enamorada de él*—, soy la editora de Noa en Nueva York.

—¡No! —grita Cecilia—. Te diría que soy su mayor fan, pero mi novio me supera. Dime, ¿cómo es ella en persona?

Me alivia saber que el artículo todavía no ha llegado a todos los rincones del mundo. Pienso en cómo responder a la pregunta de Cecilia, y las primeras palabras que me vienen a la cabeza me parecen las más adecuadas.

—Una de mis personas favoritas de este mundo. —Se me pone la piel de gallina, pero Cecilia no lo nota—. He venido a Italia para la presentación de la nueva novela de Noa —le explico—. Será esta noche, en Positano, en el hotel Il Bacio. Deberías venir. Tráete a tu novio. Os pondré en la lista.

—¡Por supuesto que iremos! —Me ata las últimas correas.

Después, me agarra del brazo, me conduce hasta el borde del acantilado y asegura los arneses de ambas a la estructura interna de metal del planeador.

—A la de tres corremos juntas. Lo único que tienes que hacer es no dejar de correr. Cuando creas que has llegado al final, no te pares, sigue adelante.

—Dicho así, parece muy fácil.

—No sé si es fácil —dice—, pero te aseguro que merece la pena.

—¿Qué altura tiene?

—No lo sé. ¿Unos dos mil metros?

Frente a nosotras, hay una barra de metal que Cecilia tendrá que maniobrar para dirigir el ala delta. Sobre nuestras cabezas, está la vela triangular del color del sol. Hay tres metros de rampa ante nosotras y, más allá, una extensión invisible de aventura. A través de la cortina de nubes, hay montañas, pueblos y mar. Y también el resto de mi vida. Todavía no puedo verlo y sé que no será fácil, pero tengo que hacer que merezca la pena.

Cuando empezamos a correr grito, pero no es un grito de terror, es de triunfo. Mis pies golpean la madera durante diez pasos y luego, aunque ya no siento nada debajo de mí, sigo corriendo. En el aire. Con fe.

Una ráfaga de viento nos atrapa y siento que mis dos piernas se elevan hasta que todo mi cuerpo queda paralelo al suelo, como el de un pájaro. Atravesamos las nubes y el esplendor de la costa aparece ante nuestros ojos. Debajo de nosotros se extiende un abanico de tierra verde y dorada, pueblos en tonos pastel y aguas azules brillantes hasta donde alcanza la vista. Estamos volando. No he sentido nada tan emocionante en la vida.

Mamá, lo he hecho. Puedo sentir tu presencia.

Y ahora sé lo que voy a tener que hacer cuando mis pies vuelvan a estar en tierra firme. Tengo que decirle a Noah que estoy enamorada de él. Que él es al que amo de verdad, con todas mis fuerzas.

—Muy bien, Lanie —empieza Cecilia, girando el ala delta hacia la derecha con un pivote de la barra metálica—. Por ser quien eres, vamos a hacer un recorrido especial en el que te mostraré nuestras referencias más románticas. A la derecha podrás ver las islas de Li Galli, frente a la costa de Positano. Ahí es donde Odiseo se resistió a las sirenas.

Vuelvo la cabeza para mirar la costa rocosa a lo lejos, donde rompen las olas. Es impresionante, y no cuesta nada imaginarse a las sirenas cantando en ese lugar. Pienso en Odiseo, resistiendo lo irresistible, atándose al mástil de su barco para no sucumbir, para vivir más y ser más feliz. Para llegar al lugar donde su epopeya quiso llevarlo desde el principio.

Quiero contarle todo esto a Noah. Lo de las islas Li Galli. Lo de la encantadora Cecilia y su novio, su mayor fan. Lo de la Ducati, la vista de mi habitación de hotel y su elegante editora italiana. Y esta sensación de volar.

Pero no solo quiero contarle esas cosas a Noah. Quiero compartirlas con él. Quiero que esté aquí, conmigo, en el cielo, donde podamos contemplar el futuro: el dorado, glorioso e intrincado equilibrio de nuestras vidas.

Cuando estoy a medio camino de regreso al hotel, veo por el retrovisor una Moto Guzzi V7 plateada. Es una moto llamativa, deportiva y refinada, y por las botas moteras de estilo retro, los vaqueros oscuros y la cazadora *bomber* que lleva el hombre que la conduce, es fácil imaginar que, debajo del casco, el conductor debe de ser igual de sexi. Miro hacia atrás y él acelera el motor, coqueteando.

—Hoy no, *signor* —murmuro. Ojalá mi vida fuera tan sencilla como para pasar una tarde en un café con vistas al mar con un italiano desconocido. Pero sería una compañía horrible, y estaría comprobando el teléfono cada dos por tres, rezando para que Noah me llamara.

Trato de no darme cuenta del hecho de que la Moto Guzzi toma la misma salida que yo en Viale Pasitea. O que sube zigzagueando conmigo por la colina, que se hace más empinada cada metro, y que luego gira detrás de mí hacia el pequeño aparcamiento de Il Bacio.

Nos detenemos al mismo tiempo bajo una buganvilla en flor y aparcamos bajo el arco de la entrada del hotel.

En mi cabeza, mi abuela me grita: «¡Esto tiene pinta de una cita clandestina!», pero ese barco ya ha zarpado. Tengo un discurso que reescribir y carreras que salvar. Mi corazón solo clama por un hombre.

Me bajo de la moto, me quito el casco, me sacudo el pelo y me arreglo el flequillo. Estoy intentando entrar al hotel, cruzar el pasillo y subir las escaleras a mi habitación, sin mirar ni una sola vez a don Moto Guzzi, cuando una voz familiar me dice:

—Bonitos zigzags. Muy fluidos.

Dejo de caminar. Dejo de respirar. Me doy la vuelta lentamente, tratando de prepararme para algo que no puede ser verdad. El corazón se me acelera cuando don Moto Guzzi se quita el casco.

Y entonces, Noah me devuelve la mirada; esa mirada de ojos verdes tan cautivadora que tiene. La que me fascinó desde la primera vez que la vi.

Tengo un montón de sensaciones al mismo tiempo.

Me alivia oír su voz. Me siento desconcertada por tenerlo aquí. Estoy encantada de ver su cara, sus labios, sus ojos y todo ese cabello brillante que invita a pasar los dedos por él. Estoy sonrojada por el deseo. Asustada por si lo hemos arruinado todo. Ansiosa por ponerle las manos encima. Y luego está ese rayo que siempre siento atravesándome por dentro cuando Noah está cerca.

Así que es esto. Este sentimiento aterrador, inoportuno, excitante, que te pone el estómago del revés y por el que haría cualquier cosa es el amor de verdad.

—Noah —apenas puedo respirar—, ¿qué estás haciendo aquí?

Da un paso hacia mí. Todavía nos separan tres metros insoportables. Está guapísimo, con los ojos entrecerrados por la luz del sol y haciéndose sombra con la mano en la cara.

—Me olvidé de decirte dónde podías comprar un regalo de recuerdo para BD —me dice—. Así que pensé que tenía que venir a enseñártelo.

Dejo caer el casco, las llaves, el bolso. Corro hacia Noah y salto. Me toma en sus brazos. Me estrecha entre ellos. Nuestros rostros se tocan, nuestros labios están a punto de hacer lo que mi cuerpo pide a gritos y que podría ser el beso más espectacular de todos los tiempos, incluida la época de los etruscos.

—¿Somos nosotros? —susurro—. ¿En el capítulo uno?

—Depende —responde—. ¿Cuántas cosas quieres editar?

—Unos pequeños cambios aquí y allá. —Sonrío—. Creo que sería más realista si la doctora Collins le da una bofetada a Edward después de que él le diga la verdad.

Despacio, y con un brillo travieso en la mirada, Noah gira su mejilla hacia mí. Pongo la mano con cuidado sobre su piel. Es cálida al tacto y áspera en la zona donde está la barba (no ha debido de afeitarse desde que ha salido de Nueva York). Se inclina hacia mi mano y, cuando presiona los labios en el centro de mi palma, me estremezco por lo mucho que deseo sentir esos labios en los míos.

—Esa escena es como quiero que seamos —explica—. Toda la novela dice cómo quiero que seamos.

Me pongo de puntillas, le rodeo el cuello con los brazos y pego mis labios a los suyos. Me responde primero con ternura, luego con pasión, sujetándome el cuello con la mano y acercándome más a él. Sabe a canela.

El vínculo entre nuestros cuerpos se vuelve más estrecho, y es tal y como lo había imaginado: emocionante, satisfactorio, con un toque de comezón; algo completamente nuevo y anhelado desde hace mucho tiempo.

—Entonces, Noa Callaway —le digo—, ¿te gustaría ir esta noche a tu primer evento de presentación de una novela?

—Iré a cualquier parte. —Vuelve a besarme—. Siempre que vengas conmigo.

Agradecimientos

Gracias a Tara Singh Carlson, quien, entre otras cosas, sabía que esta no iba a ser una novela sobre la CIA. A Sally Kim, por la visión de Noa Callaway. A Alexis Welby, Ashley Hewlett y al increíble equipo de Putnam. A la fuerte y elegante Laura Rennert. A Morgan Kazan y Randi Teplow-Phipps, por la fiesta en la calle Cuarenta y Nueve. A Erica Sussman, por la información sobre tortugas. A Maya Kulick, por la lista. A Shivani Naidoo, Courtney Tomljanovic y Lexa Hillyer, por el millón de paseos por la ciudad. A J. Minter, seudónimo original. A Alix Reid, jefa original. Al equipo de Author Mail. A los descansos inspiradores. A mi familia, ejemplo de amor. Al mentón de Lhüwanda. A Jason, mi cómico kosher, que me animó a escribir este libro. A Matilda y Venice, que me dan el amor por el que escribo.

Una conversación con Lauren Kate

Aunque has escrito varios libros, Escrito por cualquiera es tu primera comedia romántica. ¿En qué te inspiraste para escribir esta historia?

A los veinte años tuve una ruptura espectacular durante un paseo en moto por los acantilados de la costa de Amalfi. Mis amigos y familiares llevan años pidiéndome que escriba sobre ello, pero hasta hace poco no se me ocurría nada que no fuera centrarse en el desengaño del momento. Y yo no quería escribir un libro sobre cómo comerte una tarrina de helado mientras buscas información de tu ex por Facebook... ¡por deliciosa que fuera esa época! Así que empecé a pensar en otros aspectos de la vida de este personaje que podrían ayudarla a atravesar esa fase, como, por ejemplo, su trabajo en el mundo editorial.

Me hizo gracia que sufriera una crisis profesional al mismo tiempo que su crisis personal. Nunca había escrito una comedia, pero esta historia lo pedía. Al fin y al cabo, que te dejen durante el viaje más romántico de tu vida tiene su gracia.

¿Ves en Lanie algún parecido contigo? ¿Cómo fue el proceso de creación de este personaje?

Para escribir esta novela, me sumergí en mis diarios de esa década de mi vida. Los detalles estaban ahí para luego desarrollarlos: una mujer a la que le apasiona trabajar en el mundo editorial, que sale con hombres interesantes, pero que no son para ella, que queda con sus amigos para aperitivos de crisis y que busca el consejo de su elegante abuela..., pero no pretendía que Lanie fuera tan parecida a mí como luego lo fue sobre el papel.

Nunca he sido muy fan de las autobiografías. La ficción consiste en inventarse cosas. Pero esta historia lo pedía. No obstante, si Lanie es como yo, es un yo del pasado, no el de ahora, con dos hijos y una hipoteca. Eso sí, me alegró volver a visitarla.

La ciudad de Nueva York está tan presente en esta historia que casi parece un personaje más. ¿De dónde sacaste la inspiración para desarrollar este escenario y todos los lugares concretos que visitan Noa y Lanie?

Al igual que Lanie, llegué a Manhattan con una bolsa de viaje y un sueño. Era joven y estaba sin blanca, lo que le daba un toque de glamur a la ciudad. Cuando te cuesta tanto subsistir, los lugares a los que solo te puedes permitir ir, como el puente de Gapstow, te parecen realmente mágicos.

Vivir en una gran ciudad te cambia; yo he pasado por una metamorfosis cada vez que me he trasladado a una. Lanie va evolucionando debido a los cambios que se producen en su vida, sí, pero también por el mero hecho de formar parte de un lugar tan palpitante y lleno de vitalidad como Nueva York.

¿Cuál es tu escena favorita de la novela y por qué?

La primera vez que Lanie y Noa Callaway se conocen en persona. Lanie acude a la cita tan seria y entusiasmada, con el traje Fendi de su abuela, y acaba sufriendo una crisis existencial en público, y su carrera y su vida personal se convierten en un caos. La realidad va mal. Y después de una larga cuarentena de encuentros *online*, me siento identificada.

¿Qué crees que subyace en el corazón de los personajes de Lanie y Noa? ¿Cuál crees que es el verdadero éxito de una relación?

El éxito de una relación está en moverse con comodidad tanto en lo profundo como en lo liviano. Quería explorar cómo Lanie y Noa(h) pueden mantener una estimulante discusión intelectual en un momento, partirse de risa al siguiente y compartir el dolor de la otra en el tercero.

Pero en su historia de amor también tiene un gran peso la idea de la revisión. Creo que, en muchas relaciones, cuando una o las dos personas cambian, puede resultar aterrador, indeseado. Pero como editora y escritor, Lanie y Noa(h) entienden la belleza del cambio. No esperan que el otro siga siendo la misma persona del primer borrador y dan la bienvenida a las diferentes versiones en que se convertirá cada uno.

¿Has tenido alguna vez un bloqueo del escritor, como le sucede a Noa? Si es así, ¿cómo lo superaste?

No, jamás he tenido un bloqueo del escritor, aunque sí tuve un momento de conflicto interno después de que naciera mi hija. Recuerdo que iba en el coche, escuchando en la radio un reportaje sobre un apicultor y me puse a llorar. En ese momento, deseé con todas mis fuerzas ser apicultora. Aquel día, me veía incapaz de escribir. Ahora sé que se debía a un setenta por ciento de falta de sueño, pero el otro treinta por ciento era mi yo interior tratando de adaptarse al hecho de que, después de ser madre, me había convertido en una persona nueva.

Creo que esto es algo muy parecido a las experiencias traumáticas de Noa(h). Cuando un escritor pasa por un cambio tan trascendental, puede sentir como si, de pronto, tuviera que aprender a escribir de nuevo.

¿Hay algún tópico de las novelas románticas del que nunca te cansas? ¿Algún placer inconfesable que nunca pasa de moda?

Me encantan los pasos previos al primer beso, ese juego emocional previo para que surja la química entre los personajes y ver cuánto tiempo puedes alargarla antes de que estén juntos (cuanto más tiempo, mejor). Todavía recuerdo el largo flirteo que tuve con mi marido, en todos los adorables obstáculos que se interpusieron en nuestro camino y en cómo los fuimos derribando mes a mes, en esa noche de karaoke o el paseo que de vez en cuando dábamos por la orilla de un arroyo, hasta que al final nos quedamos los dos solos, frente a una chimenea, acercándonos para darnos un beso.

El sueño de Lanie es viajar a Positano, Italia. ¿Has estado alguna vez allí, o hay algún destino que siempre has soñado visitar?

Positano fue el lugar en el que se produjo mi memorable ruptura y, en el primer borrador del libro, también era el escenario de la ruptura de Lanie. Cuando eliminé de la historia esta relación fallida, fue quedando espacio para que Positano adquiriera un significado más profundo (para su madre, para su carrera y para Noa).

¿Qué te gustaría que se llevaran los lectores de ESCRITO POR CUALQUIERA?

Espero que sea como quedar a comer con un viejo amigo al que hace tiempo que no ven, pero con el que pueden retomar la conversación donde la dejaron. Espero que este amigo les haga reír, se sientan menos solos y que, cuando terminen de leerlo, lo hagan con un poco más de fe en el amor.

Y después de esto, ¿qué?

Más novelas. Algunas en géneros nuevos; otras, en otros ya conocidos, pero todas ellas con la premisa de que el amor y las sorpresas son la chispa de la vida.

Guía de debate

1. Comenta cómo las experiencias que Lanie y Noa vivieron durante su infancia marcaron sus trayectorias vitales. Si hubieran tenido experiencias distintas, ¿crees que habrían elegido el mismo camino? ¿Cómo ha influido la educación que has recibido a la hora de moldear tu vida, tus pasiones, tus metas futuras e incluso tus valores?

2. ¿Cuáles son las cinco características principales de tu lista de noventa y nueve cosas que deseas en una pareja?

3. Aunque ESCRITO POR CUALQUIERA es una novela romántica, también parece una oda a la ciudad de Nueva York. ¿Cuál es tu lugar favorito de Nueva York y, si nunca ha estado, cuál te gustaría visitar?

4. Lanie hace todo lo posible por ayudar a Noa(h) a superar su bloqueo del escritor para conseguir un ascenso. ¿Has hecho alguna vez algo fuera de lo común en tu trabajo? Si es así, ¿qué fue y por qué?

5. Invéntate un título de tu vida amorosa a partir de esta sugerencia inspirada en Noa Callaway: *Noventa y nueve cosas que* _____ *sobre* _____.

6. Según tu opinión, ¿qué es lo que crees que atrae más a Lanie de Noa? Y a la inversa, ¿qué crees que atrae a Noa de la personalidad de Lanie?

7. ¿Cuál sería tu forma de conocer perfecta a una posible pareja? ¿Has podido llevar a cabo este sueño en la vida real y, de ser así, fue como esperabas?

8. ¿Cuál ha sido tu escena favorita de la novela y por qué?

9. Lanie tiene una personalidad de tipo A, que, según las circunstancias, puede llegar a ser buena o mala. ¿Te identificas con este personaje en este aspecto? ¿Por qué sí o por qué no?

10. ¿Cuál es tu libro favorito y por qué? ¿Cómo te ha cambiado la vida ese libro?

11. Antes de morir, la madre de Lanie le dijo: «Prométeme que encontrarás a alguien a quien ames de verdad». ¿Qué significa esto para ti? ¿Cuál es tu definición del amor?

12. ¿Te ha sorprendido el final de la novela?

Lauren Kate es la autora superventas del *New York Times* de nueve novelas juveniles, entre ellas, *Oscuros,* que se llevó a la gran pantalla. Sus libros se han traducido a más de treinta idiomas y se han vendido más de diez millones de ejemplares en todo el mundo. También es autora de *The orphan's song,* su primera novela para adultos. ESCRITO POR CUALQUIERA es su segunda novela para adultos. Kate vive en Los Ángeles con su familia.

Puedes visitar a Lauren Kate en: LaurenKateBooks.net

¿TE GUSTÓ ESTE LIBRO?

escríbenos y
cuéntanos tu opinión en

f /Sellotitania   **𝕏** /@Titania_ed

◎ /titania.ed

#SíSoyRomántica